国家社科基金重大招标项目

"十四五"国家重点出版物
出版规划项目

湖北省公益学术著作
Hubei Special Funds 出版专项资金
for Academic and Public-interest
Publications

民国时期中国文学史
著作整理丛刊

丛书主编　陈文新　余来明

新著中国文学史

胡云翼　著　　甘宏伟　整理

长江出版传媒｜崇文书局

图书在版编目（CIP）数据

　　新著中国文学史 / 胡云翼著；甘宏伟整理 . -- 武
汉：崇文书局，2024.1
　　（民国时期中国文学史著作整理丛刊 / 陈文新，余
来明主编）
　　ISBN 978-7-5403-6602-5

　　Ⅰ . ①新… Ⅱ . ①胡… ②甘… Ⅲ . ①中国文学－文
学史 Ⅳ . ① I209

　　中国国家版本馆 CIP 数据核字（2023）第 200115 号

出 品 人　韩　敏
项目统筹　程可嘉
责任编辑　叶　芳
责任校对　董　颖
装帧设计　甘淑媛
责任印制　李佳超

新著中国文学史
XINZHU ZHONGGUO WENXUESHI

出版发行　长江出版传媒　崇 文 书 局
地　　址　武汉市雄楚大街 268 号 C 座 11 层
电　　话　(027)87677133　邮政编码　430070
印　　刷　湖北新华印务有限公司
开　　本　880 mm×1230 mm　　1/32
印　　张　8.375
字　　数　180 千
版　　次　2024 年 1 月第 1 版
印　　次　2024 年 1 月第 1 次印刷
定　　价　45.00 元

（如发现印装质量问题，影响阅读，由本社负责调换）

一部"自觉"的"纯粹的文学"史
（代前言）

　　1932 年 4 月，胡云翼（1906—1965 年）的《新著中国文学史》由北新书局出版发行。胡云翼是中国古典文学研究领域的著名学者，现代词学研究的重要奠基者。二十多岁时，他对古典文学的研究已有很深的造诣。《新著中国文学史》之前，已出版有《宋词研究》（1926 年 3 月）、《唐代的战争文学》（1927 年 9 月）、《抒情词选》（1928 年 9 月）、《浪漫诗人杜牧》（1928 年 9 月）、《李清照及其漱玉词》（1928 年 9 月）、《女性词选》（1928 年 9 月）、《中国文学概论》（1928 年 10 月）、《词学 ABC》（1930 年 1 月）、《唐诗研究》（1930 年 12 月）、《宋诗研究》（1930 年 12 月）等著作，并有小说剧本集《西泠桥畔》（1927 年）、随笔《中秋月》（1927 年）、短篇小说集《结婚以后》（1928 年）、话剧《新婚的梦》（1928 年 9 月）等作品。

　　丰富的小说、剧本等文学创作经历，深厚的古典诗词研究造诣，对"纯粹的文学"的推崇，使得胡云翼的《新著中国文学史》成为一部"自觉"的"纯粹的文学"史。

一

中国文学史的编著是从国外开始的。以今天的眼光来看，西方和日本的"中国文学史"著作在内容的处理与文体的选择上，都大致经历了从学术史向"杂"文学并向"纯"文学演变的趋势。在西方，迄今所知最早的"中国文学史"著作是德国威廉·肖特（Wilhelm Schott）的《中国文学论纲》（1854年），以孔子与儒学、道家与道教文献、佛教文献、朱熹与经传等为主要内容，与今日所称之"文学"相差甚远。俄罗斯王西里（Василий Павлович Васильев）著《中国文学史纲要》（1880年）在最后两章讲了雅文学、俗文学，并对《西厢记》《红楼梦》《金瓶梅》给予了较高评价，但更多内容亦非今之所称"文学"，且相当驳杂，如语言、文字与文献占两章，儒学占四章，道家、佛教、史地著作、律学、语言学等占五章[①]。德国威廉·顾路柏（Wilhelm Grube）著《中国文学史》（1902年）设十章，分别论述孔子和古典文学、孔子前的文学巨著、老子和道教、屈原与楚辞、汉代文学、汉唐之间的文学、唐代文学、宋代文学、宋元戏剧、明清小说。从文体、内容上看，堪称现代意义上的"文学"史了。在日本，古城贞吉著《支那文学史》

---

① 英国翟理斯（Herbet Allen Giles）著《中国文学史》（1901年），有史学、佛学、经学、词典编纂学、字典、百科全书、法医药、墙体文学、新闻、谚语、格言等，文体、内容之驳杂与此相类，但更近乎"文学"史，从汉代至清代均设专章论诗，对元明清戏剧、小说亦设专章论述。

（1897 年）已是非常接近现代意义上的"文学"史，不过戏曲和小说被忽略（仅修订再版时在"余论"中对元曲、小说略有介绍），文体、内容仍稍显驳杂①：全书虽以散文、韵文（包括古诗、乐府、辞赋等）及诗、词为主，但又兼及文字、儒学等；且散文又含诏敕、书牍、著书文、奏议文、史笔、经义等；全书四十一章，先秦诸子儒、道、墨、法、名、兵、杂家各占一章。藤田丰八等著《支那文学大纲》（1897—1904 年），选取重要作家设二十个单元勾勒文学的发展，从文体、内容上看，几近现代意义上的"文学"史了，且对戏曲等俗文学作了相当充分的关注，而李渔的曲和曲论、汤显祖的临川四梦即分别占一个单元。笹川种郎著《支那文学史》（1898 年）对"文辞"的关注贯穿始终，对金元明清小说、戏曲的发展及重要作家、作品等专设章节论述，并将小说、戏曲的文学史地位提至前所未有的高度。久保天随著《支那文学史》②（1902 年）将上古、中古、中世、近世文学并举，给元杂剧、明传奇、小说以较多篇幅，已是现代意义上的"文学"史了。儿岛献吉郎编著《支那文学史纲》（1912年）以诗文为主体，并及戏曲、小说（篇幅较少，但评价较高）。盐谷温著《支那文学概论讲话》虽仍论音韵、文字等，但其所占篇幅已很少，而戏曲（唐歌舞戏、宋杂剧、金院本、元北

---

① 高濑武次郎著《支那文学史要》（1901年）写上古至魏晋六朝（附隋）时期的文学，其文体、内容的选择颇与此书相类，而更显琐细。如先秦诸子列老子、孔子、墨翟及杨朱、列子、孟子、庄子、荀子、法家、兵家、名家、杂家各为一章。

② 葛遵礼《中国文学史》（1921年）、顾实《中国文学史大纲》（1927年）即以此为底本删改而成。

曲、明南曲）、小说（神话传说、汉代小说、六朝小说、唐代小说、通俗小说）占了全书的三分之二，这是前所未有的。儿岛献吉郎编著《支那文学概论》（1923 年）全书三十四章，分"序论""内容论""形式论"等几部分，其中"内容论"部分以"感情文学"与"理智文学"为主体，"形式论"占十章；显然，文学的"情感""理智"内容"句法""篇法""平仄"等形式是全书的重点。

国内的中国文学史编著、出版始于窦警凡《历朝文学史》（1897 年完成，1906 年出版）、林传甲《中国文学史》（京师大学堂讲义，1904 年 12 月完稿，1910 年出版），亦经历了从国学史、学术史向"杂"文学再向"纯"文学演变的过程。窦警凡编著《历朝文学史》分"文字原始""叙经""叙史""叙子""叙集"，内容极驳杂。其中"叙子"论及阴阳、儒、墨、法、名、道、纵横、农、杂诸家及艺术，而将《红楼梦》《镜花缘》《聊斋志异》《阅微草堂笔记》归于杂家。"叙集"则论及诗三百、楚辞、汉乐府、贾谊、曹氏父子、王维、陶渊明、阮籍、嵇康、韩愈、柳宗元、《饮冰室文》等。陈玉堂撰《中国文学史旧版书目提要》称其"实系国学概论，而非文学史"，的是切当；但其"叙集"所论文学名家名篇和"叙子"杂家所及章回小说及笔记小说等又确为"文学"史当有之内容。林传甲撰《中国文学史》共十六篇，主要讲"历代文章源流义法"，前六篇依次讲汉字形体演变、古今音韵、名义训诂、为文与世运、文章修辞、作文之法，后十篇讲经史诸子文体与历代集部文体。而为后来文学史所重之小说戏曲，林氏亦有论，但持严厉贬斥的态度。① 黄人著《中国文学史》（始撰于1904年，始刊载于1907年）以诗、文（包括散文、骈文等）、词（从五代、两宋至金、元、明、清词）、曲（包括曲本、散曲）、小说为主体，并及文字、音韵、格言、韵语、制艺等，重视对文体的分辨和"新文体""新文学"的关注，并彰显被古代社会轻视的神话、戏曲、小说等文体的文学史地位。只是文体甚繁杂，如"文学之种类"叙"文体"，自"命""令"至"经义"等三十三种，并附"告身""内批"等至"下火文""撒帐词"等五十种。但已实现了由国学概论、学术史向"杂"文学史的转变。张德瀛著《中国文学史》（1909年）以文为中心，所述文类亦繁。王梦曾编纂《中国文学史》以"词""理"统摄全书，文体安排以文为主，诗、词次之，小说、戏曲又次之，且文类较繁杂。曾毅撰《中国文学史》（1915年）、张之纯著《中国文学史》（1915年）、吴梅撰《中国文学史》（1917年）、谢无量著《中国大文学史》（1918年）、刘毓盘撰《文学史》（1915年成书，1919年印）、朱希祖撰《中国文学史要略》（1920年）等亦是在"杂"文学的架构下编撰的，但也在传统"文学"观念与现代"文学"观念的往复消长中，逐渐由"杂"文学史向"纯"文学史蜕变。葛遵礼编《中国文学史》（1921年）、胡适编《国语文学史》（1921年，第三届国语讲习所讲义）② 等已完成了这一蜕变，文字学、儒学、史学等非现代意义"文学"的内容在这些

---

① 汪剑余撰《本国文学史》（1925年）即是以林传甲《中国文学史》为蓝本，而有所增删。
② 凌独见编纂《国语文学史纲》（1922年）即以胡适的讲义为底稿。

文学史著述中已不复存在，现代"文学"观所确认的文体及内容成为重心。而胡适所提出的"文学有三个要件：第一要明白清楚，第二要有力能动人，第三要美"，已是为"纯"文学倡了。胡怀琛著《中国文学史略》（1924年）虽然未能厘清杂文学与纯文学的界限，但已尝试建立"纯"文学史的范式。谭正璧编著《中国文学史大纲》（1925年）、赵景深著《中国文学小史》（1928年）等皆是秉持"纯"文学观的文学史著作了。[①]

二

文学史编著发展到20世纪30年代初，胡云翼"纯粹的文学"史出现了。

称"纯粹的文学"史，是因为胡云翼著文学史时对"纯"文学的要求更严格。所以，胡云翼以"新著"一词来标示自己所著的中国文学史，就是要表明有意著出一部与此前文学史不同的文学史来。"新"在何处？"新"在作者是经过对既有文学史著述进行了深入的反思，对"现代的""文学"观应该是什么样的这一问题进行了充分的思考并有了"重要的信念"，才编著文学史的。

胡云翼主张所谓"纯粹的文学"，文体上包括"诗歌、辞赋、词曲、小说"及"美的散文和游记等"。不仅将此前文学史著作论述的文字、经学、儒学等排斥于"文学"之外，而且将众

---

① 本部分主要参考了白金杰编著《中国文学通史总目提要》（待出版）的相关内容。

多文学史著作常列入的先秦诸子、政论文、史传文、古文等也排除在"文学"之外。他在《自序》中明确指出："在最初期的几个文学史家，他们不幸都缺乏明确的文学观念，都误认文学的范畴可以概括一切学术，故他们竟把经学、文字学、诸子哲学、史学、理学等，都罗致在文学史里面，……所编著的都是学术史，而不是纯文学史。"他提出："不但说经学、史学、诸子哲学、理学等，压根儿不是文学；即《左传》、《史记》、《资治通鉴》中的文章，都不能说是文学；甚至于韩、柳、欧、苏、方、姚一派的所谓'载道'的古文，也不是纯粹的文学。……我们认定只有诗歌、辞赋、词曲、小说及一部美的散文和游记等，才是纯粹的文学。"这部《新著中国文学史》也正是以诗歌、辞赋、词曲、小说为对象。这是文体上的选择。而"纯"文学不止于文体的选择，胡云翼更关注内容和艺术的标准。

内容的标准是首要的，其核心是以"情感"为"灵魂"。胡云翼评价作家的文学地位、作品的文学成绩及价值时着重看作家的作品是否"抒写自己的实感"，是否有"意趣"。如他在介绍魏晋南北朝辞赋时说："这个时代的辞赋已经比汉赋进步许多了，已经由汉之《两都赋》和《两京赋》那种堆砌典故的辞典式的文章进而为富有文学意趣的辞赋了。当时最有名的作品如陆机的《叹逝赋》，潘岳的《秋兴赋》，张华的《鹪鹩赋》，鲍照的《芜城赋》，江淹的《别赋》，庾信的《哀江南赋》等，皆辞意隽美，文采华丽，堪称抒情文学中的杰作，为后世文坛之模式者。"说这个时代的辞赋比汉赋进步许多了，也是因为有一些作家不再是"只知堆砌古典，排比词藻"，"没有半点文学的味儿"，而是"用赋来抒写情思"了。

　　与之相应的是，不管是文人的文学还是民间的文学，只要是情真意切或朴实自然、深挚动人的作品，往往能得到更多关注并受到高度评价。如胡云翼评论《诗经》中的抒情诗："其中最有价值的当然要推抒情诗一部分。他们这些情诗的作者，能够大胆地真实地写出自己热烈的恋情，他们能肆无忌惮地写出男女间的相悦相慕，甚至于把两性间的幽欢欲感，也全无遮饰地抒写出来，给我们遗下这许多永远不朽的好诗，真是文学史上最光荣的初幕。"他评论《古诗》（冉冉孤生竹）和张衡的《四愁诗》说："张衡、傅毅们的赋都是读来令人烦厌的，而他俩这种模仿民间作风的诗却写得怪清新可爱，可见诗的时代是来了。"评蔡琰《悲愤诗》说："这篇诗是作者自写她的实感，是真血泪染成，故感人至深。建安时期的诗歌，这要算是第一篇巨制。"胡云翼对词也这样看，他说词"实质却是与诗一样的，以情感为它的灵魂。可以说是诗的一体"。

　　对于缺少情感意趣，只讲究形式、格律或风格绮艳的作品，胡云翼则评价不高。如他说："西晋末年至东晋初期的诗坛，养成一种喜说玄理道德的风尚；当时的作者又都是些庸才，故他们的诗总做不好。"又如对梁陈间诗这样评价："永明以后，梁陈间作者唯知迷惑于沈约、谢朓一派的风气，一味讲求骈偶，精研声律，文风更浮靡不堪。这时律诗的体制已逐渐完成，从此再没有人做陶潜那种朴实自然的诗了，再没有人做鲍照那种肆放自由的诗了，大家都把自己的才力用在诗的形式、格律上面，文学的生机乃斫伐殆尽。"他对唐诗的分期也体现了这一理路。明人高棅将唐诗分为初唐、盛唐、中唐、晚唐四期，胡云翼则认为这种分法"并没有什么正确的理由做根据"，"特别是把唐代中间一段发展的脉络一贯的诗史，强分为'盛唐'与'中唐'二期，最无道理"。这里说的"脉络一贯"指的是什么"脉络"？我们来看他对唐诗的分期就不难发现。他认为唐诗的第一期"是初唐的八九十年，那还是因袭齐梁以来绮艳作风的时候"；第三期"是晚唐的六七十年，这时的作风已转入到唯美主义的风气去了"；而中间的一百多年不是"绮艳作风"的时候，不是"唯美主义"的时候，而是"能不考究形式、格律，而注重于诗歌内容的充实"，"能'言有尽而意无穷'"的时候，这就是"唐代中间一段发展的脉络"。当然也是他重点关注的一段，而第一期和第三期则简略得多。更为典型的要数胡云翼对唐代律诗，五、七言歌行，绝句等诗体的评论了。他指出："唐代的诗体，向来的论诗者都认定律诗和绝句是唐代的新体诗，都认定那是唐代的代表诗体。"针对这一习见的看法，他提出："律诗源出于六朝的骈偶，专讲声韵、对仗，最束缚作者的意境情感，是最下乘的诗体。唐人的律诗就很少好的，绝不足以代表唐诗的特色。"而"能够代表唐诗的特色的诗体，乃是五、七言歌行和绝句"，"唐代的诗人最喜欢做五、七言歌行"，"这可以说是从两晋六朝解放出来的一种新体自由诗"；而"绝句虽与律诗同称'近体'，却不与律诗同源，它是从六朝的民间歌谣进化出来的。虽有声韵的限制，而不必讲对仗排偶，格律并不严。这是唐人运用最灵活最巧妙的一种新诗体"。他评沈佺期、宋之问："五言律诗至沈宋而益臻成熟，七言律诗的体式亦至沈宋而创制完成。论诗者都称道为初唐律诗的圣手。但在我们看来，则诗至沈宋，可以说是遭一大劫。"

胡云翼主张文学须有"艺术的动机"，不能成为工具，以致流入功利主义。对于汉赋，他一方面确认"赋是汉代文人的文学中最主要的部分"，但另一方面，他又指出："赋至汉代而繁，亦至汉代而弊。因为当时的文人，本没有忠实于文学的信念，他们作赋的目的，完全是基于'以文干禄'的念头。这样一来，赋体乃变成文人作政治企图的一种工具，作品的价值亦因之而低落了。所以，如果从质的方面来估计汉赋的价值，那是显然要使我们大失所望的。"文学如果变成工具，用于"讴歌盛世，颂扬盛德"，就会降低作品的价值。又如，他评价司马相如的赋，称其"都是迎合帝王心理而作的，虽有闳丽的词藻，绝无文艺价值可言"；"相如的赋'材极富，辞极丽'，实是一位有才气的作家。可惜他不用文学来表现自己，抒写自己的实感；徒然夸饰大言，为浮靡淫丽之辞，以献媚于帝王。这样浪费了自己的才华，终无矜贵的文学成绩可言，这是我们很替相如惋惜的。"再如，胡云翼对白居易的评价是相当高的，把他与杜甫等一起作为"盛唐""社会派"的重要代表作家，称他"救人救世的心思尤其强烈"，"终成为一个替民众呼吁的社会文学家"。但又批评"他的文学主张很极端，他认定文学是不应该拿来'嘲风雪，弄花草'的；他以为：'文章合为时而著，歌诗合为事而作。'其意思就是，文学必须有益于人生。他觉得一个理想的诗人，必须'篇篇无空文，皆歌生民病'。这种文学主张的坏处，是容易流于浅薄的功利主义的发展，把文学当成了一种工具，其弊自不待言"。好在他"能够认清文学与人生的关系，总算是文学观念的一大进步"。

因为对文学"艺术的动机"的强调，所以艺术标准也成为胡云翼著文学史时评论作品的重要方面，而且要"用现代的文艺眼光来估量"文学作品的艺术价值。如对于《诗经》，他提出"为建设《诗经》的新艺术观，必须破除那些'六义'、'四始'、《诗序》及各种传统下来的胡说谬见，还给《诗经》本来的歌谣面目，而运用自己的灵感从《诗经》的本身上去赏鉴诗的神韵"。他评论屈原的《离骚》称："屈原的艺术大手腕，在这首缠绵悱恻的长诗里面，已尽量地表现出来。""在艺术的造诣上说，《离骚》实已臻入化之境了。有了这样成熟的作品为模范，难怪《离骚》的影响要压倒《诗经》了，难怪后之辞赋家都辗转束缚在《楚辞》之下，模来拟去而不能翻身了。"评汉代的诗歌说："汉代民间文学继续着数百年的发展，产生了无数的民歌。整齐的五、七言诗都在民间酝酿成熟了，试验成功了。特别是五言诗的成绩最大，如《陌上桑》已经是二百六十五字的有组织的叙事长诗，完全不是歌谣的形式了。"而《孔雀东南飞》则"是中国文学史上一首空前的，仅有的，哀艳动人的长诗创作。这样朴素无华的文字，写得最是真挚，诚实，宛如一幕真实的悲剧扮演在我们的面前。作者描写的技术真是高妙，他把剧中四五个人物——仲卿、仲卿母、兰芝、兰芝母及兄——各个不同的个性，都很生动的抒写出来"。用"现代的文艺眼光"估量作品的价值，他称赞《孔雀东南飞》"全篇的结构，恰如一件无缝的天衣"。而对于《三国志演义》则批评它"文笔实没有臻于完美的境界。因为作者过于拘守历史的事实，致结构不完善，想像创造的成分极稀少，只能算是一部通俗演义史。这部演义史多的是事实的趣味，缺乏的是艺术的价值"。

胡云翼主张艺术的标准最重要的是"朴实自然"，反对"修饰过度"。他在《中国文学概论》（1928年）第九章"六朝的抒情诗"中就鲜明地提出："'技巧'在文学上的价值自是很大，但艺术的修饰过度，往往内容□□，只有好看的外表，只有辞藻。南朝文学便免不掉这种毛病。北方文学虽欠缺技巧，而朴实自然，却正是北方文学的长处。"如评陶潜："他的诗脱尽晋诗的绮艳铅华，用俚俗的文字，作最朴素自然的描写；以自己的田园生活为题材，表高妙幽远的意境，于向来贵族文学与平民文学以外，屹然别立一宗。""曹植以后，李杜以前，这四百多年的诗坛中，再也找不到一个像陶潜这样伟大的诗人了。"

三

胡云翼《新著中国文学史》又是"时代底文学"史，亦即"进化"的文学史。

所谓"时代底文学"，"便是指那时代所用的新文体创造的文学"。这在其《唐诗研究》第一章第二节"唐诗的意义与特质"中讲得很明确，他说："中国文学的变迁，可以文体作代表，分成几个时期：自周到唐，都是诗的时代；宋是词的时代；元是曲的时代；明清是小说的时代。在诗的时代里面，周是四言诗时代，两汉是乐府诗时代，魏晋六朝是古诗时代，唐是新体诗时代。更狭义一点说：唐诗只是绝句的时代。（诚如王渔洋所云：唐三百年以绝句擅场。）本来照宇宙间进化的原则，往往是理论研究愈透彻，事物愈运用愈巧妙；但是文体却不然。在某种文体新创的时候任人创造，开发，翻新花样，但是用久用旧了，往往愈用愈拙愈坏，不但翻不出新花样，旧花样亦使人生厌了。时间越久，文体越腐，这时便有革命的新文体产生出来，装饰新时代。"这一理念在《新著中国文学史》中得到了贯彻。

一是将中国文学区别为"新文学"与"旧文学"。视诗文词赋为"旧文学"，则略之；歌谣、戏曲、小说为"新文学"，则详之；并且视民间文学为"最有价值的"。由此，讲《诗经》，他说"《诗经》只是一部歌谣，其中除了小部分出自文人雅士手笔外，大部分都是民间无名氏唱的俚俗歌儿。这些歌儿并没有包涵着什么深奥的哲理，也没有多少伦理道德的意味，它的价值并不在'思无邪'，也不在'多识于鸟兽草木之名'"。讲汉代文学，他提出："也许真正能代表汉代的还是民间文学，也许汉代的民间歌儿比文人的辞赋更有价值，更有优美的影响于后世文坛。"论元代文学，"元代的旧文学，如诗文词赋，无一足述者"，"这显见唐宋的正统文学至元代而微衰，这时又有异军突起的新时代文学起来了。元代的新兴文学谁都知道是戏曲，而且，谁都认定戏曲是元代文学的奇迹"。论明代文学，"明代真正有价值的文学不是诗文词赋，乃是传奇与小说。我们眼看着许多明代文人用尽才力，拼命的去求诗文的复古，结果落得个'画虎不成反类狗'，全无成绩。然而当时却另有一部分的文人，并不向着复古的路走去，却去创作新兴的传奇和小说，其成绩的伟大，可与唐诗、宋词、元曲并称，为明代文学增无限的光辉。所以要讲明代文学，应该认定新兴的传奇与小说为明文学的主干，便觉得明文学有许多特色，在文学史上自有它的进步"。

二是对某一时期文学进行安排时，文学的"主干部分"是关注的重点。而确定是否"主干部分"不是看其作家作品的数量，主要看其"文学的价值"，"文学的成绩"。换言之，看一个时代的文学，往往着重关注或高度评价这个时代最有成绩的文体或作家。如，讲《诗经》，他说"当然要推抒情诗一部分"。讲汉代，则"赋是汉代文人的文学中最主要的部分"，但"汉赋只不过是当代贵族社会一种时髦的妆饰品，娱乐品"，"真正的时代文学，社会文学，真正有价值的文学"，还是"民间的诗歌"，是"朴实的抒情诗"，"特别是五言诗的成绩最大"。讲建安时期的文学，建安的文人"做出来的赋远比不上他们的诗"，则"诗歌便成为正统文学的主干了"。讲魏晋南北朝，对于赋则"略而不谈"，而"专门来讲这时期文学的主干部分——诗歌"，"其五七言古诗的成绩，最值得我们赞许"。讲魏诗，则"只在'竹林七贤'中，寻出一个阮籍，独具诗才"。而讲西晋诗，则"就中负文誉最高的自然要推陆机、潘岳和左思"，"实则，真正名符其实的西晋大诗人"，"只是左思"。讲东晋至宋诗，则西晋末年至东晋初期的诗坛，"只有一个郭璞还差强人意"，刘琨"亦为东晋初年诗坛的健者"，"郭璞、刘琨以后，诗坛寂寞将近百年之久，直到东晋末年，才产生一位伟大诗人陶潜"。说宋诗，则论"能继陶潜的光辉的，怕只有鲍照一人吧"。

三是对某一种文体，着重关注或高度评价这种文体最有成绩的时代。例如，胡云翼一方面认为"宋代的文学者都是用大部分的才力去做诗，以余力作词"，而且，"就数量的发展说，宋诗可谓极盛，较之唐诗，实有过之"，但是，另一方面他认为，"诗的狂飙怒潮时代已经过去了。宋代是太平的时代，这时的太平民众，只是欢迎柳永、周邦彦一派艳冶多情的新式曲子，不再欢迎诗歌了。宋代的诗人也再做不出唐人那种悲壮有气力的诗，再做不出唐人那种热烈感慨的诗来了。诗歌发展至宋，已经是一条末路。故宋代虽济济多才，专心致力于诗，而诗的成绩极少；四百年的诗坛，只产生了几个较为名贵的诗人，这不能不说是时代风气推移的缘故"。

对于不符合"时代底文学"趋势的，他则作出批评或者一笔带过。如评曹植，他说："曹植的诗，声调谐协，字句精工，故论者称他'文如绣虎'。可是，从此便渐脱民间诗的俚俗风味——也可以说渐脱民间诗的好处——变成文人化的诗了，已渐开两晋六朝诗的绮靡风气了。"他批评明代的文学复古道："明代诗文之所以毫无成绩可言，应该说完全是复古潮为之阻碍。我们在上面曾经说过，唐宋的文人也曾以复古相号召，不过他们只是利用复古的名义，以号召人心，其目的是藉以打倒骈文，提倡合时用的新式散文，故我们认定唐宋文是进化的，不是复古的。"他批评清诗的模拟："大概清代人的词不是古董的很少。他们都不厌烦地去讲究'词法'和'词律'，各立'词派'，以竞模古人为能事。除了两三个天才作家外，大多数的作者都拼命去做模拟的词匠。""不仅清词如此，清代的骈散文诗歌等正统派的文学之所以没有特殊的成绩可言，又何尝不是因为陷溺在模拟的圈套里面呢？"那么促成文学的进化就是文学的创新。他论唐诗，称其"最大的特色，只是在不讲模拟，不事复古，而富有强烈的创造精神，具有自由放肆的精神。唐代有才气的诗人，每一个都能自出心裁的在他作品里表现出作者特殊的个性和风格，呈露着浓厚的新时代色彩"。论苏轼词，称其"奔放不可拘束，所以人家都说他'以诗为词'，说他的词是'曲子中缚不住者'。甚至称之为'别派'，谓'虽极天下之工，要非本色'。可是，我们则认定这种'别派'，是词体的新生命。这种新词体

15

抛弃了百余年来习惯了的绮靡纤艳的旧墟，而走向一条雄壮奔放的新路"。

四

胡云翼的《新著中国文学史》由上海北新书局初版于 1932 年 4 月，1933 年 9 月发行至五版，1947 年 5 月发行新一版。本次整理点校以 1933 年 9 月印行的版本为底本，参照 1947 年 5 月新一版校订，并将竖排改为横排，繁体字改为通行的简体字，对异体字、旧字形作了符合今天规范的处理，分章断句基本尊重原书标点符号以现在通行的标点作了规范。

底本中专名（人名、地名、书名）及其译名一仍其旧，原注以括号标识，排入正文，编者注另放在页下脚注，仅将"巳"作"己"，"太"作"大"等明显讹字径改。

本次整理对底本中的人名、书名、译名及引文，除明显的排印错误修改外，时代性的习惯用字，如"唯、惟"、"作、做""决、绝""想像、想象""哪、那""公元、纪元""帐、账""只、支""的、地"等，胡云翼底本没有统一，现均维持底本面貌，不加修改。

限于整理者的水平，其间难免错漏，还请方家指正。

甘宏伟

2022 年 5 月

自　序

中国文学虽然已有三千多年的悠久历史，但向来没有系统的文学史的记述。直至清末宣统二年林传甲氏始编成一部《中国文学史》，用为京师大学教本。这是文学史的第一部。至最近十余年来，文学史的专著乃风起云涌的出版。据我所知，已有下列二十种之多：

（1）《中国大文学史》（谢无量）

（2）《中国文学史》（曾毅）

（3）《中国文学史大纲》（顾实）

（4）《中国文学史》（葛遵礼）

（5）《中国文学史》（王梦曾）

（6）《中国文学史》（张之纯）

（7）《本国文学史》（汪剑如）

（8）《中国文学史纲》（欧阳溥存）

（9）《中国文学史纲》（蒋鉴璋）

（10）《中国文学史大纲》（谭正璧）

（11）《中国文学史略》（胡怀琛）

（12）《国语文学史》（凌独见）

（13）《白话文学史大纲》（周群玉）

（14）《中国文学小史》（赵景深）

（15）《中国文学进化史》（谭正璧）

（16）《中国文学 ABC》（刘麟生）

（17）《中国文学史》（郑振铎）

（18）《中国文学史》（穆济波）

（19）《白话文学史》（胡适）

（20）《中国文学史》（胡小石）

（其余，断代史如刘师培《中古文学史》，分类史如王国维《宋元戏曲史》及鲁迅《中国小说史略》等，皆未列入。）

这二十种编辑方法与选取材料各有异同的文学史专著，如果要加以细密比较的批评，恐怕写成一部十万字的书还不能说得清楚。好在我们在这里并没有详加批评的必要。但大体说起来，实有多数不能令我们充分的满意。在最初期的几个文学史家，他们不幸都缺乏明确的文学观念，都误认文学的范畴可以概括一切学术，故他们竟把经学、文字学、诸子哲学、史学、理学等，都罗致在文学史里面，如谢无量、曾毅、顾实、葛遵礼、王梦曾、张之纯、汪剑如、蒋鉴璋、欧阳溥存诸人所编著的都是学术史，而不是纯文学史。并且，他们都缺乏现代文学批评的态度，只知摭拾古人的陈言以为定论，不仅无自获的见解，而且因袭人云亦云的谬误殊多。就中以曾毅的《中国文学史》为较佳，然系完全抄自日人儿岛献吉郎之原作，又未能更正儿岛献吉郎氏之错误处，故亦不足取。至于最近几年的文学史作者，其对于文学观念之明了，自较前大有进步；编著文学史的方法亦较能现代化。只可惜这些著者对于中国文学多未深刻研究，编著时又多以草率成之，卒至谬误百出，如凌独见、周群玉之所著，其错误可笑之处真触目皆是。文学史书堕落至此，实堪浩叹！就中较能令我们快意的，则为赵景深的《中国文学小史》及谭正璧的《中国文学进化史》。赵著自有见解，行文隽美，但可惜只叙及文人方面的文学，而忽视最有价值的民间文学，即《诗经》亦在其摒弃之列，这是一个很大的遗憾。谭著能将近代最进步的关于中国文学的著述，编辑成书，内容颇为完善，但其叙述的体例似嫌未妥，而小小的错误亦在书中常常发见。此外如郑振铎的《中国文学史》，内容至为丰富，可作详细的参考读物，然至今仅见其发表中世卷的一小部分，无从批评其实质。刘麟生的《中国文学ABC》则嫌过于简略，胡怀琛的《中国文学史略》则简直是一本流水帐簿，皆有不可掩护的缺点。严格点说来，我们认为满意较多的实只有吾家教授胡小石的《中国文学史》及吾家博士胡适的《白话文学史》。胡小石先生的《中国文学史》讲稿，叙述周密，持论平允，是其特色；其缺点则亦嫌忽视民间文学的发展。胡适先生的《白话文学史》，论其眼光及批评的独到，实是最进步的文学史；只可惜过于为白话所囿，大有"凡用白话写的作品都是杰作"之概，这未免过偏了。如王梵志的诗究竟有什么了不得之处，竟劳胡先生在珍贵的篇幅上大书特书而加以过分的赞美呢？这真令我百读百思都不得其解！

　　中国到现在还没有一部理想的完善的文学史，其原因并不在这些文学史家没有天才和努力，实因中国文学史的时期太长，作者太多，作品太繁，遂使编著中国文学史成为一件极困难的工作。浅学如我，自然更不敢冒昧来担负这样重大的责任。但因自己六年前曾经写过一部《中国文学概论》（其上卷已由上海启智书局出版），内容过于简陋，自己时常想改作；去年夏天又重受书局之托，嘱我编写一部给大学和高中学生参考的文学史，乃决计着手编著。中间曾因事停顿数次。现因预备用为学校教本，遂将全书在短期中写定付印。我自知这本书必有许多偏枯的地方，但我也自信我的编辑方法，取材，见解，是比较进步的。为求读者的深切了解，还有几点浅薄的意思，似乎必要向读者加以说明：

第一，文学向有广狭二义，广义的文学即如章炳麟所说"著于竹帛之谓文，论其法式谓之文学"，即是说一切著作皆文学。这样广泛无际的文学界说，乃是古人对学术文化分类不清时的说法，已不能适用于现代。至狭义的文学乃是专指诉之于情绪而能引起美感的作品，这才是现代的进化的正确的文学观念。本此文学观念为准则，则我们不但说经学、史学、诸子哲学、理学等，压根儿不是文学；即《左传》、《史记》、《资治通鉴》中的文章，都不能说是文学；甚至于韩、柳、欧、苏、方、姚一派的所谓"载道"的古文，也不是纯粹的文学。（在本书里之所以有讲到古文的地方，乃是藉此以说明各时代文学的思潮及主张。）我们认定只有诗歌、辞赋、词曲、小说及一部①美的散文和游记等，才是纯粹的文学。

第二，文学史的分期向无公认一致的说法。因为要把脉络一致的文学史，硬划断为几个时期来叙述，本是很勉强的事。有许多人很反对用政治史上的分期，来讲文学。他们所持最大的理

---

① "一部"疑作"一部分"。

由，就是说文学的变迁往往不依政治的变迁而变迁。此说固未尝全无理由，但我觉得中国文学与政治实有至密切而不可分离的关系。各种文体因得到政治的厚援而发达，那是很明显的，如汉赋、唐诗、宋词、元曲皆然。我们又看，每一个比较长期的时代，其文学都形成一条与政治相呼应的"初、盛、变、衰"的起伏线。又，每一个时代的初期的文学，都不免仍袭前代的旧作风（至秦、隋、五代等短促的时代，则完全浸没在前代的作风里）；每一个时代的中期，都能确立一种新的文学作风；每一个时代的末期，则都不免形成文派纷歧的变格，或向后开倒车。各种文学盛衰变迁的关系，都可以从政治的时代背境去求解释。处处都可以看出文学受各不同的政治时代的推移而进化的痕迹。所以，我认定中国文学史的分期，最好还是以依据政治时代的分期较为妥当。此外，实更无较完善的分期法。

　　第三，过去的文学史多偏重于死板板的静物的叙述，只知记述作家的身世，批评其作品。至于各个时代的文学思潮的起伏，各种文体的渊源流变，及关于各种文学的背景[①]及原因的分析，皆非其所熟知。如胡怀琛的《中国文学史略》，竟是一部名词目录，真是可笑。其他的文学史亦颇多散漫琐碎，无法统率一致者。我在这本文学史上最注意的就是纠正这方面的错误。我要把各时代散漫的材料设法统率起来；在可能的范围内，要把各种文体、各种文派、作家及作品，寻出它们相互间的联络的线索出来，作为叙述的间架；同时，我注意各个时代文学思潮的形态及其优点与缺点，注意各种文体的发展及各种文派的流变。总之，

---

　　① "背景"底本作"背影"，据北新书局1947年5月新一版改。

我尽力的使我的文学史能够成为一部活的脉络一致的文学史，虽然这也许是我一个力不胜任的妄想。

这上面所说的三点，是我对于编著文学史几个重要的信念。这本十余万字的文学史就是根据这几个信念写成的。此外，普通所认定对于文学史的叙述，应抱持谨慎、客观、求信的态度；对于文学史上所下的批评，应求其正确，恰合于现代的文学赏鉴观念。关于这些，我也不曾忽略。不过像这样一部复杂广大的文学史，写定的时间还不到半年，其中疏漏错误之处，自所不免。那都请高明之士加以指正吧。

胡云翼　二十，八，四，上海

目　录

---

① 中国文学：底本为"中国文坛"，现改为文学，与正文统一。

第一编 先秦文学

第一章 诗经

世界各民族文学的诞生，有一条共同的公例，就是韵文的发达总是较早于散文；而诗歌又为韵文中之最先发达者。中国也是如此，最初的文学是诗歌。

请先言诗歌的起源。

人们为什么要作诗呢？人类本是生而富有情感的，若有所感于中，便不能不有所发抒于外。故班固《汉书·艺文志》阐明作诗的原因说："哀乐之心感，而歌咏之声发。"《毛诗大序》也说："诗者，志之所之也。在心为志，发言为诗。情动于中而形于言，言之不足故嗟叹之，嗟叹之不足故永歌之，永歌之不足，不知手之舞之足之蹈之也。"朱熹《诗集传序》也说："人生而静，天之性也。感于物而动，性之欲也。夫既有欲矣，则不能无思；既有思矣，则不能无言；既有言矣，则言之所不能尽而发于咨嗟咏叹之余者，必有自然之音响节奏而不能已焉。"这些话解释诗歌产生于情感的自然的表现，都是说得很合理的。由此探讨，诗歌的起源，当远在史前的原始人类有了语言的时候。原始人类在懂得言语以后，便知道发为合乎自然音响节奏的咨嗟咏叹，诗歌便尔产生了。故沈约也说："歌咏所兴，自生民始。"

话虽如此，中国诗歌之有信史可征的时代，却决不能说"自生民始"，至早只能从周代（公元前一一三四年）讲起。在周代以前，也许有数千年或竟是数万年的诗歌史，也许中国在远古时代早已产生过伟大的史诗，如西洋古代的《依里亚特》与《奥特赛》及印度古代的《马哈巴拉泰》与《拉马耶那》一样的杰作，但因为没有文字的记录，已经湮灭无传了。虽然《吕氏春秋·古乐篇》载有"葛天氏之乐，三人操牛尾投足以歌八阕"，其书既不可靠，又未见著录歌辞，实飘渺难信。又有谓《礼记》上所载伊耆氏《蜡词》出自神农氏（孔颖达说），以为诗之滥觞者，亦荒谬不足信。即令《蜡词》真出于神农氏，而如其内容所谓"土反其宅，水归其壑，昆虫毋作，草木归其泽"，亦不得认为诗歌。至于今所传唐尧时代的《击壤歌》（见《帝王世纪》），虞舜时代的《南风歌》（见《孔子家语》）及《卿云歌》（见《尚书大传》）等作品，其体制内容可以说是诗歌了，但不幸都是记录于后世的伪书，全不可靠。所以，严格说起来，我们现在可以夸耀于世界文学之林的最古的文学，只有一部《诗经》。

传说周代设置采诗的太史官，采诗近五百年，得古诗三千余首，及至孔子，"去其重，取可施于礼义"，于是大部分的古诗都被删掉了。（此说出自《史记》，曾有许多学者致疑。未审可信否？）现存的《诗经》共三百零五篇（相传尚有《南陔》、《白华》等六篇笙歌，有目无辞），划分为"颂"、"雅"、"风"三部。"颂"是纯粹的庙堂文学，用以铺张盛德，载歌载舞，以祭祀神明者。以《周颂》为最古，是周代初年的作品。《商颂》是宋诗（向误以《商颂》为商代的诗，认为《诗经》中的最古者，近人王国维氏曾著论辟之甚详），《鲁颂》是鲁诗，产生较迟。"雅"可以说是朝廷的乐章文学，其言多"纯厚典则"，为燕享朝会时之用，大半是贵族士大夫做的，故被称为"正"音。《大雅》的时代较早，《小雅》则稍晚，大约都是西周时的作品。"风"乃是各国民间的风谣，大多作于西周末期与东周初期，其详细时代则已不容易订定。但就大体说来，可以说全部《诗经》是孔子诞生（公元前五五一）以前一千年间的作品，完全是周代的产物。就中特别以"国风"一部分为最精采有价值，分量亦最多，共包括下列十五国的歌谣：

周南、召南——雍州（今陕西凤翔一带）

邶、鄘、卫——冀州（今河北地）

桧、郑——豫州（今河南新郑一带）

魏——冀州（今山西南部）

唐——冀州（今山西太原一带）

齐——青州（今山东青州一带）

秦——雍州（今甘肃南端）

陈——豫州（今河南陈州一带）

曹——兖州（今山东曹州一带）

豳——雍州（今陕西北部）

王——豫州（今河南洛阳一带）

这个表是根据郑玄的《诗谱》列的。据此看来，国风的地域分布，乃偏于中国北部的黄河流域。但据韩诗说："二《南》者，南郡（今湖北荆州）与南阳（今河南）也。"《诗大序》也说："南者，言化自北而南也。"而《周南》、《召南》里面亦有"汉之广矣"，"江之永矣"，"遵彼汝坟"一类的句子。所谓汉水、江水、汝水的流域，是在湖北的中部和北部。由此可见《周南》、《召南》里面至少有一部分的楚风。

孔子是否删诗，我们虽不能断定，但他曾经致力于《诗经》的研究与鼓吹，却是无可否认的。在他的《论语》上曾说："不学《诗》，无以言。"又说："《诗》三百，一言以蔽之，曰'思无邪'。"又说："《诗》可以兴，可以观，可以群，可以怨。"又说："诵《诗》三百，授之以政不达，使于四方，不能专对，虽多亦奚以为？"因为孔子这样的鼓吹发皇，从此《诗经》便变成一部神秘的经典，从此便成为一部与"修身齐家"甚至于与"治国平天下"都有莫大关系的圣书。后世的《诗经》研究家都把《诗经》当作一部"儒教真诠"去研究。如《诗序》上说："正得失，动天地，感鬼神，莫近乎诗。先王以是正夫妇，成孝敬，厚人伦，美教化，移风俗。"这简直是一部万应万能的圣书了。孔子本是一位思想上的大野心家，他要把一切文化学术都统率在他的儒教思想之下，因此把《诗经》的涵义夸张得如此严肃神圣，骗得汉代人列《诗》为"经"。由是，历代的学者对于《诗经》的注释，都只有一些异常可笑的附会和曲解。分明是些写相思和恋爱的诗，他们偏要说是美"后妃之德"；分明是抒写男女间欢乐的热情，他们偏要拿礼法道德来解释。因此，《诗经》的真意义和真价值便完全被埋没掉了。朱熹曾经说过："大率古人作诗与今人作诗一般，其间亦自有感物道情，吟咏情性，几时尽是讥刺他人？只缘序者立例，篇篇要作美刺说，将诗人意思尽穿凿坏了。"他又说："诗本是恁地说话，一章言了，次章又从而咏叹之，虽别无义理而意味深长，不可于名物上寻义理。后人往往见其言如此平淡，只管添上义理，却窒塞了他。"朱熹的《诗经》注解虽也有很多武断谬妄的地方，但他攻击伪《诗序》的见解是很对的，他这两段话都说得很好。我们知道，《诗经》只是一部歌谣，其中除了小部分出自文人雅士手笔外，大部分都是民间无名氏唱的俚俗歌儿。这些歌儿并没有包涵着什么深奥的哲理，也没有多少伦理道德的意味，它的价值并不在"思无邪"，也不在"多识于鸟兽草木之名"，我们只有站在文学的立场来讴歌《诗经》的伟大。

《诗经》里面，以抒情诗为最多，叙事诗次之，至于纯粹描写景物山水的诗则甚缺乏。其中最有价值的当然要推抒情诗一部分。他们这些情诗的作者，能够大胆地真实地写出自己热烈的恋情，他们能肆无忌惮地写出男女间的相悦相慕，甚至于把两性间的幽欢欲感，也全无遮饰地抒写出来，给我们遗下这许多永远不朽的好诗，真是文学史上最光荣的初幕。往下，且让我们来欣赏《诗经》的艺术吧：

野有死麇

野有死麇，白茅包之。有女怀春，吉士诱之。

林有朴樕，野有死鹿，白茅纯束，有女如玉。

"舒而脱脱兮，无感我帨兮，无使尨也吠！"

静女

静女其姝，俟我于城隅。爱而不见，搔首踟蹰。

静女其娈，贻我彤管。彤管有炜，说怿女美。

自牧归荑，洵美且异。匪女之为美，美人之贻。

5

狡童

彼狡童兮，不与我言兮。维子之故，使我不能餐兮。

彼狡童兮，不与我食兮。维子之故，使我不能息兮。

褰裳

子惠思我，褰裳涉溱。子不思我，岂无他人？狂童之狂也且！

子惠思我，褰裳涉洧。子不思我，岂无他士？狂童之狂也且！

子衿

青青子衿，悠悠我心。纵我不往，子宁不嗣音？

青青子佩，悠悠我思。纵我不往，子宁不来？

挑兮达兮，在城阙兮。一日不见，如三月兮。

溱洧

溱与洧，方涣涣兮。士与女，方秉蕑兮。女曰："观乎？"士曰："既且。且往观乎？洧之外，洵讦且乐！"维士与女，伊其相谑，赠之以勺药。

溱与洧，浏其清矣。士与女，殷其盈矣。女曰："观乎？"士曰："既且。且往观乎？洧之外，洵讦且乐！"维士与女，伊其将谑，赠之以勺药。

卷耳

采采卷耳，不盈顷筐。嗟我怀人，置彼周行。

陟彼崔嵬，我马虺隤。我姑酌彼金罍，维以不永怀。

6

陟彼高冈，我马玄黄。我姑酌彼兕觥，维以不永伤。

陟彼砠矣，我马瘏矣，我仆痡①矣，云何吁矣！

蒹葭

蒹葭苍苍，白露为霜。所谓伊人，在水一方。溯洄从之，道阻且长；溯游从之，宛在水中央。

蒹葭萋萋，白露未晞。所谓伊人，在水之湄。溯洄从之，道阻且跻；溯游从之，宛在水中坻。

蒹葭采采，白露未已。所谓伊人，在水之涘。溯洄从之，道阻且右；溯游从之，宛在水中沚。

《诗经》里面的作品，实有大部分都是这样神妙隽美的小诗。这大约是因为经过了严格的删选修饰的缘故，所以全部的作品才如此整齐美观。只有点可惜当时歌谣的真面目，没有完全保存下来。《诗经》的作者甚多，故其作品的风格意趣，各有特色，极不一致；其佳美处亦自不能以一句概括的评语去贯通包涵之，使全部的诗的作风成为一致性。换言之，就是说《诗经》在艺术上的趣味，是很复杂的。可是，向来讲《诗经》的，都只简单地认定"温柔敦厚"为诗教，认为《诗经》最大的特色。这实在是一个最可笑的错误。我们只承认《诗经》里面有一部分温柔敦厚的诗，但决不是全部。即如《诗经》里面那许多抒写情欲的所谓"淫风"，都压根儿不能说是"敦厚"。至如《硕鼠》诗的"硕鼠，硕鼠，无食我黍"，及《苕之华》的"知我如此，不如无生"等诗，都是悲愤激烈之辞，全不合温柔敦厚之旨了。然而这些诗均不以不合于"温柔敦厚"之旨而失其价值。所以，"温

---

① "痡"底本作"痛"，据《诗经》改。

柔敦厚"四个字决不能成为诗教，决不能解释《诗经》全部的艺术价值。此外，向来又多用"赋"、"比"、"兴"之说来诠释《诗经》的作法。大体说来，"赋"是"直陈其事"；"比"是"比托于物，以彼状此"；"兴"是"托物兴词"。这样的说法，虽则大概能讲明《诗经》作法上的体例类别，却也不能用来解释《诗经》的艺术价值，并没有多大的意义。（以前有专门赞美《诗经》中的兴诗或比诗者，都无道理。）其实，古人研究《诗经》的，不免都有所蔽。他们总喜欢根据那些"六义"、"四始"及《诗序》等去说诗，故都说得一塌糊涂。我们现在为建设《诗经》的新艺术观，必须破除那些"六义"、"四始"、《诗序》及各种传统下来的胡说谬见，还给《诗经》本来的歌谣面目，而运用自己的灵感从《诗经》的本身上去赏鉴诗的神韵，才能够悟解《诗经》的最高的文艺价值。

《诗经》所贡献于后世文学者甚大，在文学史上具有绝对的权威，实已成为一部文学的大经典。如其我们用现代的文艺眼光来估量《诗经》，虽则不敢如古人那样极力捧《诗经》为空前绝后的无上杰作，但我们仍旧不会否认《诗经》在文学史上高贵的地位。大体说来，《诗经》实有下列艺术上的特点：第一，描写的技术异常朴素，处处都能活现出作者朴实无华的真挚心情；第二，诗句多反复回旋，而不嫌重复，含味隽永，余韵无穷；第三，结构无一定规律，用句长短自由，自一言至九言皆用，不尽是四言；第四，描写多用象征的具体的字句，不说抽象的话语；第五，诗的音韵多叶于自然的和谐的音节，故亦具有音乐的美。这些都是《诗经》明显的特色。最后，我们应该知道，在两千五百年前的古代，最初一部筚路蓝缕的文学创作，已经有《诗经》这样美满的成绩，真令我们弥觉珍贵了。

第二章　楚辞

《楚辞》就是楚声，是中国南方文学的初页。

继续着《诗经》之后，不久就产生《楚辞》，实在是文学史上的奇迹。这是很显明的一种进步：《诗经》只是简短的歌谣，到了《楚辞》便衍为每篇起码数百字，长至数千字一篇的韵文，姑无论其实质的价值如何，而有如此磅礴宏肆的大手笔，已经够使我们赞美了。

《楚辞》的起源，向来都误认为出于《诗经》。如刘勰即称其有"四同于风雅"，王逸则竟拿《楚辞》来附会《五经》，更为可笑。其实《楚辞》与《诗经》不仅无渊源关系，而且有许多绝对歧异之点，如：

一、《诗经》多用短句叠字，《楚辞》则多用长句与骈语；

二、《诗经》多重调，反复咏叹，《楚辞》则多直陈，绝无重调；

三、《诗经》的表现近于写实，《楚辞》的思想则较为浪漫；

四、《诗经》多写人事，《楚辞》则多写神话。

无论从形式或内容去考察，《诗经》与《楚辞》均无彼此影响的线索可寻。因为《诗经》是以黄河流域为中心，代表北方民族性的文学，《楚辞》是以长江中部为中心，代表南方民族性的文学；《诗经》是征伐时代（弱政府时代）的产物，《楚辞》则是混战时代（无政府时代）的产物；《诗经》多出自平民，《楚辞》则多贵族诗人之作。二者产生的时代、地域与作者，均迥不相同，故结果，《楚辞》与《诗经》的作风亦全异。

南方的文学本来发达很早。考《吕氏春秋·音初篇》说："禹行功，见涂山之女。禹未之遇而巡省南土。涂山氏之女乃命其妾候禹于涂山之阳。女乃作歌，歌曰：'候人兮猗。'实始作为南音。"可见南音发生甚早。《诗经》里面虽无楚风之名，实有楚地之歌。《论语》中载有接舆《凤兮》之咏，《孟子》中亦有孺子《沧浪》之歌。至《九歌》等篇相继产生以后，伟大的《楚辞》便逐渐诞生于人间了。梁启超说："当时文化正涨到最高潮，哲学勃兴，文学也该为平行线的发展。内中如《庄子》、《孟子》及《战国策》中所载各人言论，都很含有文学趣味，所以优美的文学出现，在时势为可能的。"（《屈原研究》）这个话也可以解释《楚辞》的发展是与当代的学术文化相连带，决不是偶然突起的。

富于浪漫的神秘思想，是《楚辞》最大的特色。其原因是由于南方得天然的恩惠本较丰厚，多高山、大泽、深林、沃野。人民的生活较易为力。故多流于冥思幻想，求解宇宙之谜。其俗信巫鬼，重淫祀，崇仰神明的环境如此，故其信仰的表现，自然而然的流于虚无的浪漫的神秘的倾向。

屈原是《楚辞》的创造者，是文学史上最初的一个大诗人。

《史记·屈原列传》称屈原名平。（他在《离骚》中自称"名余曰正则兮，字余曰灵均"，这大约也如现代小说中的化名，并非真称。）为楚武王子瑕之后。生于楚宣王二十七年（公

元前三四三）。关于他的家庭，我们至多只知道他有一个姊
（？），此外即他的故乡在哪里，也不知道。他因是皇室贵族，
故早年便做了官。又因他"明于治乱，娴于辞令"，具有政治上
的长才，故在楚怀王朝做到左徒的高位。是时他"入则与王图议
国事，以出号令；出则接遇宾客，应对诸侯"，声势甚为显赫。
后因为王造"宪令"，被谗见疏，流于汉北。最后，他还使过齐
国，做过三闾大夫。终为郑袖、子兰、靳尚等的谗言所陷害，横
遭放逐，漂泊沅湘，饮恨而自沉于汨罗。这位绝代的诗人便尔与
世长辞了。（关于屈原的死年，众说不一。大概是在顷襄王初
年，那时屈原已经有五十岁左右了。）

　　屈原的作品，据班固《汉书·艺文志》称有二十五篇。王逸
《楚辞章句》及朱熹《楚辞集注》所载，亦多为屈原之作，今列
其目录如下：

王　逸　本		朱　熹　本	
篇　　名	作者姓名	篇　　名	作者姓名
离骚经	屈原	离骚经	屈原
九歌	屈原	九歌	屈原
天问	屈原	天问	屈原
九章	屈原	九章	屈原
远游	屈原	远游	屈原
卜居	屈原	卜居	屈原
渔父	屈原	渔父	屈原
九辩	宋玉	九辩	宋玉
招魂	宋玉	招魂	宋玉
大招	屈原或景差	大招	景差
惜誓	或曰贾谊	惜誓	贾谊
招隐士	淮南小山	吊屈原	贾谊

续表

王 逸 本		朱 熹 本	
篇 名	作者姓名	篇 名	作者姓名
七谏	东方朔	服赋	贾谊
哀时命	严夫子	哀时命	庄忌
九怀	王褒	招隐士	淮南小山
九叹	刘向		
九思	王逸		

《楚辞》的后半部已经是汉人的作品，用不着我们在这里讨论。现在我们要加以考虑的乃是前半部重要部分的《楚辞》。据历代学者的严密考证，真正可信为出于屈原手笔者，实只有下列诸篇：

（1）《离骚》

（2）《橘颂》（以下九篇皆属《九章》）

（3）《抽思》

（4）《悲回风》

（5）《惜诵》

（6）《思美人》

（7）《哀郢》

（8）《涉江》

（9）《怀沙》

（10）《惜往日》

（11）《天问》

其余，如《九歌》的产生实在屈原之前，朱熹已明指其为楚人的祀神舞歌，此盖《楚辞》的先驱，无此则无法解释屈原文学的来源。《远游》一篇，则经近人胡适、陆侃如等详加研究，已从多方面证明其为后人拟作。《卜居》与《渔父》二篇，开头即说"屈原既放"，似系旁人所记载；或许如王逸所言，乃楚人思念屈原而作，也未可知。至于《招魂》一篇，虽后世学者有认为屈原的作品，但王逸、朱熹皆题为宋玉作，未可即遽归之于屈原也。

这位文学的老祖宗辛苦地写下二十五篇名著，至今仅有十一篇（若《九章》算一篇，则共只三篇）可征信的作品遗传下来，不能不说是文学上的一大损失。可是，我们仅就《离骚》及《九章》等篇，便可纵观屈原思想的全部及其艺术上的最高成绩了。

梁启超说："屈原脑中含有两种矛盾原素：一种是极高尚的理想，一种是极热烈的感情。"（《屈原研究》）这是不错的。屈原本是一个矫然独立，悲时愤俗的诗人，但他天生多情，始终热烈地爱护他的国家社会，始终抱着牺牲自己去改造国家社会的宏图。"哀民生之多艰兮，长太息以掩涕。"①"岂余身之惮殃兮？恐皇舆之败绩。"但是像他那样"高余冠之岌岌兮，长余佩之陆离；芳与泽其杂糅兮，惟昭质其犹未亏"，"民生各有所乐兮，余独好修以为恒；虽体解吾犹未变兮，岂余心之可惩"这般孤芳自赏、洁身自爱的圣者，自然不能与世相合，自然要忤时而不得志了。加以楚王也不信任他："兹历情以陈辞兮，荪佯聋而不闻"，"荪不揆余之中情兮，反信谗而赍怒"。屈原失望之余，也渐渐地觉悟了："国无人，莫吾知兮，又何怀乎故都？既莫足与为美政兮，吾将从彭咸之所居。"如其屈原果能掉

---

① 《离骚》作："长太息以掩涕兮，哀民生之多艰。"

头不顾，能抛弃他的祖国故乡，飘飘然去独善其身，便也罢了。可是当他回过头来的时候，"陟升皇之赫戏兮，忽临睨夫旧乡；仆夫悲，余马怀兮，蜷局顾而不行"，一股爱国爱乡的热情又油然而生了。这样感情丰富却又绝对不能"以身之察察，受物之汶汶"，那末最后之解决，只有"赴湘流，葬于江鱼之腹中"的唯一方法了。

屈原的思想始终是陷于理想与热情的矛盾当中而不能自拔，他的作品的大部分，是表现这种富有艺术上的缺陷美的矛盾生活。我们现在且举他最负盛名的《离骚》中间最精采的一段以为例：

> 跪敷衽以陈辞兮，耿吾既得此中正。驷玉虬以乘鹥兮，溘埃风余上征。朝发轫于苍梧兮，夕余至乎县圃。欲少留此灵琐兮，日忽忽其将暮。吾令羲和弭节兮，望崦嵫而勿迫。路漫漫其修远兮，吾将上下而求索。饮余马于咸池兮，总余辔乎扶桑。折若木以拂日兮，聊逍遥以相羊。前望舒使先驱兮，后飞廉使奔属，鸾凤为余先戒兮，雷师告余以未具。吾令凤鸟飞腾兮，又继之以日夜；飘风屯其相离兮，率云霓而来御。纷总总其离合兮，斑陆离其上下。吾令帝阍开关兮，倚阊阖而望予。时暧暧其将罢兮，结幽兰而延伫。世溷浊而不分兮，好蔽美而嫉妒。朝吾将济于白水兮，登阆风而绁马。忽反顾以流涕兮，哀高丘之无女。溘吾游

---

① "县"底本作"悬"，据下文改。

② "凤"或作"皇"。

此春宫兮，折琼枝以继佩。及荣华之未落兮，相下女之可贻。吾令丰隆乘云兮，求宓妃之所在。解佩纕以结言兮，吾令蹇修以为理。纷总总其离合兮，忽纬繣其难迁。夕归次于穷石兮，朝濯发乎洧盘。保厥美以骄傲兮，日康娱以淫游。虽信美而无礼兮，来违弃而改求。览相观于四极兮，周流乎天余乃下。望瑶台之偃蹇兮，见有娀之妷^①女。吾令鸩为媒兮，鸩告余以不好。雄鸩之鸣逝兮，余犹恶其佻巧。心犹豫而狐疑兮，欲自适而不可。凤凰^②既受诒兮，恐高辛之先我。欲远集而无所止兮，聊浮游以逍遥。及少康之未家兮，留有虞之二姚。理弱而媒拙兮，恐导言之不固。世溷浊而嫉贤兮，好蔽美而称恶。闺中既邃远^③兮，哲王又不悟^④。怀朕情而不发兮，余焉能忍而与此终古！

《离骚》是屈原一首最长的诗，共三百七十余句。屈原的艺术大手腕，在这首缠绵悱恻的长诗里面，已尽量地表现出来。他这首诗用的是独创的自叙传的体裁。自他的远祖、皇考，叙到他自己，叙到他自己忠贞的人格，叙到党人的偷乐贪婪和怀王的昏庸。次则讲他政治失意后，乃南征就重华而陈辞，把禹、启、羿、浞、浇、桀、汤、纣等人的事迹和自己的悲愤，都陈诉出来了。他于是从苍梧，历游县圃^⑤、咸池、扶桑、白水、阆风、春

---

① "妷女"：疑作"佚女"。
② "凰"或作"皇"。
③ "闺中既邃远"或作"闺中既以邃远"。
④ "悟"或作"寤"。
⑤ "圃"底本作"面"，误，径改。

宫、穷石、洧盘、昆仑、天津、西极、流沙、赤水、不周、西海等处；他把羲和、望舒、飞廉、鸾凤、雷师、凤鸟、飘风、云霓等，都给以生命化人格化，任意去指挥。作者描写的范畴是无边无际的。宇宙的一切都是他抒写的活资料，他毫无拘束地在想像界驰骋着自己的情思，自由放肆的表现"自我"，一点也不修饰隐讳。我们看他在《离骚》里面所表现的个性是多么活泼：忽喜、忽怒、忽悲、忽笑、忽而要远游、忽而要见上帝、忽而要恋爱、忽而要问卜、忽而望故乡、忽而要自杀。这完全是赤子的真情之流，故描写异常真切动人。诚如梁启超所言："几千言一篇的韵文，在体格上已经是空前创作。那波澜壮阔，完全表出他的气魄之伟大；有许多话讲了又讲，正见得缠绵悲恻，一往情深。"在艺术的造诣上说，《离骚》实已臻入化之境了。有了这样成熟的作品为模范，难怪《楚辞》的影响要压倒《诗经》了，难怪后之辞赋家都辗转束缚在《楚辞》之下，模来拟去而不能翻身了。

《离骚》之外，《悲回风》、《哀郢》、《涉江》诸篇均佳。《橘颂》艺术较差，大约是屈原初期的作品。

步着屈原的后尘而为《楚辞》的作者的，在楚国尚有宋玉、景差、唐勒诸人。宋玉最有名。他的生平不详，只知其曾在楚襄王朝做过官。《汉书·艺文志》著录其赋十六篇。今所传者有《九辩》、《招魂》（以上二篇见《楚辞》），《风赋》、《高唐赋》、《神女赋》、《登徒子好色赋》（以上四篇见《文选》），《笛赋》、《大言赋》、《小言赋》、《讽赋》、《钓赋》、《舞赋》（以上六篇见《古文苑》），共十二篇。最可靠之作品惟《九辩》与《招魂》，其余多有出于后人依托的嫌疑。但如论其艺术上的价值，则《神女赋》、《高唐赋》、《登徒子好色赋》诸篇，都是极美艳的作品。景差的创作，则至多只有一篇《大招》。唐勒则虽有《汉书·艺文志》著录其赋四篇，可惜都失传了。

第二编　汉代文学

第三章　汉代文学的倾向

由先秦至汉代，文学的进展也跟着时代及政治的推移，进到了一个新的阶段。这个新时代的文学之形成，当然决不是偶然起来的，而与当时的时代背境有密切的因果关系。现在我们研究汉代文学，首先便要从事于讲解汉代文学所受当代的影响而起的几种反应：

第一，汉代的文语已经分离，贵族化的古典文学因以起来。在秦以前，经过很长的封建割据时期，不但各国的言语不同，即各国的文字也各不相同。秦始皇既统一中国，为巩固统一的文化基础，自有实施文字统一政策之必要。故一方面改大篆为小篆，制成一种简省的文字，以便于通行；一方面又以政府的命令，要全国"书同文"，把各种歧异的字体悉行废除。自从这种文字统一政策实施奏效以后，果然把许多怪异的方言淘汰掉，而有通行全国的简便文字了。有了这种简便通用的文字，对于智识文化的保存与发扬，自然容易致力；但从此，文体和语体却越离越远了。我们知道，虽说在秦以前已是文语不能一致，好在那时的文字还没有定于一律，各国的文字每随各地的方言俗语而变，故文与语虽分离，还不会相距过远。至秦以后，文字有了定型，不能随方俗而变，久了便变为不容易懂的典雅的古文，文与语便完全异道而扬镳了。这样文体与语体极端分化的结果，使学习文字便①成一件艰难的事；又因教育不能普及，遂使习用文字成为少数人的专业。这样一来，文学的领域也跟着文语的分离而划分为两个色彩不同的范围：一部分仍旧是老百姓们用口语讴唱的平民文学；一部分是文人学士用古文写的贵族化的古典文学。古典文学可以说是始于汉代。因为当时的政府要用一种统一的典雅的古文，来作教化的工具，造就了一班专门使用古典文字的人才出来。于是使用古典文字，即作古文，便成为文人的特殊技能。因此贵族化的古典文学便大发达于汉代。

第二，汉代是儒教的学术思想最盛行的时代，文学一科也被笼罩在儒教的思想之下，埋没了独立的正确的文学观念，故文学得不到健全的发展。我们知道，汉代自武帝设立五经博士，罢黜百家，定儒术于一尊以后，一切都儒教化了。一部最有文学价值的《诗经》，也因此竟被一班腐儒解释得变成一部伦理学讲义了。一般有天才的文人，都用其心力去做有益于社会国家的文章著述，至于纯粹的抒情诗竟没有人去问津。虽说当时也产生了许多赋的作家，但都是另有所为而作，并没有忠实于文学的严正精神。例如扬雄总算很喜欢做赋，他还不免嘲笑赋体，说是"雕虫篆刻，壮夫不为"。由此可知当代对于文学还不免视为小技，还没有认识文学的必要及其独立的珍贵的地位，故不免以余力而为

---

① "便"疑作"变"。

之，文学的发展自难臻于健全。所以汉代文学作品的数量虽说很不少，但论其价值，则很有限（民间文学又当别论）。直至汉末，始有一班忠实而献身于文学的文人起来，始造成文学的黄金时代。

第三，政府豢养文人，文学变为政治的工具，此亦汉代文学进展中的一大厄运。汉代是经过东周至秦五六百年混战之后，新得到的一个长期的太平统一时代。中间虽经过几度的变乱，而为时甚暂。前后计算起来，实有三百多年的治安期。在这三百多年的治安期间所形成的文学是什么？就是典雅富丽，歌颂太平盛德的辞赋文学。因为当代那些富贵安乐惯了的帝王，多把文学当做一种消遣的玩意儿，极力奖励提携天下的文人去做粉饰太平的富贵文章。而当代一般穷文人，却都靠着作这种富丽堂皇的辞赋，以讨帝王的欢喜，以作升官发财的工具。他们的创作完全是为政治欲所驱使，没有丝毫艺术的动机。这自然不会有伟大的创作品出来。

由上面所讲的三点看来，则虽说汉代的文学风气很浓，虽说文人辈出，作品日繁，对文学上有新的贡献；但这种新贡献绝不曾使我们发生快感。我们只觉得先秦时代文学发展的那一股活跃的生机，到汉代已被压迫斩伐殆尽了。这是很显然的，在先秦时代的作者，都带着无所为而为的自由精神去创作，只知道讴歌自己的生命情思，这是先秦文学的伟大矜贵处。可惜到了汉代，文字古典化了，文学被视为小技，而且工具化了，试问如何能做出真挚而有价值的作品来？加以汉代是个一切都倾向复古的时代，文学模拟之风因以极浓。鼎鼎大名的汉代文豪扬雄，即是以善模著称于世。他的一切著作都是模拟的，文学的作品如《反离骚》、《广骚》、《畔牢愁》、《羽猎赋》、《长杨赋》、《解嘲》、《解难》、《剧秦美新》及《连珠》等，竟无一篇不是出于拟作。此外的文人如枚乘、冯衍、班固及张衡等，皆以模拟见称。这种模拟的风气的造成，不仅阻碍汉代文学的发扬光大，流毒于后世文坛者更深。两千年来文人方面的文学多偏重模拟，实汉代首倡模拟文风为之厉阶。

话虽如此，我们讲汉代文学当然不仅只注意到文人方面，也许真正能代表汉代的还是民间文学，也许汉代的民间歌儿比文人的辞赋更有价值，更有优美的影响于后世文坛呢。这些且让后面去细讲吧。我们在这一章是要大概讲明汉代文学的渊源及其潮流风气，故略述如上。

第四章　汉代的辞赋

先秦时代的文学，最初只有诗歌。根据传统的说法，诗有六义，赋是诗的一义。但这只是说赋是诗的一种直陈式的作法，并不是说赋是一种独立的文体。屈原是被称为赋体的开山大师的，然他作的《离骚》诸篇，都是长篇的韵文抒情诗，实不容称之为赋。直到荀况、宋玉，才创立赋名。所以刘勰《文心雕龙·诠赋篇》说：

> 赋也者，受命于诗人，拓宇于《楚辞》也。于是荀况《礼》、《智》，宋玉《风》、《钓》，爰锡名号，与诗画境。六义附庸，蔚成大国。

自荀况、宋玉作赋以后，大家都"竞为侈丽闳衍之词，没其风谕之义"（《汉书·艺文志》），于是赋的形式与内容完全与诗不同。到了汉代，赋便成为一种独立的重要文体了。可是，赋在事实上，虽已成为一种独立的与诗对抗的文体，但要给它下一个定义，解释它这种文体的特性，仍旧是很困难的。虽有许多古人的解说，仍然不能得其要领。例如刘熙的《释名》上说：

> 赋，敷也，敷布其义谓之赋。

皇甫谧的《三都赋序》上说：

> 赋也者，所以因物而造端，敷宏体理^①。

钟嵘的《诗品》上说：

> 直陈其事，寓言写物，赋也。

挚虞的《文章流别论》上说：

> （赋）所以假象尽辞，敷陈其志。

刘勰的《文心雕龙》上说：

> 赋者，铺也，铺采摛文，体物写志也。

这上面许多解说，都没有明白说出"赋是什么"，不过是指明作赋要铺敷夸饰而已，使我们仍旧不能明了赋体的真意义。其实，赋本是作诗的一种方法，并非独立的一种文体，不过后来的文人，喜欢使用这种作法，遂成诗的变体，而名之为"赋"。实则赋中之情韵浓厚者，皆是诗。只是到了汉代，作者"专取诗中赋之一义以为赋，又取骚中赡丽之辞以为辞"（吴讷语），于是赋乃变成一种淫丽的美文，以典雅丰缛为贵，便不能说是诗，只能算是界乎诗与文中间的文体而已。

赋是汉代文人的文学中最主要的部分。两汉的文人，几乎每

---

① 底本无"体理"，据1947年5月新一版补。

一个都曾在赋里面贡献他的才力聪明。文学史家都说："汉是赋的时代。"就赋的发展一方面说，这个话是一点不错的。

汉赋为什么突飞猛进的发达起来呢？我们分析赋在汉代之所以发达，实有两种必然的原因：

第一，先秦时代所产生的文学成绩有两种，一是诗歌，一是骚赋。诗歌多出自民间，遣词俚俗，非文人所优为。骚赋乃是通文的人所作的，先秦作者仅有屈原、宋玉几人，作品甚少，正有待于后之文人去发扬光大。

第二，汉代是太平的时代，政府要点缀太平，自然竭力提倡讴歌太平盛德的文学。赋体本是以"铺采摛文，体物写志"为能事的，正是写太平文学的最好的文体。汉代的几个皇帝都喜欢辞赋一类的文学，于是文人都竞作赋，以求取功名，而赋遂繁。

汉之初期，即有赋家。陆贾、贾谊作赋最早。汉武帝前后，要算是赋的黄金时代，如大赋家枚乘、司马相如，都是这时候的作者。至宣帝、成帝两朝，赋体益繁。据刘勰的记载，"繁积于宣时，校阅于成世，进御之赋，千有余首"，其盛可想。东汉赋坛，则以章和前后为最盛之期。直到汉末建安以后，文坛的风气才由赋移转为诗歌作中心的发展。

赋至汉代而繁，亦至汉代而弊。因为当时的文人，本没有忠实于文学的信念，他们作赋的目的，完全是基于"以文干禄"的念头。这样一来，赋体乃变成文人作政治企图的一种工具，作品的价值亦因之而低落了。所以，如果从质的方面来估计汉赋的价值，那是显然要使我们大失所望的。

汉代的赋家，第一个当数司马相如，这是无疑的。王世贞说："长卿之赋，赋之圣者也。"（《艺苑卮言》）司马相如的赋是否能够称"圣"，诚然是个疑问，但他确是以赋独步两汉的。

相如字长卿，蜀郡成都人。《史记》称他"少时好读书，学击剑，故其亲名之曰犬子"。事孝景帝为武骑常侍，因病免。客游梁，与文士邹阳、枚乘、严忌等见知于梁孝王，作《子虚赋》。会孝王卒，相如返而家贫，无法生活。因素与临邛令王吉相善，趋往依之。宴于富人卓王孙家。适卓王孙有女文君新寡，相如以琴挑之，文君夜奔相如，乃相偕驰归。后因家徒四壁，无以为活，复往临邛。买一酒舍酤酒，而令文君当炉。相如自著犊鼻裈，与保佣杂作，涤器于市中。卓王孙耻之，不得已分与文君僮百人，钱百万，遂成富人。相传相如得在武帝朝做官，是因蜀人杨得意为狗监，随侍武帝，武帝读了相如的《上林赋》，恨没有与作者同时，杨得意乃告诉武帝，这是他的同乡司马相如的作品。武帝即召见相如，相如乃再赋《上林》，因得为郎。后以通西南夷有功，拜孝文园令。卒于茂陵。（纪元[①]前一七九——一一七）据说是因色欲过度，以消渴疾死的。

相如本是一个轻薄无赖的文人，他的人格毫不足取。他的赋也都是些堆砌词藻的浮艳文字，并没有表现自己的个性的作品。据《汉书·艺文志》的记载，相如有赋二十九篇，今所传者仅六篇：

（1）《美人赋》（？）

（2）《上林赋》（以上二篇游梁时作）

---

① 底本作"纪元"，为尊重原著，不作修改，后不一一标注。

（3）《长门赋》（居蜀时作）

（4）《子虚赋》

（5）《哀二世赋》（？）

（6）《大人赋》（以上三篇武帝召见后作）

其实这六篇赋还不尽是相如的手笔，《美人赋》与《哀二世赋》疑是后人伪托之作，可靠的赋只有四篇。就这可靠的四篇说，《子虚》与《上林》是写田猎的事，《大人》是写神仙的事，都是迎合帝王心理而作的，虽有闳丽的词藻，绝无文艺价值可言。《长门赋》也是受武帝后陈氏的黄金贿买而作的，但系抒写恋情，题材较有意味，末一段写弃妇的哀怨，最佳：

> 左右悲而垂泪兮，涕流离而从横。舒息悒而增欷兮，蹝履起而彷徨。揄长袂以自翳兮，数昔日之愆殃。无面目之可显兮，遂颓思而就床。抟①芬若以为枕兮，席荃兰而茝香。忽寝寐而梦想兮，魄若君之在旁。惕寤觉而无见兮，魂迋迋若有亡。众鸡鸣而愁予兮，起视月之精光。观众星之行列兮，毕昴出于东方。望中庭之蔼蔼兮，若季秋之降霜。夜曼曼其若岁兮，怀郁郁其不可再更。澹偃蹇而待曙兮，荒亭亭而复明。妾人窃自悲兮，究年岁而不敢忘。

传说汉武帝读了这篇赋，陈皇后复得宠幸，可见这确是一篇能感动人的作品。

平心而言，相如的赋"材极富，辞极丽"，实是一位有才气的作家。可惜他不用文学来表现自己，抒写自己的实感；徒然夸

---

① "抟"底本作"搏"，误，径改。

饰大言，为浮靡淫丽之辞，以献媚于帝王。这样浪费了自己的才华，终无矜贵的文学成绩可言，这是我们很替相如惋惜的。

汉代的赋家，只有司马相如是唯一以赋著名的，是一个纯粹的文人。其他的作者往往以经史学家或政论家兼为赋作家。其最著称的，有贾谊、枚乘、严忌、董仲舒、严助、东方朔、枚皋、王褒、刘向、扬雄、班固、张衡诸人。

贾谊，洛阳人。年十八以能诵《诗》、《书》，属文，称于郡中。文帝召为博士，迁太中大夫。后为人所忌，攻击他"专欲擅权，纷乱诸事"，谪往长沙，为长沙王太傅。后拜梁怀王太傅。卒年三十三。（纪元前二○一——六九）他长于作议论文，《过秦论》最有名。有《贾长沙集》。他的赋以《鹏鸟赋》与《吊屈原赋》二篇最著。

枚乘，字叔，淮阴人。初为吴王濞郎中，景帝召为弘农都尉。后游梁，孝王敬为上宾。武帝即位，以安车蒲轮征乘，死于途（公元前一四○）。《汉书·艺文志》称其赋有九篇。最有名的是《七发》，后人的《七激》、《七兴》、《七广》、《七辩》、《七依》、《七说》、《七蠲》、《七启》、《七释》、《七命》、《七征》、《七讽》等，皆系受《七发》的影响而作。

严忌，姓庄，避讳称严，会稽人。初事吴王濞。吴败，游梁，与邹阳、枚乘受知于孝王。忌名尤盛。世称庄夫子。《汉书·艺文志》称其有赋二十四篇。

董仲舒，广川人。武帝时为江都相，后为胶西王相，以病免。他是一位有名的经学家，著有《春秋繁露》、《董子文集》。他的赋有《士不遇赋》等篇。

严助，忌之子，会稽人。郡举贤良对策，武帝擢为中大夫。建元中，拜会稽太守。后坐淮南王刘安叛党，被杀（纪元前一二二）。《汉志》称其有赋三十五篇。

东方朔，字曼倩，厌次人。武帝时官至太中大夫，后为中郎。他为人诙谐自喜，善于写滑稽的文章，作赋只是他的末技。

枚皋，字少孺，乘之子，淮阴人。武帝拜为郎。他为人亦诙谐，善辞赋，时以比东方朔。他写文章很快，故所作的赋特多。

王褒，字子渊，蜀人。宣帝时官至谏议大夫。《汉志》称其有赋十六篇，以《洞箫赋》最著。

刘向，本名更生，字子政，汉之宗室。初为谏议大夫，元帝时为中垒校尉。（纪元前七七—六）向是一位儒学家，著《新序》、《说苑》等书。《汉志》称其有赋三十三篇。

扬雄，字子云，蜀郡成都人。成帝时召对承明庭，奏《甘泉》、《长杨》等赋。后官于王莽。（纪元前五三—公元六）。他的著作甚多，有《太玄》、《法言》、《方言》等书。作赋多仿屈原与司马相如。尝依《楚辞》作《反离骚》、《广骚》诸篇，开后世竞事模拟的风气。《汉志》称其有赋十二篇。

班固，字孟坚，扶风安陵人。明帝以为郎，典校秘书。后迁玄武司马。窦宪出征匈奴，以固为中护军，宪败，固被捕死狱中。（公元三二—九二）固是历史上有名的史学家，著《汉书》著称于世。他的辞赋亦有名，最著的是《两都赋》。

张衡，字平子，南阳人。安帝征拜郎中，迁太史令。顺帝时出为河间相，征为尚书卒。（公元七八—一三九）他的《两京赋》写了十年，最有名于世。

以上共录十二位汉赋家。此外以赋著称者尚有邹阳、朱买臣、吾丘寿王、终军、严葱奇、张子侨、冯衍、崔篆、杜笃、傅毅、李尤、崔骃、王逸、赵壹、边让、蔡邕、郦炎许多人。他们都是些皇帝的清客，御用的文人；他们都是靠着作赋的一点技艺讨官做，讨钱用；他们所作的赋多是应制的，多是讴歌盛世，颂扬盛德的，献给皇帝作"娱悦耳目"的娱乐品，被视为"倡优博奕"一流的玩意儿。于是赋在文学里面的意义便死了，汉代文人所作的辞赋便和明清文人所作的八股文同样的全无价值了。

第五章　汉代的诗歌

汉代的文学是分两路发展的：一路是文人的正统文学，他们的作品拼命的趋向典雅一途，造成所谓汉赋的成绩；一路是民间的文学，他们的作品仍然是朴实的抒情诗。

做典雅丰缛的、歌功颂德的长篇辞赋，是文人的专业，民间的作者是做不来的。他们只晓得歌唱，撰几支歌儿唱唱，喊出他们心头的喜怒，生活的苦乐。先秦时代的民众已经撰制出来无数的歌谣了，汉代的民众自然也同样的会撰的，如刘邦的《大风歌》便是汉代最早的一首歌谣：

大风起兮，云飞扬；

威加四海兮，归故乡。

安得猛士兮守四方？

《史记》说刘邦削平了西楚，统一天下，大富大贵而归故乡，召集故人父老子弟来佐酒，这时他心中十分畅快，便撰了这一支歌儿给故乡的孩子们唱。刘邦本是一个不学无术的亭长，他曾有拿儒冠当做溺器的笑话，自然不懂做什么典雅的辞赋，只会做这种俚俗的歌儿。你看，这支歌儿可真做得不坏，只是二十二个字，便把作者的喜悦气慨与匹夫骤得富贵的患得患失的心理，写得跃然纸上。

武帝时候，有倡家子弟李延年，因他的妹李夫人得幸于武帝，他也跟着得宠。有一天，他在武帝面前跳舞，唱了一支赞扬阿妹美丽的歌，以媚武帝。那支歌也很好：

北方有佳人，绝世而独立。

一顾倾人城，再顾倾人国。

宁不知倾城与倾国？

佳人难再得！

今所传的古辞，都是汉代街陌的谣讴，都是些指不出作者姓名的作物。自汉武帝设置一个国立的音乐机关，叫做"乐府"（即后世的"教坊"），以李延年为协律都尉，把四方传唱的歌谣都收到"乐府"中去，因此，当时的俚俗民歌始得传于后世。

汉代的民歌有些是纯粹给歌的，如《江南可采莲》：

江南可采莲，莲叶何田田！

鱼戏莲叶间，

鱼戏莲叶东，鱼戏莲叶西，

鱼戏莲叶南，鱼戏莲叶北。

这支歌并没有什么深意，只是用好听的音节，唱出采莲时的快活而已；读来却何等的朴素，自然。又如《上留田行》（《乐府诗集》误为曹丕作），也是一首道地的民间歌谣：

居世一何不同？——上留田！

富人食稻与梁，——上留田！

贫子食糟与糠，——上留田！

贫贱亦何伤？——上留田！

禄命悬在苍天，——上留田！

今尔叹息，将欲谁怨？——上留田！

这是一首极好的民歌。"上留田"三字用在句尾有声无义，只是用来谐韵的。我以为这种朴素的歌决不是贵为帝王的曹丕做得出来的，但也许经过他的修改而成。大概古代的歌谣，经过文字写定的时候，总不免要受写定者的修改的。故我们现在所诵读的古歌辞，很多竟是半文半俗的诗歌，不像是纯粹口白的歌谣了。

汉代的歌辞有很多是描写当代民众社会情形的作品，有很多感动人的悲剧诗。如写战争残暴的《战城南》：

战城南，死郭北，野死不葬乌可食。

为我谓乌："且为客豪。野民①谅不葬，腐肉安能去子逃？"

水深激激，蒲苇冥冥。枭骑战斗死，驽马徘徊鸣。

梁筑室，何以南？何以北？禾黍不获君何食？愿为忠臣安可得？

思子良臣，良臣诚可思！朝行出攻，暮不夜归！

与《战城南》同工并妙的非战诗歌有《十五从军征》：

十五从军征，八十始得归。道逢乡里人，"家中有阿谁？""遥望是君家，松柏冢累累，兔从狗窦入，雉从梁上飞。中庭生旅谷，井上生旅葵。"——烹谷持作

---

① "民"或作"死"。

饭，采葵持作羹。羹饭一时熟，不知贻阿谁？出门东向
望，泪落沾我衣！

汉代的歌辞，从文字方面看，是以朴素为其特长，这种长处
是每一首歌辞都具备的；若从艺术方面看，也有很多描写的技术
极佳美的作品，最好的如《上山采蘼芜》：

上山采蘼芜，下山逢故夫。长跪问故夫："新人复
何如？""新人虽言好，未若故人姝。颜色类相似，手
爪不相如。"新人从门入，故人从阁去。新人工织缣，
故人工织素。织缣日一匹，织素五丈余。将缣来比素，
新人不如故！

这首诗虽仅八十字，却活绘出夫妇三口子的一幕剧，是一篇描写
极经济的短篇小说。

写家庭间的痛苦，最哀感人的要算《孤儿行》：

孤儿生。孤子遇生，命当独苦。父母在时，乘坚
车，驾驷马。父母①已去，兄嫂令我行贾。南到九江，
东到齐与鲁。腊月来归，不敢自言苦。头多虮虱，面目
多尘。大兄言办饭，大嫂言视马。上高堂行取殿，下堂
孤儿泪下如雨。②使我朝行汲，暮得水来归，手为错，
足下无菲。怆怆履霜，中多蒺藜；拔断蒺藜，肠肉中怆
欲悲，泪下渫渫，清涕累累。冬无复襦，夏无单衣。居
生不乐，不如早去，下从地下黄泉。春气动，草萌芽。
三月桑蚕，六月收瓜。将是瓜车，来到还家。瓜车反

---

① "母"底本作"每"，误，径改。
② 或作："上高堂，行取殿下堂。孤儿泪下如雨。"

覆，助我者少，啖瓜者多。"愿还我蒂，兄与嫂严。"
独且急归，当兴校计。乱曰：里中一何诮诮！愿欲寄尺
书，将与地下父母，"兄嫂难与久居"。

沈德潜称道这首诗说："极琐碎，极古奥，断续无端，起落无
迹。泪痕血点，结缀而成。"这真是一首血和泪凝成的作品，这
种作品绝不是只知粉饰太平的汉赋家所能做得出来的。

古歌辞中也有很多的艳歌，写得最动人的莫如《上邪》：

上邪！欲与君相知，长命无绝衰。

山无陵，江水为竭，冬雷震震，夏雨雪，天地合，
乃敢与君绝！

《有所思》也是一首绝妙的恋歌：

有所思，乃在大海南。何用问遗君？双珠玳瑁簪，
用玉绍缭之。闻君有他心，拉杂摧烧之。摧烧之，当
风扬其灰。从今以往，勿复相思！相思与君绝！鸡鸣狗
吠，兄嫂当知之。妃呼狶！秋风肃肃晨风飔，东方须臾
高知之。

这两首诗语意直率，表情深挚，文字简朴而有气力，当是恋
歌中的圣品。此外整齐的五言诗中写艳情的，如《羽林郎》：

昔有霍家奴，姓冯名子都。依倚将军势，调笑酒家
胡。

胡姬年十五，春日独当垆。长裾连理带，广袖合欢
襦，头上蓝田玉，耳后大秦珠。两鬟何窈窕，一世良所
无；一鬟五百万，两鬟千万余。

不意金吾子，娉婷过我庐，银鞍何煜爚，翠盖空踟
蹰。就我求清酒，丝绳提玉壶；就我求珍肴，金盘脍鲤

鱼；贻我青铜镜，结我红罗裙。

不惜红罗裂，何论轻贱躯！男儿爱后妇，女子重前夫，人生有新故，贵贱不相逾。多谢金吾子，"私爱徒区区！"

相传这是辛延年的作品，辛延年是一位无名作家，他的这首诗应归入平民文学的范围。同样描写的还有一首有名的《陌上桑》：

日出东南隅，照我秦氏楼。秦氏有好女，自名为罗敷。罗敷喜蚕桑，采桑城南隅。青丝为笼系，桂枝为笼钩。头上倭堕髻，耳中明月珠；缃绮为下裙，紫绮为上襦。行者见罗敷，下担捋髭须；少年见罗敷，脱帽著帩头。耕者忘其犁，锄者忘其锄；来归相怨怒，但坐观罗敷。

使君自南来，五马立踟蹰。使君遣吏往，问是谁家姝。"秦氏有好女，自名为罗敷。""罗敷年几何？""二十尚不足，十五颇有余。"使君谢罗敷："宁可共载不？"罗敷前致辞："使君一何愚！使君自有妇，罗敷自有夫。"

东方千余骑，夫婿居上头。何用识夫婿？白马从骊驹，青丝系马尾，黄金络马头；腰中鹿卢剑，可值千万余。十五府小吏，二十朝大夫，三十侍中郎，四十专城居。为人洁白皙，鬑鬑颇有须。盈盈公府步，冉冉府中趋。坐中数千人，皆言夫婿殊。

《羽林郎》和《陌上桑》真要算汉代民间艳歌中的双绝：就文学的技术讲，《陌上桑》尤为特色。

汉代民间文学继续着数百年的发展，产生了无数的民歌。整齐的五、七言诗都在民间酝酿成熟了，试验成功了。特别是五言诗的成绩最大，如《陌上桑》已经是二百六十五字的有组织的叙事长诗，完全不是歌谣的形式了。故到了东汉末年产生伟大的长篇叙事诗《孔雀东南飞》，实在是理想得到的事。

《孔雀东南飞》是一首一千七百八十五个字的长诗，徐陵《玉台新咏》录此诗，并为之序说："汉末建安中，庐江府小吏焦仲卿妻刘氏为仲卿母所遣，自誓不嫁。其家迫之，乃投水而死。仲卿闻之，亦自缢于庭树。时人伤之，为诗云尔。"此诗全文如下：

孔雀东南飞，五里一徘徊。

"十三能织素，十四学裁衣，十五弹箜篌，十六诵诗书，十七为君妇，心中常苦悲。君既为府吏，守节情不移；贱妾留空房，相见常日稀。鸡鸣入机织，夜夜不得息。三日断五匹，大人故嫌迟；非为织作迟，君家妇难为。妾不堪驱使，徒留无所施。便可白公姥，及时相遣归。"

府吏得闻之，堂上启阿母："儿已薄禄相，幸复得此妇，结发同枕席，黄泉共为友，共事二三年，始尔未为久。女行无偏斜，何意致不厚？"阿母谓府吏："何乃太区区？此妇无礼节，举动自专由，吾意久怀忿，汝岂得自由！东家有贤女，自名秦罗敷。可怜体无比，阿母为汝求。便可速遣之，遣去慎莫留！"

府吏长跪告："伏惟启阿母，今若遣此妇，终老不复取。"阿母得闻之，捶床便大怒："小子无所畏！何敢助妇语！吾已失恩义，会不相从许。"

府吏默无声，再拜还入户，举言谓新妇，哽咽不能语。"我自不驱卿，逼迫有阿母。卿但暂还家，吾今且报府，不久当归还，还必相迎取。以此下心意，慎勿违吾语！"

新妇谓府吏："勿复重纷纭。往昔初阳岁，谢家来贵门，奉事循公姥，进止敢自专？昼夜勤作息，伶俜萦苦辛。谓言无罪过，供养卒大恩。仍更被驱遣，何言复来还？妾有绣腰襦，葳蕤自生光；红罗复斗帐，四角垂香囊；箱帘六七十，绿碧青丝绳；物物各自异，种种在其中。人贱物亦鄙，不足迎后人，留待作遗施。于今无会因，时时为安慰，久久莫相忘！"

鸡鸣外欲曙，新妇起严妆，著我绣夹裙，事事四五通；足下蹑丝履，头上玳瑁光；腰若流纨素，耳著明月珰；指如削葱根，口如含珠丹；纤纤作细步，精妙世无双。上堂谢阿母，阿母怒不止。"昔作女儿时，生小出野里，本自无教训，兼愧贵家子。受母钱帛多，不堪母驱使。今日还家去，念母劳家里。"却与小姑别，泪落连珠子。"新妇初来时，小姑始扶床；今日被驱遣，小姑如我长。勤心养公姥，好自相扶将。初七及下九，嬉戏莫相忘！"出门登车去，涕落百余行。

府吏马在前，新妇车在后，隐隐何甸甸，俱会大道口。下马入车中，低头共耳语："誓不相隔卿！且暂还家去。吾今且赴府，不久当还归，誓天不相负！"新妇谓府吏："感君区区怀。君既若见录，不久望君来。

君当作盘^①石，妾当作蒲苇；蒲苇纫如丝，盘^②石无转移。我有亲父兄，性行暴如雷，恐不任我意，逆以煎我怀。"举手长劳劳，二情同依依。

入门上家堂，进退无颜仪。阿母大拊掌："不图子自归！十三教汝织，十四学裁衣，十五弹箜篌，十六知礼仪，十七遣汝嫁，谓言无誓违。汝今何罪过，不迎而自归？""兰芝惭阿母，儿实无罪过。"阿母大悲摧！

还家十余日，县令遣媒来，云："有第三郎，窈窕世无双，年始十八九，便言多令才。"阿母谓阿女："汝可去应之。"阿女含泪答："兰芝初还时，府吏见丁宁，结誓不别离；今日违情义，恐此事非奇。自可断来信，徐徐更谓之。"阿母白媒人："贫贱有此女，始适还家门，不堪吏人妇，岂合令郎君？幸可广问讯，不得便相许。"

媒人去数日，寻遣丞请还，说："有兰家女，承籍有宦官。云有第五郎，娇逸未有婚，遣丞为媒人，主簿通语言，直说太守家，有此令郎君。既欲结大义，故遣来贵门。"阿母谢媒人："女子先有誓，老姥岂敢言。"

阿兄得闻之，怅然心中烦，举言谓阿妹："作计何不量！先嫁得府吏，后嫁得郎君，否泰如天地，足以荣汝身。不嫁义郎体，其往欲何云？"兰芝仰头答："理实如兄言。谢家事夫婿，中道还兄门，处分适兄意，那

---

①② "盘"或作"磐"。

得自任专？虽与府吏要，渠会永无缘。登即相许和，便可作婚姻。"

媒人下床去，诺诺复尔尔，还部白府君："下官奉使命，言谈大有缘。"府君[①]得闻之，心中大欢喜，视历复开书：便利此月内，六合正相应，良吉三十日。"今已二十七，卿可去成婚。"

交语速装束，络绎如浮云：青雀白鹄舫，四角龙子幡[②]，婀娜随风转；金车玉作轮，踯躅青骢马，流苏金镂[③]鞍；赍钱三百万，皆用青丝穿；杂彩三百匹；交广市鲑珍；从人四五百，郁郁登郡门。

阿母谓阿女："适得府君书，明日来迎汝，何不作衣裳，莫令事不举。"阿女默无声，手巾掩口啼，泪落便如泻。移我琉璃榻，出置前窗下。左手持刀尺，右手持[④]绫罗；朝成绣夹裙，晚成单罗衫。晻晻日欲暝，愁思出门啼。

府吏闻此变，因求假暂归。未至二三里，摧藏马悲哀。新妇识马声，蹑履相逢迎，怅然遥相望，知是故人来。举手拍马鞍，嗟叹使心伤。"自君别我后，人事不可量。果不如先愿，又非君所详。我有亲父母，逼迫兼弟兄，以我应他人，君还何所望？"府吏谓新妇："贺

---

①　"府君"底本作"府吏"，误，径改。
②　"龙子幡"底本作"子龙幡"，误，径改。
③　"镂"或作"镂"。
④　"持"或作"执"。

卿得高迁！盘①石方且固，可以卒千年；蒲苇一时纫，便作旦夕间。卿当日胜贵，吾独向黄泉。"新妇谓府吏："何意出此言！同是被逼迫，君尔妾亦然。黄泉下相见，勿违今日言。"执手分道去，各各还家门。生人作死别，恨恨那可论！念与世间辞，千万不复全。

府吏还家去，上堂拜阿母："今日大风寒，寒风摧草②木，严霜结庭兰。儿今且冥冥，令母在后单。故作不良计，勿复怨鬼神。命如南山石，四体康且直。"阿母得闻之，零泪应声落："汝是大家子，仕宦于台阁，慎勿为妇死，贵贱情何薄？东家有贤女，窈窕艳城郭，阿母为汝求，便复在旦夕。"

府吏再拜还，长叹空房中，作计乃尔立。转头向户里，渐见愁煎迫。

其日牛马嘶，新妇入青庐。奄奄黄昏后，寂寂人定初。"我命绝今日，魂去尸长留。"揽裙脱丝履，举身赴青③池。

府吏闻此事，心知长别离，徘徊庭树下，自挂东南枝。

两家求合葬，合葬华山傍。东西植松柏，左右植④梧桐，枝枝相覆盖，叶叶相交通。中有双飞鸟，自名为鸳鸯，仰头相向鸣，夜夜达五更。行人驻足听，寡妇起

---

① "盘"或作"磐"。
② "草"或作"树"。
③ "青"或作"清"。
④ "植"或作"种"。

彷徨。多谢后世人，戒之慎勿忘！

这是中国文学史上一首空前的，仅有的，哀艳动人的长诗创作。这样朴素无华的文字，写得真是真挚，诚实，宛如一幕真实的悲剧扮演在我们的面前。作者描写的技术真是高妙，他把剧中四五个人物——仲卿、仲卿母、兰芝、兰芝母及兄——各个不同的个性，都很生动的抒写出来。全文虽有一千七百余字之多，我们读了，一点也不觉冗长。全篇的结构，恰如一件无缝的天衣。不但可作文学名著读，还可以当作古代妇女生活史读。

老实说，汉赋只不过是当代贵族社会一种时髦的妆饰品、娱乐品而已；真正的时代文学，社会文学，真正有价值的文学，还是要算这些民间的诗歌呢。

五言诗和七言诗都是起源于民间，是无可怀疑的。民间的歌谣初无一定的格式，他们任意的撰制，有时做出长短其句的歌，有时做出句调整齐的四言、五言、六言、七言歌。后来大家做五言和七言做得顺手，唱得顺口，形式又整齐美观，大家便都不约而同的趋向做五、七言诗一途，五、七言诗便自然地发达起来。就中五言诗的发达又早于七言，我们看汉代的民间诗歌，以五言诗为最多，而且做得很长篇的出来了。

文人的诗歌是受了民间诗的影响才产生的，起来很迟。旧说《古诗》十九首中有枚乘的作品，推为五言诗的始创者；又有说李陵、苏武的《河梁》赠答等诗为五言诗之祖。这是压根儿错误了的。不但枚乘、李陵和苏武没有做过诗，所有的西汉文人并没有一个曾做诗的，《古诗》十九首和《河梁》等诗也不一定是西汉的作品。

说《古诗》十九首中有枚乘的作品始于刘勰，他说："古诗佳丽，或称枚叔。"（《文心雕龙·明诗篇》）这还是疑似之言，至徐陵编《玉台新咏》则直录《古诗》中之九首为枚乘作。这是不可靠的。在徐陵之前有萧统，萧统的《文选》录《古诗》十九首，皆不题作者姓名；在徐陵之前又有钟嵘，钟嵘的《诗品》也说："《古诗》眇邈，人世难详。"更推上去说，东汉人班固作的《汉书》里面的《枚乘传》，也没有说起枚乘作诗的话。我们知道枚乘是当代很有名气的文人，他如作了五言诗，决不会没有人知道。你看他做了一篇《七发》，引出后人多少的模拟作品；倘使他创为五言新诗，定必轰动一时，人人争拟，何以竟"吟咏靡闻"？这都是解释不通的。

至于李陵与苏武的诗，虽萧统《文选》明载李陵《与苏武诗》三首，苏武诗四首，钟嵘《诗品》也说："逮汉，李陵始著五言之目。"但也是不可信的。班固的《汉书·苏武传》和《艺文志》也都不曾说起苏、李有五言诗。梁刘勰则对于所传西汉的诗根本怀疑，他在《文心雕龙·明诗篇》说：

（上略）至成帝（西汉末年），品录三百余篇，朝章国采，亦云周备，而辞人遗翰，莫见五言，所以李陵、班婕妤见疑于后代也。

一种新文体的起来，是经过长期的酝酿，逐渐演化而成立的，绝不是那一两个文人所能独创出来的。西汉只有民歌，文人只会做淫丽铺张的古典赋，还不是他们做得出整齐完美的五言诗的时候。《古诗》十九首与《河梁》等诗，决不是西汉时期的作品，更不是西汉中年做文丐的枚乘，武夫的李陵，牧羊的苏武，所能凭空创造的。其余，如卓文君的《白头吟》，班婕妤的《怨歌行》，都不是她们自己的作品，而且都是东汉或东汉以后的作品。

文人作诗，始于东汉。可稽考的如《古诗》十九首中的《冉冉孤生竹》，刘勰谓是傅毅之作；此外，班固有《咏史》，张衡有《四愁诗》。这时，文人盖已受着民间诗歌风气的影响了，有眼光的文人都开始试作诗歌了。至东汉末年建安时期，五七言诗歌很迅速的发展起来，便成为文人创作中的主要部分。

第六章　建安时期的文学

汉代文学至汉末起了一个大变化。

就时代说，东汉至灵帝、献帝时，太平时代已经过去，天下已经很纷乱了。汉末的文人再没有那样安闲的功夫，花费百多天来作《子虚》、《上林》，花费十年来写《两京赋》了。他们只好在戎马仓惶中，横槊赋诗；他们只好在客居异乡的时候，登楼作赋。他们再也歌咏不出太平时代的美景胜事，再也做不出司马相如、扬雄、班固、张衡一般人的赋出来了。

汉末的文人，是乱世的文人，他们写的是乱世的社会生活，是作者自己抑压不住的情感的流露。他们的作风，不是悲壮高旷，便是凄凉悲哀，不像以前的辞赋只是一味的"靡靡之音"了。这是汉末文学的特色。

在文学史上，这个时期的文学被称为"建安文学"（公元一九六一二二〇）。

汉末文学，以建安时期为中心；这个中心时期的文学，又以诗歌为主干部分。这，显然是民间的歌谣发展到文人的社会里来。

在建安前的百多年，已经有文人在试作诗歌，这是在前面说过了的，如班固的五言《咏史诗》。那时因为文人作诗的风气未开，故班固只是采用民间的诗体，而不敢模拟民间的作风，他的《咏史诗》实嫌伦理忠孝的气味太浓，做得并不好。直到章帝、和帝之际，傅毅、张衡等出，才大胆地模仿民间的作风来做诗，才做出五七言好诗来。

古诗

傅毅（？）

冉冉孤生竹，结根泰山阿。与君为新婚，兔丝附女萝。兔丝生有时，夫妇会有宜。千里远结婚，悠悠隔山陂。思君令人老，轩车来何迟！伤彼蕙兰花，含英扬光辉；过时而不采，将随秋草萎。君亮执高节，贱妾亦何为！

四愁诗

张衡

我所思兮在天山，欲往从之梁甫艰，侧身东望涕沾翰。美人赠我金错刀，何以报之英琼瑶。路远莫致倚逍遥，何为怀忧心烦劳？

我所思兮在桂林，欲往从之湘水深，侧身南望涕沾襟。美人赠我金琅玕，何以报之双玉盘。路远莫致倚惆怅，何为怀忧心烦伤？

（《四愁诗》共有四节，这里选录二节）

张衡、傅毅们的赋都是读来令人烦厌的，而他俩这种模仿民间作风的诗却写得怪清新可爱，可见诗的时代是来了。

到了建安期，诗坛益繁盛。建安的文人虽一方面做赋，一方面做诗，但他们做出来的赋远比不上他们的诗。如曹植的《七哀诗》与《出妇赋》都是写少妇的哀怨的，而《出妇赋》实不如《七哀诗》的写得好；这很显然证明诗体是比较赋体更为适宜于抒情写意的文学体裁。从建安时起，诗歌便成为正统文学的主干了。

建安期的文坛，曹氏父子实为领袖人物。他们都是天生多才的文学家，又复敬爱文士；以帝王的资格来提倡文学，使"天下才人，竞集魏都"，文学遂盛。

第一个要说的是曹操。操字孟德，谯人。（公元一五五—二二〇）他在政治舞台上是一位不世出的英雄，在文学界亦是一个怪杰。他的作风凭着一团豪气，如天马行空，不可羁轭。试读他的《短歌行》："对酒当歌；人生几何？譬如朝露，去日苦多。"风调悲壮，气魄沉雄。至他的《苦寒行》则更变为刚劲苍凉，不许第二人写得出来，其诗全文如下：

北上太行山，艰哉何巍巍。羊肠坂诘屈，车轮为之摧。树木何萧瑟，北风声正悲。熊黑对我蹲，虎豹夹路啼。溪谷少人民，雪落何霏霏。延颈长叹息！远行多所怀。我心何怫郁，思欲一东归。水深桥梁绝，中路正徘徊。迷惑失故路，薄暮无宿栖。行行日已远，人马同时饥。担囊行取薪，斧冰持作糜。悲彼《东山诗》，悠悠令我哀！

曹操半生戎马，指挥疆场，浩然雄气，直冲云霄；故他的作品力道甚足，风格甚高。只可惜他所传的作品不多。

曹丕字子桓，操长子。（公元一八七—二二六）他在政治上也是一位大野心家，把汉朝的帝国夺了。可是他的作品却绝没有雄劲气；风调清绮闲雅，婉约风流，《谈艺录》称其"资近美媛"。例如他的《燕歌行》：

秋风萧瑟天气凉，草木摇落露为霜。群燕辞归雁南翔。念君客游多思肠，慊慊思归恋故乡。君何淹留寄他方？贱妾茕茕守空房。忧来思君不可忘，不觉泪下沾衣裳。援琴鸣弦发清商，短歌微吟不能长。明月皎皎照我床，星汉西流夜未央。牵牛织女遥相望，尔独何辜限河梁！

曹丕的文章也做得很好，他的《典论·论文》是古代一篇有名的文学批评。

在曹氏父子中最负文誉的要算曹植了，他是屈原以后最大的诗人，是建安期文坛的大权威。

植字子建，丕之弟。相传他十岁即善属文，与曹丕并负文名，有"七步成章"的佳话。他为人"性简易，不治威仪；任性而行，饮酒不节"，完全是一个浪漫文人。虽贵为封藩之王，而为曹丕所忌，远徙他乡，郁郁不适志，后以愁苦过甚，病死，年只四十一岁。（公元一九二—二三二）世称陈思王。

曹植的最大成就是在诗歌方面，他的诗歌受乐府古辞的影响甚深；今举他几首名诗为例：

七哀诗

明月照高楼，流光正徘徊。上有愁思妇，悲叹有余哀。借问叹者谁？言是客子妻。君行逾十年，孤妾常独栖。君若清路尘，妾若浊水泥，浮沉各异势，会合何时谐？愿为西南风，长逝入君怀；君怀良不开，贱妾当何依！

美女篇

美女妖且闲，采桑歧路间。柔条纷冉冉，叶落何翩翩。攘袖见素手，皓腕约金环；头上金爵钗；腰佩翠琅玕；明珠交玉体，珊瑚间木难；罗衣何飘飘；轻裾随风还。顾盼遗光采，长啸气若兰。行徒用息驾，休者以忘餐。借问女安居？乃在城南端，青楼临大路，高门结重关。容华耀朝日，谁不希令颜。媒人何所营，玉帛不时安。佳人慕高义，求贤良独难。众人何①嗷嗷，安知彼所观。盛年处房屋②，中夜起长叹！

曹植以贵公子而处忧愁不堪之境，故所作多言哀情。他不仅怀想京都的时候，要兴"朔风"之叹；他就看见白鹤，看见蝉，看见鹦鹉，都要引起他的哀思，发为哀吟。在他的集子里面哀楚动人的诗至多。作者在这样桎梏的环境中，所想望的只是无拘无束的自由，试读他的《野田黄雀行》：

高树多悲风，海水扬其波。利剑不在掌，结友何须多？不见篱间雀，见鹞自投罗。罗家见雀喜，少年见雀悲。拔剑捎罗网，黄雀得飞飞。飞飞摩苍天，下来谢少年。

"飞飞摩苍天"只是曹植的幻想，这位薄命的诗人终于是困

---

① "何"或作"徒"。

② "屋"或作"室"。

厄而死的。

钟嵘《诗品》列曹植诗为上品，并且称道他的诗说："骨气奇高，词彩华茂，情兼雅怨，体被文质。"这十六个字的批评，我以为说得很好。曹植的诗，声调谐协，字句精工，故论者称他"文如绣虎"。可是，从此便渐脱民间诗的俚俗风味——也可以说渐脱民间诗的好处——变成文人化的诗了，已渐开两晋六朝诗的绮靡风气了。

曹氏父子而外，号称"建安七子"（或称"邺下七子"）的孔融、阮瑀、陈琳、王粲、徐幹、应玚、刘桢，都是汉末的著名文士。曹丕《典论·论文》有一段批评七子的文章很好：

> 今之文人，鲁国孔融文举，广陵陈琳孔璋，山阳王粲仲宣，北海徐幹伟长，陈留阮瑀元瑜，汝南应玚德琏，东平刘桢公幹，斯七子者，于学无所遗，于辞无所假，咸以自骋骥騄于千里，仰齐足而并驰……王粲长于辞赋；徐幹时有奇气，非粲之匹也。如粲之《初征》、《登楼》、《槐赋》、《征思》，幹之《玄猿》、《漏卮》、《圆扇》、《橘赋》，虽张、蔡不过也。然于他文，未能称是。琳、瑀之章表书记，今之俊也。应玚和而不壮；刘桢壮而不密。孔融体气高妙，有过人者，然不能持论，理不胜辞；至于杂以嘲戏，及其所善，扬、班俦也。

在七人中，孔融早为曹操所杀（公元一五三—二〇八）。其余六子，都是曹家豢养的清客。说到他们的辞赋，大多数是些藻饰的文章，没有文艺价值的居多（曹植的赋亦不足赞美）。只有诗歌方面，还不少可举例者。如孔融哀儿死的《杂诗》，阮瑀写孤儿苦的《驾出北郭门行》，都是很能动人的作品。写得最哀楚动人的，要算陈琳写边祸凄惨的《饮马长城窟行》：

> 饮马长城窟，水寒伤马骨。往谓长城吏，慎勿稽留太原卒。官作自有程，举筑谐汝声。男儿宁当格斗死，何能怫郁筑长城？

> 长城何连连，连连三千里。边城多健少，内舍多寡妇。作书与内舍："便嫁莫留住。善事新姑嫜，时时念我故夫子。"报书与边地："君今出语一何鄙！""身在祸难中，何为稽留他家子？生男慎莫举，生女哺用脯。君独不见长城下，死人骸骨相撑拄？""结发行事君，慊慊心意关。明知边地苦，贱妾何能久自全？"

这样绝妙的哀歌原是模拟乐府古辞而来的。

在七子中，王粲要算最负文誉的一个。刘勰称他："仲宣溢才，捷而能密，文多兼善，辞少瑕累；摘其诗赋，则七子之冠冕乎。"（《文心雕龙·才略篇》）我们且举他一首有名的《七哀诗》为例：

> 西京乱无象，豺虎方遘患。复弃中国去，委身适荆蛮。亲戚对我悲，朋友相追攀。出门无所见，白骨蔽平原。路有饥妇人，抱子弃草间。顾闻号泣声，挥涕独不还。"未知身死处，何能两相完？"驱马策①之去，不忍听此言。南登霸陵岸，回首望长安。悟彼泉下人，喟然伤心肝！

---

① "策"或作"弃"。

这是写汉末大乱的情形，是一篇极好的悲剧诗。建安文人很喜欢用诗来写当代的社会问题，显然是受了乐府古辞的影响。在他们的赋里面是绝找不出这样有时代背境的作品。

说到这里，我们绝不可忘却还有一位多才的女作家蔡琰，她曾经写下一篇很长的《悲愤诗》，叙述汉末变乱时自己的遭遇，更是一篇凄怆动人的作品。

蔡琰是汉末有名的文学家蔡邕的女儿，有才学，初嫁卫氏，夫死无子，寡居娘家。于兴平年间，正值董卓乱时，为胡骑掳去。居匈奴十二年，生二子。曹操怜蔡邕无嗣，派人用金璧赎她回中国。后嫁董祀。这首诗是她回国后追述其经过的哀楚，全文共五百四十字：

汉季失权柄，董卓乱天常。志欲图篡弑，先害诸贤良。逼迫迁旧邦，拥主以自强。海内兴义师，欲共讨不祥。卓众来东下，金甲耀日光。

平土人脆弱，来兵皆胡羌。猎野围城邑，所向悉破亡。斩截无孑遗，尸骸相撑拒。马边悬男头，马后载妇女。长驱入西关，迥路险且阻。还顾邈冥冥，肝脾为烂腐。所略有万计，不得令屯聚。或有骨肉俱，欲言不敢语。失意几微间，辄言"毙降虏！要当以亭刃，我曹不活汝！"

岂复惜性命？不堪其詈骂。或便加捶杖，毒痛参并下。旦则号泣行，夜则悲吟坐。欲死不能得，欲生无一可。彼苍者何辜，乃遭此厄祸！

边荒与华异，人俗少义理。处所多霜雪；胡风春夏起；翩翩吹我衣，肃肃入我耳。感时念父母，哀叹无穷已!

有客从外来，闻之常欢喜。迎问其消息，辄复非乡里。邂逅徼时愿，骨肉来迎己。己得自解免，当复弃儿子。天属缀人心，念别无会期。存亡永乖隔，不忍与之辞。儿前抱我颈，问"母欲何之？人言当去，岂复有还时？阿母常仁恻，今何更不慈？我尚未成人，奈何不顾思？"见此崩五内，恍惚生狂痴。号泣手抚摩，当发复回疑。

兼有同时辈，相送告离别。慕我独得归，哀叫声摧裂。马为立踟蹰，车为不转辙。观者皆歔欷，行路亦呜咽。

去去割情恋，遄征日遐迈。悠悠三千里，何时复交会？念我出腹子，胸臆为摧败！

既至家人尽，又复无中外。城郭为山林，庭宇生荆艾。白骨不知谁，从横莫覆盖。出门无人声，豺狼号且吠。茕茕对孤景，怛咤糜肝肺。登高远眺望，魂神忽飞逝，奄若寿命尽。旁人相宽大，为复强视息，虽生何聊赖？托命于新人，竭心自勖厉！流离成鄙①贱，常恐复捐废。人生几何时？怀忧终年岁！

这篇诗是作者自写她的实感，是真血泪染成，故感人至深。建安时期的诗歌，这要算是第一篇巨制。

以上说的是汉末建安文学的大概情形。至建安末年，王粲、陈琳、徐幹、应玚、刘桢，都同时死了（二一七）；阮瑀则死得

---

① "鄙"底本作"郭"，误，径改。

更早（二一二）；其他的文人如祢衡、杨修、路粹、吴质、丁
仪、丁廙、邯郸淳、荀纬等，都先后殂落了；至魏文帝黄初（公
元二二〇—二二六）以后，曹丕和曹植也离开了人间：于是，灿
烂的文坛，便如云雨消散。

第三编　魏晋南北朝文学

第七章　魏晋南北朝的文学思潮

魏晋南北朝（公元二二〇—五八八）三百多年的文学，一言以蔽之，是艺术至上主义的文学时期。这个时期的文学，分析起来说，实有两种绝大的特色：第一，这时期的文学不与现实的社会相接触，而接近自然，表现很强烈的厌世思想；第二，这时期的文学不复以致用与载道为目的，而倾向形式的唯美主义。

我们要解释这时期两大文学特色的来源，必须提示当代的思潮，必须提示当代的文学观念，因为当代的思潮和文学观念就是构成魏晋南北朝文学特色的骨干。

自汉末天下大乱，至魏晋南北朝，纷乱的局面仍旧继续下去，跟着五胡乱华，南北分家，社会秩序破坏，人民流离失所，三百多年中，简直没有几年太平，竟恢复了春秋战国时的混战局面。在这样一个混乱的局面之下，魏晋南北朝的人，受乱世恶劣环境的压迫，感生命的飘浮，他们的人生观往往流于消极，他们的思想往往流于颓废、浪漫、怪诞、厌世，至于养成一种浮游宇外的出世观。这时候，妆饰太平时代的儒教思想，早已失却维系人心之力了，魏晋南北朝的学者再不做东汉书呆子们那种支离破碎的经学研究了。魏初夏侯玄、荀粲已开始指斥《六经》为圣人糟粕；王弼注《易经》则窜入老庄之旨。至"竹林七贤"更倡为怪诞的言行：如阮籍嘲骂儒者，至说"君子之处域内"，不异"虱之处裈中"；阮咸则于端阳节取犊鼻裈悬之竿头，树于庭中，以破陋儒的迂拘；王戎在母丧中饮酒食肉，不遵礼制，此外如何晏傅粉，故为放浊之行。这都是表示他们不复受儒教的拘束，从礼法中解放出来了。

儒教的信仰摧毁以后，老庄和佛教的权威继之以起。这三百多年的时代思潮，大体说来，魏晋是倾向老庄，南北朝则迷信佛教。当代的贵族与智识阶级，受了老庄与佛教的影响，更厌弃现实的社会与人生，而趋于虚无飘渺的幻梦。

魏晋南北朝的文学，受了当代的思潮——老庄和佛教——很强烈的影响，也离开了实际的社会与人生，而表现着消极的颓废的厌世思想。他们的作品，多的是"人生亦有命"，"富贵如浮云"的感叹！他们爱写的题材，不是游仙，便是招隐；不是抒写山水，便是歌咏田园；他们的作风，接近自然，而不喜欢写社会问题；他们的这种文学，是超凡的文学，是个人主义的文学。这是魏晋南北朝文学的缺点，同时，也就是这时期文学的特色。

在另一方面看，魏晋南北朝文学又是受当代的文学观念很大的影响。

魏晋南北朝是中国文学的自觉期，这时期的文学观念自是值得我们注视的。

在魏晋以前，一般文人对于文学并没有明瞭的观念，他们以为文学只是载道或致用的工具，并不了解文学本身的价值。至魏曹丕作《典论·论文》，始发关于文学的议论，才讲明文学的本身亦有莫大的价值；至两晋南北朝，做文学论的渐多，文学的观念益明瞭了。

魏晋南北朝的文学论者，对于文学的见解尽各有不同，但都一致的反对拿文学来载道或是致用，都一致的主张唯美主义的文学。如曹丕《典论·论文》说：

> 诗赋欲丽。

晋陆机《文赋》说：

> 诗缘情而绮靡，赋体物而浏亮，……其会意也尚巧，其遣言也贵妍；暨音声之迭代，若五色之相宣。

梁萧统（昭明太子）《文选序》论选文的标准说：

> 若其赞论之综辑辞采，序述之错比文华，事出于沉思，义归乎翰藻，故与夫篇什杂而集之。

萧统的兄弟萧绎（梁元帝）在他的《金楼子·立言篇》中给文学下了三条界说：

> （1）"屈原、宋玉、枚乘、长卿之徒，止于辞赋，则谓之文"；
>
> （2）"吟咏风谣，流连哀思者，谓之文"；
>
> （3）"至如文者，惟须绮縠纷披，宫徵靡曼，唇吻道会，情灵摇荡"。

自魏晋的曹丕、陆机，到梁代的萧统、萧绎，他们都认定文学应该是美文；他们认定必须是"缘情而绮靡，体物而浏亮"，"事出于沉思，义归于翰藻"，"绮縠纷披，宫徵靡曼，唇吻道会，情灵摇荡”的美文，才算是文学。这种唯美主义的文学论，确是可以代表当代一般文人的文学观念。当时的两个文学批评大家，钟嵘与刘勰，都主张唯美文学，他俩的文学批评伟著——钟的《诗品》与刘的《文心雕龙》——都是用很美的骈偶文作的。

综观这三百多年的文学观念，可以说，唯美主义的文学论，实是当代最有权威的文学主张。

魏晋南北朝的文学本是受了汉代辞赋很深的影响，已趋于骈俪绮艳一途；又加上这种唯美的文学论做强有力的掩护，文学的风气乃益趋“骈俪化”，“绮艳化”。唯美主义本不是只要形式的，但魏晋南北朝文学的末流，竟陷于形式的唯美主义的发展。当代的文人无论做诗，做赋，做议论文，或是做记叙文，都是用的骈偶；都只求其字句浮艳，对仗工整，声韵铿锵；只顾粉饰形式的美观，不复顾及内在的实质，文坛的作风乃愈趋于卑靡、疲弊了。萧纲本是主张美文学的，目击当时文学的堕落状态，也看不过眼，而表示异常的不满（见其《与湘东王绎书》）；裴子野更专著《雕虫论》来反对当世“巧而不要，隐而不深”的浮弱文学；钟嵘的《诗品》也表示不赞成诗文用典使事和注重声韵，致伤作品的内美。他们的言论都说得很好。只可惜当时文学的流弊太深，积重难返，终于挽不回这时期文学的颓运。

说到这里，我们已把魏晋南北朝文学说得够坏了。可是我们也不忘记魏晋南北朝是纯粹美文学的发展期。这个时期的文学，不以载道，不以致用，不陷于浅薄的功利主义，而朝着艺术至上主义的路进展，这在文学史上实是值得大书特书的，别的时代绝不如魏晋南北朝是一个纯文学的活动期。

第八章　魏晋南北朝的诗歌（上）

魏晋南北朝的文学向以诗赋二者著称。单就赋的一方面说，这个时代的辞赋已经比汉赋进步许多了，已经由汉之《两都赋》和《两京赋》那种堆砌典故的辞典式的文章进而为富有文学意趣的辞赋了。当时最有名的作品如陆机的《叹逝赋》，潘岳的《秋兴赋》，张华的《鹪鹩赋》，鲍照的《芜城赋》，江淹的《别赋》，庾信的《哀江南赋》等，皆辞意隽美，文采华丽，堪称抒情文学中的杰作，为后世文坛之模式者。但可惜大多数无才气的赋家，还是只知堆砌古典，排比词藻，而不解用赋来抒写情思。即如大赋家左思花了十年苦工做成的《三都赋》，还只是一部掌故小辞典，没有半点文学的味儿。所以，我们对于魏晋南北朝的赋略而不谈，专门来讲这时期文学的主干部分——诗歌。

魏晋南北朝的诗是继续建安诗坛而发扬光大之，其五七言古诗的成绩，最值得我们赞许。今分为四个时期加以统系的叙述。

第一期　魏诗

自曹丕做了皇帝，国号改汉为魏，不到几年，曹丕、曹植相继死去，诗坛便落寞了。接着虽有魏明帝曹叡极力倡导文学，也没有伟大的诗人发现。所谓"正始时期"（公元二四〇—二四八）的文学，也只有几个经学家如王弼、何晏之流，文人如应璩、繁钦之流，皆无可取；我们只在"竹林七贤"中，寻出一个阮籍，独具诗才。

阮籍（公元二一〇—二六三）字嗣宗，陈留尉氏人。司马懿和司马昭当国时代，很尊敬他，封关内侯，拜东平相。籍为人酷爱自由放浪，好老庄的学术，不喜对礼法之士，尝著《大人先生传》以讥儒者。他喜欢饮酒，因闻步兵厨善酿，贮酒三百斛，乃求为步兵校尉。他曾经沉醉过六十天。所作有《咏怀诗》八十多首，皆抒写他心头的牢骚，愤懑，怪僻的思想。他作诗全不粉饰，作风朴素而自然，今选几首为例：

> 夜中不能寐，起坐弹鸣琴。薄帷鉴明月，清风吹我衿。孤鸿号外野，朔鸟鸣北林。徘徊何所见，忧思独伤心！

> 嘉树下成蹊，东园桃与李。秋风吹飞藿，零落从此始。繁华有憔悴，堂上生荆杞。驱马舍之去，去上西山趾。一身不自保，何况恋妻子。凝霜被野草，岁暮亦云已。

> 鸿鹄相随飞，飞飞适荒裔。双翮临长风，须臾万里逝。朝餐琅玕实，夕宿丹山际。抗身青云中，网罗孰能制？岂与乡曲士，携手共言誓？

阮籍是魏晋之际的一大诗人，他的诗是汉诗古朴的作风的结束，而开两晋诗趋于典雅的风气。

第二期　西晋诗

西晋司马氏统一中国，天下文人，竞集京师，文坛复振。我们只要看陆机、陆云兄弟入洛的时候，张华见着他俩说"克吴之利，不如获二俊"，便可见当时的尊重文人；又如左思做了一篇《三都赋》，人竞传写，竟使洛阳纸为之贵，这也可以看出当时爱好文学的风气。

56

西晋文学以"太康时期"（公元二八〇—二八九）为最盛，钟嵘《诗品》说："太康中，三张二陆两潘一左，勃尔复兴，踵武前王，风流未沫，亦文章之中兴也。"所谓"三张二陆两潘一左"，即张华、张载、张协、陆机、陆云、潘岳、潘尼、左思八人。就中负文誉最高的自然要推陆机、潘岳和左思。

陆机字士衡，吴郡人。官为平原内史，人称陆平原。后为成都王颖所杀（公元二六一—三〇三）。他本是武官的子弟，折节读书，造就成一位骈偶文专家。制《连珠》五十首，为四六文的滥觞。他在当代名气很大，张华称他"独患才多"，钟嵘也列他的诗于上品。其实他的诗并不很好。他很喜欢拟古乐府，也拟得并不高明，远不及建安诸子。其较好的诗如《前缓溪①歌》：

> 游仙聚灵族，高会层城阿。长风万里举，庆云郁嵯峨。宓妃兴洛浦，王韩起太华。北征瑶台女，南要湘川娥。肃肃宵驾动，翩翩翠盖罗。羽旗栖琼鸾，玉衡吐鸣和。太容挥高弦，洪崖发清歌。献酬既已周，轻举乘紫霞。揔辔扶桑枝，濯足汤谷波。清辉溢天门，垂庆惠皇家。

这首诗的佳处，是在有很美丽的高渺的想像。中国诗向来是想像贫弱的，故举此诗为例。

潘岳字安仁，中牟人。曾为河阳令，累迁给事黄门侍郎。永康元年（三〇〇）为惠帝所杀。他是一位翩翩美少年，相传他少时尝挟弹出洛阳道，妇人遇之者，皆连手萦绕，投之以果，满载而归。他的诗文辞赋也如他一样的美艳。孙兴公称他的诗"烂若

---

① "溪"或作"声"。

舒锦，无处不佳"，钟嵘也列其诗为上品。《悼亡诗》三篇最有名，试举一首为例：

> 皎皎窗中月，照我室南端。清商应秋至，溽暑随节阑。凛凛凉风升，始觉夏衾单。岂曰无重纩，谁与同岁寒？岁寒无与同，朗月何胧胧。展转眄枕席，长簟竟床空；床空委清尘，室虚来悲风。独无李氏灵，仿佛睹尔容。抚衿长叹息，不觉涕沾胸。沾胸安能已，悲怀从中起。寝兴目存形，遗音犹在耳。上惭东门吴，下愧蒙庄子。赋诗欲言志，此志难具纪。命也可奈何，长戚自令鄙。

陆机和潘岳的诗，极负盛名于当代，占晋代文学的重要地位。实则，真正名符其实的西晋大诗人，我以为既不是陆机，也不是潘岳，只是左思。

左思字太冲，临淄人。他为人貌寝口讷，不好交游，闲居惟从事于诗赋。他的赋没有什么好处，其诗则可以压倒所有太康时期的名诗人。沈德潜《说诗晬语》说："左太冲拔出于众流之中，胸次高旷，而笔力足以达之，自应尽掩诸家。"这个批评是不错的。左思作风高抗古澹，读其《咏史诗》"振衣千仞冈，濯足万里流"，可想见其气概。他的《咏史诗》八首，没有一首不是很有气力的作品。今举他的《招隐》诗为例：

> 杖策招隐士，荒途横古今。岩穴无结构，丘中有鸣琴。白雪停阴冈，丹葩曜阳林，石泉漱琼瑶，纤鳞亦浮沉。非必丝与竹，山水有清音；何事待啸歌，灌木自悲吟。秋菊兼糇粮，幽兰间重襟。踌躇足力烦，聊欲投吾簪。

五言诗至阮籍、左思，描写的范围愈广，诗的风格越高，离古歌辞的俚俗风味越远，完全变成文人化的诗格了。我们且举当代诗人傅玄（字休奕，公元二一七—二七八）一首拟《陌上桑》的《艳歌行》为例，很可以看出文人所作的诗与古歌辞的大不同处：

> 日出东南隅，照我秦氏楼。秦氏有好女，自字为罗敷。首戴金翠饰，耳缀明月珠；白素为下裙，丹霞为上襦。一顾倾朝市，再顾国为虚。问女居安在？堂在城南居，青楼临大巷，幽门结重枢。使君自南来，驷马立踟蹰。遣吏谢贤女："岂可同行车。"斯女长跪谢："使君言何殊，使君自有妇，贱妾有鄙夫。天地正厥位，愿君改其图。"

《陌上桑》是一首绝妙的白话诗，给傅玄一改，原诗的俚俗隽妙处尽行删掉，变成一首平凡无奇的雅诗。古歌辞至此便完全断丧了生命。

晋代的诗，注重造词，故他们的作品都是"缛旨星稠，繁文绮合"，化古诗的俚俗为典雅，化古诗的朴素为轻绮。刘勰《文心雕龙·明诗篇》对晋诗的批评不错：

> 晋世群才，稍入轻绮。张、潘、左、陆，比肩诗衢。采缛于正始，力柔于建安；或析文以为妙，或流靡以自妍。此其大略也。

第三期　东晋至宋诗

自东晋至宋末（公元三一七—四七七）有一百六十年之久，但在东晋初期，诗歌的成绩无可述者。钟嵘《诗品》说：

永嘉时（公元三〇七—三一三），贵黄老，稍尚虚
谈。于时篇什，理过其辞，淡乎寡味。爰及江表（东
晋），微波尚传。孙绰、许询、桓、庾诸公，诗皆平典
似道德论，建安风力尽矣。

西晋末年至东晋初期的诗坛，养成一种喜说玄理道德的风
尚；当时的作者又都是些庸才，故他们的诗总做不好。如果要举
诗人为例，只有一个郭璞还差强人意。

郭璞字景纯，闻喜人。（公元二七六—三二四）他是一个读
书很博的人，尝注《山海经》、《楚辞》、《子虚》、《上林
赋》等书。长于诗赋。论者称其"始变永嘉平淡之体，故称中兴
第一"。他的《游仙诗》最有名，今举一首为例：

青溪千余仞，中有一道士。云生梁栋间，风出窗户
里。借问此何谁？云是鬼谷子。翘迹企颍阳，临河思洗
耳。闾阖西南来，潜波涣鳞起。灵妃顾我笑，粲然启玉
齿。蹇修时不存，要之将谁使？

郭璞《游仙》诸诗，思情超越尘俗之表，幻为理想的境界，
飘飘如欲凌云，盖是受佛理影响之作也。

与郭璞同时的诗人有刘琨（字越石，公元二七〇—三一
八）。他的诗风调清刚悲壮，亦为东晋初年诗坛的健者。

郭璞、刘琨以后，诗坛寂寞将近百年之久，直到东晋末年，
才产生一位伟大诗人陶潜。

陶潜本名渊明，字元亮，浔阳柴桑人。（公元三六五—
四二七）世称靖节先生。他为人不慕荣利，好读书，性嗜酒，爱
种菊花。因家贫，曾一度为州祭酒，以不堪吏职，自解归；又曾
一度为彭泽令，因山野之性难驯，只做了八十多天便自动的解组

而归田园。从他的一首《归田园居》很可以看出诗人酷爱自然的个性：

少无适俗韵，性本爱丘山。误落尘网中，一去三十年。羁鸟恋旧林，池鱼思故渊。开荒南野际，守拙归园田。方宅十余亩，草屋八九间。榆柳荫后园，桃李罗堂前。暧暧远人村，依依墟里烟。狗吠深巷中，鸡鸣桑树颠。庭户无尘杂，虚室①有余闲。久在樊笼里，复得返自然。

陶潜的思想，虽说很有点儒教的忠义气分，但他受老庄一派哲学的陶冶很深，成为一个自然主义的人生观者，是一个乐天派的文学家。他的文章辞赋都做得很好，所作如《五柳先生传》、《归去来辞》、《桃花源记》及《闲情赋》都是不朽的作品，诗歌尤其是他所擅长。他的诗脱尽晋诗的绮艳铅华，用俚俗的文字，作最朴素自然的描写；以自己的田园生活为题材，表高妙幽远的意境，于向来贵族文学与平民文学以外，屹然别立一宗。今选数诗为例：

归园田居

种豆南山下，草盛豆苗稀。晨兴理荒秽，带月荷锄归。道狭草木长，夕露沾我衣。衣沾不足惜，但使愿无违。

问来使

尔从山中来，早晚发天目。我屋南窗下，今生几丛菊。蔷薇叶已抽，秋兰气当馥。归去来山中，山中酒应

---

① "室"底本作"声"，误，径改。

熟。

饮酒

> 结庐在人境，而无车马喧。问君何能尔，心远地自
> 偏。采菊东篱下，悠然见南山。山气日夕佳，飞鸟相与
> 还。此中有真意，欲辨已忘言。

陶潜以光风霁月之怀，抒写丘壑烟霞的真情与妙趣，一片天机，随兴而来，作风冲淡而有思致，幽逸而富意趣，境界极高。钟嵘《诗品》说他的诗：

> 其原出于应璩，又协左思风力。文体省净，殆无长
> 语。笃意真古，辞兴婉惬。每观其文，想其人德。至于
> "欢言酌春酒"，"日暮天无云"，风华清靡，岂直为
> 田家语耶？古今隐逸诗人之宗也。

苏轼序陶潜的诗集也说：

> 吾于诗人无所好，独好渊明诗。渊明作诗不多，然
> 质而实绮，癯而实腴。自曹、刘、鲍、谢、李、杜诸
> 人，皆不及也。

古今文人对于陶潜持赞美论者，真是不胜举例。陶诗之影响后世诗坛也异常的大，唐宋诗人中如王维、孟浩然、韦应物、王安石、苏轼辈，都学陶潜的田园诗。我以为，曹植以后，李杜以前，这四百多年的诗坛中，再也找不到一个像陶潜这样伟大的诗人了。

陶潜以后，继起的宋代诗人有谢灵运、颜延之和鲍照。

谢灵运小字客儿，阳夏人。（公元三八五—四三三）为名将谢玄之孙，袭封康乐公，世称谢康乐。他性喜豪奢，车服鲜丽，衣裳器物，多改旧制。好游山水。曾为永嘉太守与临川内史，不

亲理政事，辄肆意遨游，放荡为娱。所至辄为题咏，多写山色水光，其诗遂开"山水"一派。刘勰《文心雕龙》说：

> 宋初文咏，庄老告退而山水方滋。俪采百字之偶，争价一句之奇。情必极貌以写物，辞必穷力而追新。

说玄理的诗至宋代已不为人所欢迎了，故谢灵运的山水新题，名重一时。每作一诗，都下贵贱，莫不竞写。宋文帝至称他的诗与书为"二宝"。灵运诗的特色，即在有新的文学内容这一点。可惜他作诗过于雕琢，修辞特甚，转伤内容。我们遍读谢灵运的诗，实在找不出一首全美的。今举较佳的一首为例：

晚出西射堂

> 步出西城门，遥望城西岑。连鄣叠巘崿，青翠杳深沉。晓霜枫叶丹，夕曛岚气阴。节往戚不浅，感来念已深。羁雌恋旧侣，迷鸟怀故林。含情尚劳爱，如何离赏心？抚镜华缁鬓，揽带缓促衿。安排徒空言，幽独赖鸣琴。

作山水诗本要朴素，要自然，才不失山水本色。像谢灵运那样"俪采百字之偶，争价一句之奇"，用整篇的骈偶句子，来写天然的山水，刻划过分，自失天真。相传他的名句如"池塘生春草，园柳变鸣禽"，如"林壑敛暝色，云霞收夕晖"，皆起句甚佳，而对句不美，这全是对偶之为魔障。作者以"匠心独运"的隽才，来写山水的妙趣，本有大成功的可能；却不料受辞赋骈俪的影响太深，他的诗遂入于魔道而不能自振。

颜延之字延年，临沂人。初为太子舍人，历始安、永嘉二郡太守，官至金紫光禄大夫。（公元三八四—四五六）他与谢灵运齐名，号称"颜谢"。他的诗可更不成了。鲍照说他的诗"铺锦列绣，亦雕缋满眼"；钟嵘说他"喜用古事，弥见拘束"；汤惠休说他的诗"如错采镂金"：意皆讥其诗只有华丽的表面也。

在这个时期的诗人中，能继陶潜的光辉的，怕只有鲍照一人吧。

鲍照字明远，东海人。初为中书舍人，后为参军。死于兵乱，年四十余。他的才气特大，所作诗奔放俊逸，一扫浮靡之风。同时的文人多忌他，斥其诗为"险俗"。他在当代的文学地位并不高，钟嵘也说："嗟其才秀人微，取湮当代。"可是他的诗实在比颜、谢都要高一筹。我们试举他的几首诗为例：

代结客少年场行

骢马金络头，锦带佩吴钩。失意杯酒间，白刃起相仇。追兵一旦至，负剑远行游。去乡三十载，复得还旧丘。升高临四关，表里望皇州。九衢平若水，双阙似云浮。扶宫罗将相，夹道列王侯。日中市朝满，车马若川流。击钟陈鼎食，方驾自相求。今我独何为，坎壈怀百忧？

拟行路难

对案不能食，拔剑击柱长叹息："丈夫生世会几时？安能蹀躞垂羽翼？"弃置罢官去，还家自休息。朝出与亲辞，暮还在亲侧。弄儿床前戏，看妇机中织。自古圣贤尽贫贱，何况我辈孤且直！

鲍照以矫健之笔，写豪壮之情，其诗清新俊逸，兼而有之。所作古乐府尤佳。降及齐梁，无此作风矣。

第四期　齐梁陈诗

齐梁陈三朝（公元四七九—五八八）的文学，益趋于绮艳，体制益工整，色彩益妍丽。他们于诗文必骈偶之外，又加上沈约们所倡的声律说，以为作诗文的必然法则。沈约在《宋书·谢灵运传》里说：

> 五色相宣，八音协畅，由乎玄黄律吕，各适物宜。欲使宫羽相变，低昂舛节，若前有浮声，则后须切响。一简之内，音韵尽殊；两句之中，轻重悉异。妙达此旨，始可言文。

沈约们作诗文就是实用这种严格的声律限制的，《南齐书·陆厥传》说：

> 永明（公元四八三—四九三）末，盛为文章。吴兴沈约，陈郡谢朓，琅琊王融，以气类相推毂。汝南周颙善识声韵。约等文皆用宫商，以平上去入为四声，以此制韵。有"平头"，"上尾"，"蜂腰"，"鹤膝"。五字之中，音韵悉异，两句之内，角徵不同，不可增减。世呼为"永明体"。

齐代文学以永明时期为中心，这时期的诗人，著名者有谢朓、任昉、沈约、陆倕、范云、萧琛、王融、萧衍诸人，他们都是竟陵王萧子良的门下士，号称"竟陵八友"。其中除谢朓、王融早死外，后来萧衍做了皇帝（梁武帝），沈约等随之入梁，亦为梁代文坛的主角。沈约、谢朓文誉尤高。

沈约字休文，武康人。幼贫苦，笃学，善属文。后事宋齐梁三朝，官至尚书仆射。（公元四四一—五一三）他的诗文并称于世。当时的文人王筠、张率、何逊、刘孝绰、吴均、刘勰，均出于他的提携，俨然一代的文宗。若唯以诗论，则沈约不如谢朓。

谢朓字玄晖，陈郡阳夏人。尝为宣城太守，世称谢宣城。亦号小谢（谢灵运号大谢）。建武中官至尚书吏部郎，兼知卫尉事。死年三十六（公元约四六四—四九九）。他的诗誉极高，萧衍最爱诵他的诗，说"三日不读，便觉口臭"；沈约也说"二百年来无此诗"；唐代诗人李白对于他的诗亦异常赞美。其实谢朓的诗并不如他们所夸奖的那样好，他用骈偶写的山水诗，实找不出一首全篇佳美的杰作，只不过流传一些如"大江流日夜，客心悲未央"等片断的佳句而已。

永明以后，梁陈间作者唯知迷惑于沈约、谢朓一派的风气，一味讲求骈偶，精研声律，文风更浮靡不堪。这时律诗的体制已逐渐完成，从此再没有人做陶潜那种朴实自然的诗了，再没有人做鲍照那种肆放自由的诗了，大家都把自己的才力用在诗的形式、格律上面，文学的生机乃斫伐殆尽。当时的诗家如何逊、阴铿、徐陵、庾信等都是以善做律体诗负盛名的。

何逊字仲言，东海剡人。天监中官尚书水部郎，终庐陵王记室。他的诗文工丽，格律严整，沈约、范云都很称赞他。其诗如《日夕出富阳浦口和朗公》：

> 客心愁日暮，徙倚空望归。山烟涵树色，江水映霞辉。独鹤凌空逝，双凫出浪飞。故乡千余里，兹夕寒无衣。

阴铿字子坚，武威人。仕陈为晋陵太守、散骑常侍。他与何逊齐名，号称"阴何"。他的律诗做得很好，例如《晚泊五洲》：

客行逢日暮，结缆晚洲中。戍楼因砧险，村路入江穷。水随云度黑，山带日归红。遥怜一柱观，欲轻千里风。

徐陵字孝穆，东海剡人。八岁能属文。仕陈官至吏部尚书，封建昌县侯。（公元五〇七—五八三）他以作艳诗著名，有名的《玉台新咏》就是他编的。诗如《春日》：

岸烟起秋色，岸水带斜晖。径狭横枝度，帘摇惊燕飞。落花承步履，流涧泻行衣。何殊九枝盖，薄暮洞庭归。

庾信字子山，南阳新野人。本是南朝的贵族，聘于北周，被留不遣，官至骠骑大将军、开府仪同三司。世称庾开府。（公元五一三—五八一）他是六朝诗人的后劲。少以善作艳体与徐陵并称，号"徐庾"。后受北朝文学的影响，其诗遂另成一格。杜甫称其诗为"清新"，"老成"。但终以不能摆脱格律音韵的拘束，其成绩还是不能令我们满意。

其他的梁陈间诗人尚有江淹、柳恽、邱迟、吴均（时称均诗为"吴均体"）、刘孝绰、王筠、王褒、江总、张正见等，皆有名于时。

齐梁陈的诗人，一方面尽力去做骈偶律诗，一方面也知道模拟当代的民歌。他们所拟作的歌辞虽也不免于轻艳浮靡，但比他们的律诗可是好多了。如梁武帝萧衍的《子夜歌》：

恃爱如欲进，含羞未肯前。朱口发艳歌，玉指弄娇弦。

阶上香入怀，庭中草照眼。春心一如此，情来不可限。

梁陈二代的几个皇帝，都是享乐的风流天子，喜欢作艳歌，如梁简文帝萧纲的《乌栖曲》：

> 青牛丹毂七香车，可怜今夜宿倡家。倡家高树鸟欲栖，罗帏翠帐任君低。

陈后主陈叔宝是一个沉醉于酒色的昏君，他的诗歌最爱用民间的艳曲来写男女之情，如《三妇艳诗》：

> 大妇爱恒偏，中妇意长坚。小妇独娇笑，新来华烛前。新来诚可惑，为许得新怜。

这时期的诗人，胆子大的便直接去模拟民间的艳歌，胆子小的便用民间《子夜歌》一类五言四句的新诗体，来写文人高雅一点的情思。如谢朓的诗：

玉阶怨

夕殿下珠帘，流萤飞复息。长夜缝罗衣，相思此何极！

有所思

佳期期未归，望望下鸣机。徘徊东陌上，月出行人稀。

意境最高的要算隐士陶弘景的《诏问山中何所有赋诗以答》：

山中何所有？岭上多白云。只可自怡悦，不堪持赠君。

在谢朓、陶弘景以前，早已有王献之、谢灵运、鲍照、汤惠休、僧宝月等，用民间的诗体来作这种五、七言小诗了。梁陈间的何逊、吴均、阴铿、庾信，皆有这一类的小诗。至于隋唐，这种小诗特别发达起来，加上声律的限制，便成为近体诗中的所谓"绝句"体。

第九章　魏晋南北朝的诗歌（下）

以上所讲的是贵族与文人阶级的文学。我们要问：这时期的平民文学呢？

我们所要讲的平民文学自然只有诗歌，因为老百姓们除讴歌以外，是不会做什么赋和小说的。他们不但不会做赋与小说，即文学家那种骈偶的古典诗他们也绝对做不出来，他们只会唱俚俗的歌儿。他们作的歌既不懂得表现什么厌世、隐逸、颓废的思想，也没有闲情去写什么山水田园的幽趣；他们只要唱出自己心头的恋爱、相思、离别等苦乐之情，如是而已。

我们说过，魏晋南北朝是乱世，这个乱世的思潮受老庄和佛教的影响很深。可是当代的民众却并没有受着这两种思潮的影响。这是很明显的，老庄的哲学他们不懂，佛教的信仰那时还只传播到贵族社会。一般民众只干脆地懂得"食"、"色"二字。他们在只要有饭吃的时候，正好乘着乱世礼法的破坏，去作性的追求。试读当时的《子夜歌》："谁能思不歌？谁能饥不食？日冥当窗户，惆怅底不忆？"又："气清明月朗，夜与君共嬉。郎歌妙意曲，侬亦吐芳词。"当变乱的时代，孤男怨女多，男女们偷偷恋爱的也多，所以乱世民间的恋歌总特别发达。春秋战国的时候如此，魏晋六朝又何尝不是如此！

自西晋永嘉以后，中国分裂为南北两大政治区域，北方给新兴的胡族占据着，南方则仍为汉族所占有。这两大对峙着的民族，其民族性是全然不同的。北方是野蛮的犷悍的英雄的民族，南方是文明的礼法的温柔的民族。因南北民族性的悬殊，所产生的文学也就全然不同。北地的英雄汉自高唱他们的英雄歌，南方的温柔子自低吟他们的温柔歌，这是南北新旧民族文学的分野线。我们讲当代的民歌也要分开南朝与北朝来叙述。

请先从南方的民歌讲起吧。

西晋末年大乱，中原的大族多南迁，中原的歌曲也跟着流行到南方来了。《宋书·乐志》说："永嘉之乱，五都沦覆，中朝旧音，散落江左。"由北方传来的旧曲与南方的歌谣相化合，便产生新的民间歌谣出来。

这种新的民间歌谣是盛行于江南一带的，号称吴歌。《晋书·乐志》说："吴歌杂曲，并出江南。东晋以来，稍有增广。其始皆徒歌，既而被之管弦。盖自永嘉渡江之后，下及梁陈，咸都建业。吴声歌曲多起于此。"

吴声歌曲最繁，据《古今乐录》的记载，共有十曲："一曰《子夜》，二曰《上柱》，三曰《凤将雏》，四曰《上声》，五曰《欢闻》，六曰《欢闻变》，七曰《前溪》，八曰《阿子》，九曰《丁督护》，十曰《团扇郎》。"其中以《子夜歌》为最流行，《大子夜歌》云：

歌谣数百种，《子夜》最可怜。慷慨吐清音，明转出天然。

相传有晋女子名子夜者，作《子夜歌》。后人推而广之，更有《子夜四时歌》、《大子夜歌》、《子夜警歌》、《子夜变歌》之作。今所传《子夜歌》一百多首，不是一人一时的作品。今举几首为例：

子夜歌

宿昔不梳头，丝发被两肩。婉伸郎膝上，何处不可怜？

朝思出前门，暮思还后渚。语笑向谁道，腹中阴忆汝。

年少当及时，蹉跎日就老。若不信侬语，但看霜下草。

夜长不得眠，明月何灼灼。想闻欢唤声，虚应空中诺。

子夜四时歌

梅花落已尽，柳花随风散。叹我当春年，无人相要唤。（《春歌》）

自从别欢来，何日不相思？常恐秋叶零，无复连条时。（《秋歌》）

寒鸟依高树，枯林鸣悲风。为欢憔悴尽，那得好颜容？（《冬歌》）

"清音妙婉，明转天然"，这八个字是《子夜歌》的特色，同时也是南朝民歌的共同特色。试更举《华山畿》几首写哀情的歌为例：

未敢便相许，夜闻家中论，不持侬与汝。

不能久长离，中夜忆欢时，抱被空中啼。

相送劳劳渚，长江不应满，是侬泪成许。

奈何许！天下人何限，慊慊只为汝。

又如《欢闻变歌》：

铁臂饮清血，牛羊持祭天。没命成灰土，终不罢相

71

怜。

又如《前溪歌》：

　　黄葛生烂熳，谁能断葛根？宁断娇儿乳，不断郎殷
勤。

这些都是绝妙的小诗，每首诗都能写出沉挚的深情，表现作者热烈的生命。如果拿这种小诗来和当时骈偶的律诗比较，真要叫那班自命不凡的诗人愧死。这可难怪萧衍、萧纲们要低首下心来模拟民间的歌谣了。可是他们也只能模拟民歌的表面，而不能模拟民间的道真情，写实感。所以民间的歌谣，到了文人手里，后来竟变成格律整齐的绝句。

回头我们来讲北方的新兴文学。

北方新掺进来的胡族，他们没曾受过文化文明的洗礼，自然做不出温柔敦厚、哀而不怨的南歌。《折杨柳歌辞》云：

　　遥看孟津河，杨柳郁婆娑。我是虏家儿，不解汉儿
歌。

虏家儿会唱什么歌呢？他们会唱的是轻生尚武的壮歌，是"杀人不眨眼，生命如鸿毛"的英雄好汉文学。且听他们唱道：

折杨柳歌

健儿须快马，快马须健儿。跋跋黄尘下，然后别雄雌。

企喻歌

男儿欲作健，结伴不须多。鹞子经天飞，群雀两向波。
男儿可怜虫，出门怀死忧。尸丧狭谷中，白骨无人收。

李波小妹歌

　　李波小妹字雍容，褰裳逐马如转蓬，左射右射必叠
双。女子尚如此，男子安可逢！

　　长城内外聚居的胡族，他们过的是部落式的游牧生活，故所描写的题材多半是骑马射箭一类。如《企喻歌》中有几首是专写牧马的：

　　放马大泽中，草好马著膘。牌子铁裲裆，鉅鍒鸜尾条。

　　前行看后行，齐著铁裲裆。前头看后头，齐著铁鉅鍒。

写边塞风情最佳美的要算斛律金的《敕勒歌》：

　　敕勒川，阴山下。天似穹庐，笼盖四野。天苍苍，野茫茫，风吹草低见牛羊。

　　这是南人做梦也想不到的境界，也是南人做不出来的天然的绝妙好诗。

　　胡人的歌谣，即使是写恋爱相思，他们所用的描写材料和遣辞的态度，也和南歌完全不同。例如：

地驱歌

　　驱羊入谷，白羊在前。老女不嫁，蹋地唤天。

折杨柳歌

　　腹中愁不乐，愿作郎马鞭。出入擐郎臂，蹀坐郎膝边。

　　门前一株枣，岁岁不知老。阿婆不嫁女，那得孙儿抱？

捉搦歌

　　谁家女子能行步，反着夹禅后裙露。天生男女共一处，愿得两个成翁媪。

　　黄桑柘屐蒲子履，中央有丝两头系。小时怜母大怜婿，何不早嫁论家计？

　　"真率伉爽，慷慨洒落"，是北方歌谣的大特色。她们绝不会做南歌那种"婉伸郎膝上，何处不可怜"，"郎君未可前，待我整容仪"一类扭扭捏捏的表情，她们只会说"老女不嫁，蹋地唤天"，"小时怜母大怜婿，何不早嫁论家计"的真情实话。南北朝文学本是矫揉粉饰的时代，民间居然产生这种天真烂漫的文学，真是令人欢慰。

在文学史上负盛名的《木兰辞》也是这时候产生的。这是北方儿女英雄文学中最伟大的作品。大约高小的学生都读过这首诗的。其全辞如下：

唧唧复唧唧，木兰当户织。不闻机杼声，惟闻女叹息。问女何所思？问女何所忆？"女亦无所思，女亦无所忆。昨夜见军帖，可汗大点兵，军书十二卷，卷卷有耶名。阿耶无大儿，木兰无长兄，愿为市鞍马，从此替耶征。"

东市买骏马，西市买鞍鞯，南市买辔头，北市买长鞭。朝辞耶娘去，暮宿黄河边。不闻耶娘唤女声，但闻黄河流水声溅溅。旦辞黄河去，暮宿黑山头。不闻耶娘唤女声，但闻燕山胡骑声啾啾。

万里赴戎机，关山度若飞。朔气传金柝，寒光照铁衣。将军百战死，壮士十年归。

归来见天子，天子坐明堂，策勋十二转，赏赐百千强。可汗问所欲？"木兰不用尚书郎，愿借明驼千里足，送儿还故乡。"

耶娘闻女来，出郭相扶将。阿姊闻妹来，当户理红妆。小弟闻姊来，磨刀霍霍向猪羊。开我东阁门，坐我西阁床。脱我战时袍，著我旧时裳。当窗理云鬓，对镜

贴花黄。出门看火伴，火伴始惊惶："同行十二年，不
知木兰是女郎。"

　　雄兔脚扑朔，雌兔眼迷离。两兔傍地走，安能辨我
是雄雌？

这个故事已经够美了。作者只用三百零十个字，来写这一大
篇故事，文字活泼如行云流水，结构巧妙而自然，作风极雄壮而
又含着温柔的气分，描写的技术可谓"神乎其技"。虽初识字人
亦知这是绝妙好诗，真是一首百读不厌的杰作。

　　北朝自鲜卑种的拓跋氏统一北方以后，极力模拟中国古代的
文化。北方的英雄民族受了文明的洗礼，渐渐与中国同化，变成
文质彬彬的君子。从此房家儿也做出温柔敦厚的诗来，那种美妙
自然的山野歌便没落了。

第十章　两晋南北朝的小说

　　小说起源于古代的神话与传说。

　　任何古民族都是有他们悠渺的神话和传说的。在古代的中
国，则因为住在天然恩惠比较贫乏的黄河流域，他们须时时与自
然界作生存斗争，养成一种务为实际，追逐利用厚生，排斥空想
的人生观，缺乏高远的想像幻觉力。故没有产生伟大结构的神话
与传说，只有片段的神话传说，流传于古代的社会。这在先秦时
代的古籍中可以发见许多。如《庄子》上所讲的"鲲鹏故事"，
"蜗角上之争"，"姑射仙人"；《列子》上所讲的"愚公移
山"，"夸父追日"，"龙伯国的大人"；《楚辞》中的《天
问》；《韩非子》中的《说林》；《山海经》中所讲"昆仑山"

和"西王母"等故事：都是神话与传说的记载。只有儒家的孔丘，绝口不语"怪、力、乱、神"，故在他这一派学者的著述中，绝无神话可为引证。到了儒教势力最扩张的汉代，许多古代的神话与传说多因受儒者的摈弃而失传。中国小说遂因此而不能得到早发展的机运。（用盐谷温说）

汉代的小说，是政府采集"街谈巷语，道听途说"以成的。据《汉书·艺文志》的著录，列小说十五家（中有九家是汇集古代传说的），共一千三百八十篇。量数不可谓不多，然皆失传。今所传的各种小说，如题为东方朔撰的《神异经》及《海内十洲记》，题为班固撰的《汉武故事》及《汉武内传》，题为郭宪撰的《别国洞冥记》，题为伶玄撰的《飞燕外传》，题为汉无名氏的《杂事秘辛》等作，皆属后人伪托（多系六朝人手笔，《杂事秘辛》则人皆谓为明人杨慎作）。故在事实上，中国之有小说，实始于两晋南北朝。

两晋南北朝的小说，就其描写的内容来讲，大体可以分为二类：

第一类是神怪小说　两晋南北朝本是老庄学术流行的放诞自由时代，不忌言神怪。且自秦汉以来，迷信神仙之风盛行；至魏晋以后，小乘佛教又大畅行于江左南朝，许多佛学的经典皆翻译成汉文；于是旧有的中国神话与传说，乃与佛教的神话与传说相混合，遂产生神怪一派的小说。两晋南北朝的小说以这一派为大宗。可惜大部分的作品佚亡不存。今所存者，除一部分散见于《太平广记》、《太平御览》及《法苑珠林》外，尚有下列诸种：

《拾遗记》十卷　　　王嘉撰

《搜神记》二十卷　　干宝撰

《搜神后记》十卷　　陶潜（？）撰

《异苑》十卷　　　　刘敬撰

《续齐谐记》一卷　　吴均撰

《述异记》二卷　　　任昉（？）撰

《还冤志》一卷　　　颜之推撰

以上所举例的七种小说，其文笔最佳者当推《拾遗记》与《搜神记》二种。今举吴均《续齐谐记》中的《鹅笼记》为例，盖受天竺故事的影响而成之小说也。记云：

> 阳羡许彦于绥安山行，遇一书生，年十七八，卧路侧，云脚痛，求寄鹅笼中。彦以为戏言。书生便入笼，笼亦不更广，书生亦不更小。宛然与双鹅并坐，鹅亦不惊。彦负笼而去，都不觉重。前行息树下，书生乃出笼谓彦曰：“欲为君薄设。”彦曰：“善。”乃口中吐出一铜奁子，奁子中具诸肴馔。……酒数行，谓彦曰：“向将一妇人自随，今欲暂邀之。”彦曰：“善。”又于口中吐一女子，年可十五六，衣服绮丽，容貌殊绝，共坐宴。俄而书生醉卧。此女谓彦曰：“虽与书生结妻，而实怀怨，向亦窃得一男子同行，书生既眠，暂唤之，君幸勿言。”彦曰：“善。”女子于口中吐出一男子，年可二十三四，亦颖悟可爱，乃与彦叙寒温。书生卧欲觉，女子口吐一锦行障遮书生，书生乃留女子共卧。男子谓彦曰：“此女虽有情，心亦不尽，向复窃得一女人同行，今欲暂见之，愿君勿泄。”彦曰：

"善。"男子又于口中吐一妇人。年可二十许，共酌，戏谈甚久。闻书生动声，男子曰："二人眠已觉。"因取所吐女人，还纳口中。须臾，书生处女乃出谓彦曰："书生欲起。"乃吞向男子，独对彦坐。然后书生起谓彦曰："暂眠遂久，君独坐，当悒悒耶？日又晚，当与君别。"遂吞其女子，诸器皿悉纳口中，留大铜盘可二尺广，与彦别曰："无以藉君，与君相忆也。"彦太元中为兰台令史，以盘饷侍中张散。散看其铭题，云是永平三年作。

第二类是人事小说　中国在先秦时代即已有记载人事的寓言，如《礼记·檀弓》中的"孔子过泰山侧"，《孟子》中的"齐人有一妻一妾"，皆富有小说的意味。至两晋南北朝，则有一部分的小说，不复注重于寓意，纯为客观的人事记载。这一类的小说，其描写可以分为两种：一种是写宫闱艳事，如《汉武故事》、《汉武内传》、《飞燕外传》等作；一种是记逸语奇闻，如刘义庆的《世说新语》（八卷），无名氏的《西京杂记》（六卷）等作。皆以记载人事为主。其中有些描写是异常隽妙的，今举二段为例：

《飞燕外传》一则

后所通宫奴燕赤凤者，雄捷能超观阁，兼通昭仪。赤凤始出少嫔馆，后适来幸。时十月五日，宫中故事，上灵安庙，是日吹埙击鼓，歌连臂踏地，歌《赤凤来》曲。后谓昭仪曰："赤凤为谁来？"昭仪曰："赤凤自为姊来，宁为他人乎？"后怒，以杯抵昭仪裙，曰：

"鼠子能啮人乎？"昭仪曰："穿其衣，见其私，足矣，安在啮人乎？"昭仪素卑事后，不虞见答之暴，熟视不复言。樊嬺脱簪叩头出血，扶昭仪为拜后。昭仪拜且泣曰："姊宁忘共被夜长苦寒不成寐，使合德拥姊背耶？今日垂得贵皆胜人，且无外搏，我姊弟其忍内相搏乎？"后亦泣持昭仪手，抽紫玉九鹙钗为昭仪簪髻，乃罢。帝微闻其事，畏后不敢问，以问昭仪。曰："后妒我尔。以汉家火德，故以帝为赤龙凤。"帝闻之，大悦。

《世说新语》一则

石崇每要客燕集，常令美人行酒，客饮酒不尽者，使黄门交斩美人。王丞相与大将军尝共诣崇。丞相素不能饮，辄自勉强，至于沉醉。每至大将军，固不饮以观其变。已斩三人，颜色如故，尚不肯饮。丞相让之，大将军曰："自杀伊家人，何预卿事？"

两晋南北朝是中国小说的初幕。在这个时期产生的作品，严格讲起来，只具有小说的雏形，只有粗枝大叶的叙述，缺乏完善的结构和深刻的描写，诚然不免幼稚。但从这时候起，造成了做小说的风气，引起唐宋小说的继兴，这当然不能不归功于两晋南北朝的小说为之先驱。而且，有了两晋南北朝的许多小说，供给后世文人无量数的作诗词戏曲的材料和典故，其影响也是值得我们珍视的。

第四编　唐代文学

第十一章　唐代的文学运动

　　骈偶绮艳的文学至梁陈间，已经发展至最后的阶段，当时的文人已渐渐厌弃这种只有形式美的"靡靡之音"了。萧纲本是喜欢作艳诗的，也不满意当时的文风，他在其《与湘东王绎书》中批评当时文学的流弊说：

　　　　比见京师文体，懦钝殊常，竞学浮疏，争为阐缓，……既殊比兴，正背风骚。……吾既拙于为文，不敢轻有掎摭。但以当世之作，历方古之才人，……观其遣辞用心，了不相似。若以今文为是，则古文为非。若昔贤可称，则今体宜弃。

这种言论在当时虽未发生若何影响，却很可表示对当时文坛的反感。

　　北朝向来是不大欢迎骈偶绮艳的文学。北周有一位武人苏绰，因为愤当时文风的浮靡，竟模仿《尚书》来作《大诰》，以矫文风之枉。

　　至隋文帝杨坚夺了周祚，更严禁华艳的文字，诏令天下公私文翰皆应实录。泗州刺史司马幼之即以上书华艳，被付有司治罪。后来又有一位御史李谔曾上书请斥浮华之文，其言曰：

> 魏之三祖（即曹操、曹丕、曹叡），更尚文辞。忽人君之大道，好雕虫之小艺。下之从上，有同影响。竞骋文华，遂成风俗。江左齐梁，其弊弥甚。贵贱贤愚，唯矜吟咏。遂复遗理存异，寻虚逐微；竞一韵之奇，争一字之巧。连篇累牍，不出月露之形；积案盈箱，唯是风云之状。世俗以此相高，朝廷据兹擢士。……文笔日繁，其政日乱。良由弃大圣之轨模，构无用以为用也。

李谔的理论显然是反对魏晋以来不讲致用的纯文学，他认定文学必以实用为主。同时有一位儒者王通，他的主张也和李谔相似。他说：

> 文者，苟作云乎哉，必也济乎义。

王通是主张文学必以道德为依归的，他著了一部《中说》，其文笔全仿《论语》。

这是唐以前文学复古的趋势。

骈偶绮艳的文学，经过两晋六朝长期的发展，其风气已深中人心；虽受一部分文人的反对和隋文帝政治手段的压迫，结果亦不甚奏效。隋文帝的儿子炀帝就是喜欢写绮文艳思的一个。故至唐之初期，还是骈偶绮艳的文风流行着。当时的所谓"上官体"（上官仪），"四杰体"（王勃、杨炯、卢照邻、骆宾王），"沈宋体"（沈佺期、宋之问），都不脱六朝文学的流风遗韵，都喜欢做骈偶文，都是由骈偶而陷于绮艳。

直至陈子昂起来，才极力提倡有风骨的朴实的汉魏文学，反对晋宋以后的颓靡文学。他在《与东方左史虬修竹篇》的序文里发表他的文学见解说：

> 文章道弊五百年矣。汉魏风骨，晋宋莫传；然而文献有可征者。仆尝暇时观齐梁间诗，采丽竞繁，而兴寄都绝，每以永叹！窃思古人，常恐逶迤颓废，风雅不作，以耿耿也。

李白也是一位复古论者，其言曰：

> 梁陈以来，艳薄斯极。沈休文又尚以声律。将复古道，舍我其谁？

自此，萧颖士、李华、元结、独孤及、梁肃诸人继起，皆宗法陈子昂，继续倡导文学复古之论。至韩愈、柳宗元两大文豪起，古文运动乃底于成功。

韩愈是以继承孔孟的道统自命的人，他的文学主张，一言以蔽之，就是"文以载道"四字。看他的《答李翊书》说："非三代两汉之书不敢观，非圣人之志不敢存。"又说："行之乎仁义之途，游之乎诗书之源，无迷其途，无绝其原，终吾身而已矣。"可见他是以提倡古道自任的，自然要主张"文以载道"。他在一篇《进学解》上自叙其文章的来源说：

> 上规姚姒，浑浑无涯；《周诰》、《殷盘》，佶屈聱牙；《春秋》谨严；《左氏》浮夸；《易》奇而法；《诗》正而葩；下逮《庄》、《骚》，太史所录；子云、相如，同工异曲。

柳宗元的文学主张亦与韩愈相似，其《答韦中立书》论做文章的目的说：

> 始吾幼且少，为文章以词为工。及长，乃知文者以

明道，是故不苟为炳炳烺烺，务采色，夸声音，而以为
能也。

接着他又自述其文章的来源说：

> 本之《书》以求其质；本之《诗》以求其恒；本之
> 《礼》以求其宜；本之《春秋》以求其断；本之《易》
> 以求其动：此吾所以取道之源也。参之《谷梁》以厉其
> 气；参之孟荀以畅其文；参之庄老以肆其端；参之《国
> 语》以博其趣；参之《离骚》以致其幽；参之太史以著
> 其洁：此吾之所以旁推交通而以为之文也。

韩愈、柳宗元都是反对美文学的；他俩都把自己文章的来
源，远溯于三代两汉的经史及诸家，洗尽两晋六朝浮靡的风尚。

古文运动有韩、柳二氏的努力而达于最高的发展。继之者有
李翱、皇甫湜等，皆以才力、文誉不及韩柳，不足号召天下，古
文之势遂渐衰。至于晚唐，绮艳的骈偶文学又复活起来，把古文
打倒了。

以上是唐代文学运动的大概情形。从表面上看来，这个时代
的文学运动，完全是复古潮流的文学运动。其实不然。他们口
里虽喊着复古的口号，可是他们的文章并不如苏绰的死拟《尚
书》，也不如王通的死拟《论语》；这条死拟古文的路是早已被
证明走不通了的。（《周书》称苏绰"虽属辞有师古之美，矫枉
非适时之用，故莫能常行焉"。）唐代的文人只是以"复古"的
口号来做幌子。他们要利用历史上的根据来号召人心，以期打倒
六朝的绮艳骈偶文学，故高唱三代两汉之文。在实际上，他们的
文章并不真是复古的。试看韩愈之言曰：

> 或问："为文何师？"必谨对曰："必师古圣贤。"人曰："圣贤所为书具存，词皆不同，宜何师？"必谨对曰："师其意，不师其辞。"

他又说：

> 当其取于心而注于手也，惟陈言之务去，戛戛乎其难哉！

柳宗元说：

> 吾虽少为文，不能自雕斫。引笔行墨，怪意累累，意尽便止。亦何所师法？

李翱论韩愈的文章说：

> 公每以为自扬雄之后，作者不出。其所为文未尝效前人之言，而固与之并。

皇甫湜论韩愈的文章说：

> 属文意语天出，业孔子、孟轲而侈其文，焯焯烈烈，为唐之章。

李汉论韩文也说：

> 日光玉洁，周性孔思；千态万貌，而卒泽于道德仁义。

我们由这些话，可知韩柳的文章明明是"惟陈言之务去"，"未尝效前人之言"；师古人之意，而不师古人之辞；内容虽为"周性孔思"，而外形实是"千态万貌"，"焯焯烈烈，为唐之章"，并无所谓师法。

韩愈他们致力于文学运动，其目的无非想提倡一种有内容的实用文章，无非想拿文章来宣传孔孟之道，无非企图造成一个新的文派。他们用的文字，只求说理说得清，故都用的浅近文言。

我们只要拿韩愈的文章来和苏绰《大诰》一类的文章比较，便立见苏绰所作的才真是模拟的佶屈聱牙的古文，而韩愈的作品乃是具有新风格的唐代文学。

由此看来，唐代的文学运动，不但不是复古运动，而且是实际的革新运动呢。

这个文学运动自然有许多缺点：第一是不应该以复古为名，埋没了文学进化的观念；第二是不应该以文学为载道的工具，忽视纯文学的价值。这两个缺点遗给后世绝大的恶劣影响。近数百年来文坛深受古文之毒，皆唐代树"复古"与"明道"旗帜的文学运动为之厉阶。

可是，由这个文学运动所产生的许多好处，我们更是不可忽视的：

第一，唐代古文学运动的实际，乃是一种提倡朴实散文的运动。其结果乃产生许多富有文学价值的散文。这种散文虽不是南朝的文学一类，而实际是受了南朝文学的洗礼，归于北朝文学的质朴，是能够兼南北文学之所长的。如李华的《吊古战场文》，韩愈的《祭十二郎文》，柳宗元的山水游记，白居易、元稹来往的信札，很多是富有情调意趣的隽妙的散文作品。

第二，有这个时期的文学运动，阻遏了骈偶绮艳文学的发展。自晋宋以来，文人的作品无论文章诗赋，皆用骈偶为之，作风乃流于绮艳不堪。初唐犹沿其弊，文风亦陷于浮靡不振。迨陈子昂起来振臂一呼，提倡有风骨的朴实的诗文，自开元、天宝至大历、长庆间的作者，皆直接受着这个文学运动的影响，才不为浮靡绮艳的风气所蔽，才有可能产生唐代中期百余年光辉万丈的文学史。

第三，这个时期的文学运动，因为反对空疏浮华不能致用的纯文学，乃揭出明经载道，以为做文章的目的。因此文学观念乃流于实用主义一途。在诗歌方面遂开写实一派。这一派的作品以社会民生为题材，以悲天悯人为职志，遂使文学与人生发生最亲切的关系。后来白居易、元稹的文学生张，认定"文章合为时而著，歌诗合为事而作"，自然是受了这个文学运动的影响。

第四，这个时期的文学运动，因为要矫正过去骈偶文学的堆砌藻饰、隐晦难懂的毛病，乃改用浅近流畅的文言来做文章。唐以后的诗文，受了唐文很深的影响，其流弊自然很多，但明白晓畅，实为一大特色。

以上四点，是我们对于唐代文学运动的实际及影响，应有的认识。

第十二章　唐代的诗歌

唐代是诗歌的黄金时代。

就数量的发展说，唐诗之盛是很可惊的。单据《全唐诗》不完备的纪录，已有诗人二千二百余家，录诗四万八千九百余首之多，即已超越过去一千多年诗史的总成绩。我们分析唐诗之所以发达，其最大的原因，乃是由于君主的倡导。初唐的太宗，女主武则天及玄宗，都是提倡文学，奖励诗人最力的。此外如宪宗读了白居易的《讽谏诗》，便召为学士；穆宗喜欢元稹的诗，征为舍人；文宗则因为爱好五言诗，特置诗学士七十二人，简直变成诗迷了。唐代的考试制度，本是以诗赋录取进士的；又加上君主们的特别提倡。哪个文人不想做官？要做官就得努力于诗。因此便造成唐代三百年诗坛的盛况。

唐诗不仅"盛"而已。诗歌至唐已是最高的发展，其成绩造诣实已臻于尽善尽美的境界。我们读了六朝骈偶绮艳的诗，再来读唐代的名家诗，真如从一个狭隘的囚笼中飞向海阔天空的地方去。唐诗是无奇不有的，仿佛是一个博物院；唐诗又是无美不具的，如同一个四季花园。论者哪一个不赞美唐诗？可是大家都不很明白唐诗的长处在哪里。其实唐诗最大的特色，只是在不讲模拟，不事复古，而富有强烈的创造精神，具有自由放肆的精神。唐代有才气的诗人，每一个都能自出心裁的在他作品里表现出作者特殊的个性和风格，呈露着浓厚的新时代色彩。经过许多优秀诗人的努力于创造工程，因以形成唐代诗坛的伟大成绩。

唐代的诗体，向来的论诗者都认定律诗和绝句是唐代的新体诗，都认定那是唐代的代表诗体。这个错误我们是要加以纠正的。律诗源出于六朝的骈偶，专讲声韵、对仗，最束缚作者的意境情感，是最下乘的诗体。唐人的律诗就很少好的，绝不足以代表唐诗的特色。我以为能够代表唐诗的特色的诗体，乃是五、七言歌行和绝句。唐代的诗人最喜欢做五、七言歌行。他们的歌行，自由放肆，不受任何格律的拘束，句子可以长短不齐，用韵没有一定的规则，不讲对仗，不考究平仄。这可以说是从两晋六朝解放出来的一种新体自由诗。绝句虽与律诗同称"近体"，却不与律诗同源，它是从六朝的民间歌谣进化出来的。虽有声韵的限制，而不必讲对仗排偶，格律并不严。这是唐人运用最灵活最巧妙的一种新诗体。大概唐人做的好诗，都是用五、七言歌行和绝句写出来的。这是我们读唐诗最要注意的一点。

向来讲唐诗，都是依据明高棅的意见，分为下列四期：

初唐（约六一八—七一二）

盛唐（约七一三—七六五）

中唐（约七六六—八四六）

晚唐（约八四七—九〇六）

这种分期法本来很牵强，并没有什么正确的理由做根据。特别是把唐代中间一段发展的脉络一贯的诗史，强分为"盛唐"与"中唐"二期，最无道理。我以为唐诗的分期，只有三个阶段。第一期，是初唐的八九十年，那还是因袭齐梁以来绮艳作风的时候；第二期，是由玄宗开元（七一三）起，至穆宗长庆（八二四）止的一百多年，这是唐诗最兴盛最有价值的时期，我们可以统称为"盛唐"；第三期，是晚唐的六七十年，这时的作风已转入唯美主义的风气去了。这是唐诗大体上的三变。我们现在就分三期来叙述全部的唐诗。

第一期　初唐诗

初唐的诗，在形式上，是唐诗的初期；但其实质，完全是承袭六朝绮艳文学的遗风，还不能说是纯粹的唐诗。

初唐本是太平盛世，文学自容易流于享乐之用。况且当代的几个君主，如太宗、高宗、武后，都是极力提倡骈偶绮艳文学的，因此初唐的诗风，自然趋于艳靡一途。虽然我们也能在初唐中找得着几个作风较为朴素的诗人，如魏徵、虞世南、王绩、陈子昂等，可是他们的诗极少，并不是当代诗坛的权威者。被称为当代诗坛的权威者的，都是些以骈偶文学负盛名的作家。

在初唐最享文誉的，要推"四杰"。

王勃是四杰中之首出者。字子安，绛州龙门人（六四八—六七五）。他是一位很有才气的少年，六岁即能文；未及冠，才名已扬闻于京邑。授为朝散郎。他的文思极快，下笔成章。最著名的《滕王阁序》，就是他在筵席中一气写成的。可惜多才薄命，当他二十八岁时，往交趾省父，竟溺死南海中。他的律诗不足称，五言绝句则很有些写得好的，如《思归》：

　　　长江悲已滞，万里念将归。况复高风晚，山山黄叶飞。

王勃而外，其余三杰的诗均无甚可述。杨炯，华阴人。少举神童，拜校书郎，终盈川令。他是一位最骄傲的文人，以名列王勃之后为耻。其实他的诗在四杰中要算最下，无可举例者。卢照邻字昇之，幽州范阳人。初为邓王府典签，邓王称之为"寡人之相如"。后拜新都尉，因染风疾去官，居于太白山。后病益甚，不堪其苦，遂自投颍水死。年四十。他的七言歌行颇有些可读的。骆宾王，婺州义乌人。曾为长安主簿。徐敬业举兵讨武氏，宾王为掌书记，作《讨武曌檄》最有名。失败后，相传他遁至西湖灵隐寺为僧。他的诗亦无特别的成绩。

沈佺期、宋之问是继四杰而称霸诗坛的两个诗匠，是律诗的完成者。《唐书》说："魏建安后讫江左，诗律屡变。至沈约、庾信以音韵相婉附，属对精密。及之问、佺期，又加靡丽；回忌声病，约句准篇，如锦绣成文，学者宗之，号为沈宋。"五言律诗至沈宋而益臻成熟，七言律诗的体式亦至沈宋而创制完成。论诗者都称道为初唐律诗的圣手。但在我们看来，则诗至沈宋，可以说是遭一大劫。沈佺期字云卿，相州内黄人。初为给事中，神龙中拜修文馆直学士。与宋之问同以善做应制诗齐名，唯才不及之问。宋之问字延清（一名少连），虢州弘农人（一作汾州人）。武后时召与杨炯分直习艺馆。后贬陇州。中宗时，召为修文馆学士。睿宗即位，被配徙钦州，不久被杀于徙所。之问本是一个无行的文人，虽薄有才华而专力于应制一科，故结果只是一个御用的词臣，绝无高尚的成就。

与沈宋同时的诗人，有李峤、苏味道、崔融、杜审言，号称"文章四友"；又有贺知章、包融①、张旭、张若虚四人，号称"吴中四士"。在诸人中最有名的是李峤，他的一首《汾阴行》，玄宗读后叹为"真才子"。杜审言过于恃才，诗实平平。贺知章则以七绝著称，其佳者如《回乡偶书》：

> 少小离家老大回，乡音无改鬓毛衰。儿童相见不相
> 识，笑问客从何处来。

张若虚在初唐不甚著名，传诗亦少；然所作《春江花月夜》一首，语意回环，风调清丽，读其"愿逐月华流照君"之句，令人想见风度。初唐中得此名贵诗篇，亦堪欣慰。又有刘希夷者，亦无赫赫之诗名，作《代悲白头翁》，写青春芳年的淹忽，白头鹤发之哀感，情韵最浓，决不是沈宋一班诗匠所能做得出来的。其全诗如下：

> 洛阳城东桃李花，飞来飞去落谁家？洛阳女儿好颜
> 色，行逢落花长叹息！今年花落颜色改，明年花开谁复
> 在？已见松柏摧为薪，更闻桑田变成海。古人无复洛城
> 东，今人还对落花风。年年岁岁花相似，岁岁年年人不

---

① "包融"底本作"包括"，误，径改。

同。寄言全盛红颜子，应怜半死白头翁。此翁白头真可怜！伊昔红颜美少年。公子王孙芳树下，清歌妙舞落花前。光禄池台开锦绣，将军楼阁画神仙。一朝卧病无相识，三春行乐在谁边？宛转蛾眉能几时，须臾鹤发乱如丝。但看古来歌舞地，惟有黄昏鸟雀悲！

相传宋之问酷爱此诗"年年岁岁花相似，岁岁年年人不同"之工，欲夺为己有，乃以土囊压死希夷。是则我们的诗人竟以身殉其不朽的杰作矣！

初唐的末年，陈子昂、张九龄出，一扫华艳的诗风。子昂作《感遇诗》三十八首，九龄作《感遇诗》十二首，皆注重意境，撇开词藻，风骨高古。此外还有一部分白话诗人，如王梵志、寒山、丰干、拾得等，所作诗皆俚俗诙谐，可以说是初唐绮靡风气的反动。不过他们的诗，也只有通俗方面的好处，缺乏浓厚的艺术意趣，值不得我们过分去赞美。

第二期　盛唐诗

诗的发展由初唐至盛唐，正如由地平线突地飞升至喜马拉雅山的绝顶。这真是一个惊人的突飞猛进。盛唐本是文学风气极浓的时代，这时期的诗人，大抵都具有两个特点：第一是都有旺盛的天才；第二是都具有极强烈的创造精神。这种创造的精神已成为当时普遍的风气，故各个诗人都自己料理自己园里的花草，各不相沿袭，因以造成盛唐诗坛之茂盛与伟大。宋严羽在他的《沧浪诗话》上有一段话讲到盛唐诗的好处，其言曰：

> 盛唐诸人，惟在兴趣。羚羊挂角，无迹可求。故其妙处，透彻玲珑，不可凑泊，如空中之音，相中之色，

水中之月，镜中之象，言有尽而意无穷。

我们嫌严羽的话神秘了一点，明白的说，盛唐诗的好处，就是能不考究形式、格律，而注重于诗歌内容的充实，故其妙处，能"言有尽而意无穷"。

盛唐诗歌，依他们描写的题材和倾向，可以粗略的分为四派，今依次叙述如下。

（一）边塞派　唐人边塞一派，显然是受了北朝新兴英雄文学极大的影响。这一派的诗在初唐中已很流行，至盛唐开元前后而极盛。这种诗的特色，是在能以豪放健举之笔，写悲壮慷慨的情思，一扫儿女温柔的故态，发为英雄洒落的壮歌。盛唐边塞派之最著者，有高适、王昌龄、岑参、李白诸人。

高适字达夫，一字仲武，渤海蓨人。少年时落魄不事生产。过中年始留意篇什，数年间，已诗誉大著。初为封丘尉，累官至淮南节度使，刑部侍郎，散骑常侍，封渤海县侯。死于永泰元年（七六五）。高适的诗气骨高古，音节悲壮。他曾为猛将哥舒翰掌书记，故诗多咏边塞，最佳者如《燕歌行》：

> 汉家烟尘在东北，汉将辞家破残贼。男儿本自重横行，天子非常赐颜色。摐金伐鼓下榆关，旌旗逶迤碣石间。校尉羽书飞瀚海，单于猎火照狼山。山川萧条极边土，胡骑凭陵杂风雨。战士军前半死生，美人帐下犹歌舞。大漠穷秋塞草衰，孤城落日斗兵稀。身当恩遇常轻敌，力尽关山未解围。铁衣远戍辛勤久，玉箸应啼别离后。少妇城南欲断肠，征人蓟北空回首。边庭飘飖那可度，绝域苍茫何所有？杀气三日作阵云，寒声一夜传刁斗。相看白刃血纷纷，死节从来岂顾勋？君不见沙场征

战苦，至今犹忆李将军。

王昌龄字少伯，江宁人（一作京兆人）。开元进士，补秘书郎。迁汜水尉。因不护细行，贬龙标尉。后以世乱还乡里，为刺史闾丘晓所杀。他的诗最长于七绝，有"诗天子"之称。特别是他的边塞短歌，幽咽悲壮，旷世无俦。例如：

从军行

琵琶起舞换新声，总是关山离别情。撩乱边愁弹不尽，高高秋月照长城。

其二

青海长云暗雪山，孤城遥望玉门关。黄沙百战穿金甲，不破楼兰终不还。

出塞

秦时明月汉时关，万里长征人未还。但使龙城飞将在，不教胡马度阴山。

闺怨

闺中少妇不曾愁，春日凝妆上翠楼。怒见陌头杨柳色，悔教夫婿觅封侯。

昌龄的诗亦长于抒写宫怨，其《长信秋词》之"奉帚平明金殿开，且将团扇共徘徊。玉颜不及寒鸦色，犹带昭阳日影来"最著称于世。

岑参，南阳人。少孤贫，笃学，登天宝进士第，官至嘉州刺史。杜鸿渐镇西川，表为从事，以职方郎兼侍御史，领幕职。卒于蜀中。参半生戎幕，奔走于戎马仓皇之中，备尝征旅行军的生活；故所作诗雄放宏壮，气骨遒劲。与高适齐名，号称"高岑"。其代表作如《走马川行奉送出师西征》：

君不见走马川行雪海边，平沙莽莽黄入天。轮台九月风夜吼，一川碎石大如斗，随风满地石乱走。匈奴草飞马正肥，金山西见烟尘飞，汉家大将西出师。将军金甲夜不脱，半夜军行戈相拨，风头如刀面如割。马毛带雪汗气蒸，五花连钱旋作冰。幕中草檄砚水凝。虏骑闻之应胆慑，料知短兵不敢接，车师西门伫献捷。（按此诗三句一换韵，实为作者的创体）

岑参天才横溢，不任受格律的束缚，其诗之迥拔孤秀者，悉在歌行。他的律诗实无可称者。但当时的人竟拿他比吴均、何逊，置之于律诗匠的队伍里，那就是全不懂得岑诗的佳妙了。

现我们要讲到盛唐的伟大诗人，中国文学史上的耀星李白。

白字太白，号青莲。本陇西成纪人（一说山东人），生长于蜀。初年隐居岷山，后漫游长江一带名胜，至于齐鲁，与孔巢父诸人交好，居于徂徕山，号"竹溪六逸"。天宝初，因道士吴筠之荐，被召至京师。贺知章见着他称为"天上谪仙人"。玄宗也很爱重他的才华，但为宫庭宠幸所不容，乃请还山，浮游于四方。安禄山之乱，他拥护永王李璘，谋收拾残乱的局面，终于失败，流于夜郎。后得郭子仪营救，遇赦生还。从此晚年的李白更肆意于游山玩水，寄情于诗酒了。相传他饮酒过度，竟以醉死于宣城（公元七〇一——七六二）。

李白是一个富有热情的浪漫诗人，是一个天才的最活跃的作家。他胸襟空阔，气魄雄厚，才气磅礴；故所作诗皆自由肆放，如"天马行空"，如"黄河之水天上来"，不可羁勒。他作诗的时候，不但不注意格律与修辞，连古人的诗式与作风也全不放在他的眼里；他只凭着自己的才气去创造，直有"抚剑独游行"，

"意气凌九霄"的精神。他的边塞诗是最能表现这种豪放精神的，例如《行路难》：

> 金尊清酒斗十千，玉盘珍羞值万钱。停杯投箸不能食，拔剑四顾心茫然。欲渡黄河冰塞川，将登太行雪满山。闲来垂钓碧溪上，忽复乘槎梦日边。行路难！行路难！多岐路，今安在？长风破浪会有时，直挂云帆济沧海。

在作者的诗集中，壮美的边塞诗原是不少。不过，单是边塞一科，却绝不能完全范围着天才肆溢的李白。他的造诣是多方面的，他的作风有悲壮，有飘逸，有颓放，有香艳，有沉痛，有闲适……境界至多。总之，李白作诗是随着兴趣与灵感的，笔之所到，无不佳妙。今略举数诗为例：

将进酒

> 君不见黄河之水天上来，奔流到海不复回！君不见高堂明镜悲白发，朝如青丝暮成雪！人生得意须尽欢，莫使金樽空对月。天生我材必有用，千金散尽还复来。烹羊宰牛且为乐，会须一饮三百杯。岑夫子，丹丘生，将进酒，君莫停。与君歌一曲，请君为我倾耳听：钟鼓馔玉不足贵，但愿长醉不愿醒。古来圣贤皆寂寞，惟有饮者留其名。陈王昔时宴平乐，斗酒十千恣欢谑。主人何为言少钱？径须沽取对君酌。五花马，千金裘，呼儿将出换美酒，与尔同销万古愁！

长干行

> 妾发初覆额，折花门前剧。郎骑竹马来，绕床弄青梅。同居长干里，两小无嫌猜。十四为君妇，羞颜未尝

开；低头向暗壁，千唤不一回。十五始展眉，愿同尘与灰。常存抱柱信，岂上望夫台。十六君远行，瞿塘滟滪堆，五月不可触，猿声天上哀。门前迟行迹，一一生绿苔。苔深不可扫，落叶秋风早。八月蝴蝶来，双飞西园草。感此伤妾心，坐愁红颜老。早晚上三巴，预将书报家。相迎不道远，直至长风沙。

下江陵

朝辞白帝彩云间，千里江陵一日还。两岸猿声啼不住，轻舟已过万重山。

独坐敬亭山

众鸟高飞尽，孤云独去闲。相看两不厌，只有敬亭山。

李白最擅长的诗体自然是五七言歌行；但他的绝句也是唐代第一流的名手，其妙处能以神化之笔，状眼前之常景，读之余韵悠渺，意境无穷。古人称李白为"诗仙"，真是一个最恰当的美誉呢。

盛唐的边塞派，除上述诸家外，尚有王之涣、王翰、李颀诸人。王之涣以《凉州词》著称于世，其词写塞外萧条景象，最为凄凉："黄河远上白云间，一片孤城万仞山。羌笛何须怨杨柳，春风不度玉门关。"王翰亦有《凉州词》，描写更为沉痛："葡萄美酒夜光杯，欲饮琵琶马上催。醉卧沙场君莫笑，古来征战几人回？"李颀长于歌行，读其《古从军行》之"年年战骨埋荒外，空见蒲桃入汉家"句，则显然有非战之深意了。

（二）社会派 自玄宗天宝十四年（七五五）安禄山作乱，"渔阳鼙鼓动地来，惊破《霓裳羽衣曲》"，中原一带的繁华地皆陷落为大战场，从此战乱相寻，直至唐末五代。虽然中间也经过短期的安定局面，但歌舞太平的时代是没有了，开元的盛日是永远不再来了。大部分民众的生计都被蔓延的战乱所剥夺，无数的生命都为大战乱所葬送了，竟造成了一个惨不忍睹的黑暗社会。这样黑暗的社会，给富有热血的诗人看见了，自然要痛恨，由那伟大的同情心驱使着他们，自然会把他们的诗献给大众社会，替民众去歌唱辛苦。这是盛唐社会派诗歌的成因。这一派诗人之最著者为杜甫、白居易、元稹、刘禹锡、张籍诸人。

杜甫字子美，号少陵，襄阳人。少时贫不自振，奔走于吴、越、齐、鲁之间。至三十九岁，始以献《三大礼赋》，得着一个右卫率府胄曹的小官。安禄山之乱，他曾陷于贼中。脱险后，至凤翔行在，肃宗授为左拾遗，出为华州司功参军。后辗转入蜀，居成都浣花溪。严武节度剑南时，表他为参谋，检校工部员外郎。武死，他避乱居夔州。直到他死前的一年，始出川，经过江陵等处，入洞庭，沿湘江而上，至衡州。相传他是饥饿之后，吃了过多的牛肉而胀死的。（公元七一二—七七〇）一代的诗人，遂终身落拓，困苦，流浪而终！

杜甫与李白同为中国诗史上的双圣，替盛唐诗坛吐万丈的光焰。他俩的友谊也是很好的。但是二人的个性与作品，则完全不同。李白是一个酣睡在"象牙之塔"的乐天主义者，是艺术派的诗人；杜甫则是一个站在"十字街头"的救世主义者，是人生派的诗人。李白的诗是主观地抒写自己的胸襟与灵感，作风接近浪漫派；杜甫的诗则是客观地抒写社会的黑暗与不平，作风接近写实派。李白的诗出之以天才，不假雕琢，下笔千言，而流于豪放；杜甫作诗则出之以经验学问，辛苦吟咏，极力锤炼，以入于深刻。我们读了李白的诗，如吟啸于天上，诵其"咳唾落九天，随风下珠玉"之句，真令人飘飘欲仙；但读了杜甫的诗，则活绘出丑恶的人间，诵其"朱门酒肉臭，路有冻死骨"之句，乃令人凄怆欲泪。这是李杜诗分别的大较。至于他俩的优劣，我们实无从去评判，而且也不必去求评判。正如两种美丽的奇花，都是天香国色，听各人去赏玩好了。

杜甫诗的精神和特色，从上面的李杜比较论中，已可亲切的认识了。他的诗的大部分，都是发于至情，抒写实感，最能动人。今举数诗为例：

哀江头

少陵野老吞声哭，春日潜行曲江曲。江头宫殿锁千门，细柳新蒲为谁绿？忆昔霓旌下南苑，苑中万物生春色。昭阳殿里第一人，同辇随君侍君侧。辇前才人带弓箭，白马嚼啮黄金勒；翻身向天仰射云，一箭正坠双飞翼。明眸皓齿今何在？血污游魂归不得。清渭东流剑阁深，去住彼此无消息。人生有情泪沾臆，江水江花岂终极？黄昏胡骑尘满城，欲往城南忘城北。

石壕吏

暮投石壕村，有吏夜捉人。老翁逾墙走，老妇出门看。吏呼一何怒，妇啼一何苦！听妇前致词："三男邺城戍。一男附书至，二男新战死。存者且偷生，死者长已矣！室中更无人，惟有乳下孙。有孙母未去，出入无完裙。老妪力虽衰，请从吏夜归。急应河阳役，犹得备晨炊。"夜久语声绝，如闻泣幽咽。天明登前途，独与老翁别。

闻官军收河南河北

　　剑外忽传收蓟北，初闻涕泪满衣裳。却看妻子愁何在，漫卷诗书喜欲狂。白日放歌须纵酒，青春作伴好还乡。即从巴峡穿巫峡，便下襄阳向洛阳。

　　杜甫是一个有天才，有学问，有热情，有经验，而又能献身于诗的诗人，他能以"语不惊人死不休"的刻苦精神去做诗，故诗的造诣至高，古诗与律诗都做得好，尤其是他的新乐府最多名贵之作。论者称之为"诗史"，"诗圣"。

　　杜甫死后，大历、贞元间没有什么大诗人，号称"大历十才子"的吉中孚、韩翃、钱起、司空曙、苗发、崔峒、耿炜、李端、卢纶、夏侯审，他们的诗皆无可赞美者。直至元和、长庆之际，白居易、元稹诸家起来，宗奉杜诗，社会派的诗乃大盛。

　　白居易字乐天，号香山居士，下邽人。贞元中进士，宪宗召为翰林学士，拜左赞善大夫，后贬江州司马。文宗立，授太子少傅，以刑部尚书致仕。（公元七七二—八四六）居易本是一个乐天主义的闲适诗人，可是他救人救世的心思尤其强烈，故终成为一个替民众呼吁的社会文学家。他的文学主张很极端，他认定文学是不应该拿来"嘲风雪，弄花草"的；他以为："文章合为时而著，歌诗合为事而作。"其意思就是，文学必须有益于人生。他觉得一个理想的诗人，必须"篇篇无空文，皆歌生民病"。这种文学主张的坏处，是容易流于浅薄的功利主义的发展，把文学当成了一种工具，其弊自不待言。但当时白居易一班人能够认清文学与人生的关系，总算是文学观念的一大进步。居易的社会诗，有许多是很名贵的，例如《新丰折臂翁》：

　　新丰老翁八十八，头鬓眉须皆似雪，玄孙扶向店前

行，左臂凭肩右臂折。问翁臂折来几年，兼问致折何因
缘？翁云贯属新丰县，生逢圣代无征战，惯听梨园歌管
声，不识旗枪与弓箭。无何天宝大征兵，户有三丁点一
丁。点得驱将何处去？五月万里云南行。闻道云南有泸
水，椒花落时瘴烟起。大军徒涉水如汤，未过十人二三
死。村南村北哭声哀，儿别爷娘夫别妻，皆云前后征蛮
者，千万人行无一回。是时翁年二十四，兵部牒中有名
字，夜深不敢使人知，偷将大石捶折臂。张弓簸旗俱不
堪，从兹始免征云南。骨碎筋伤非不苦，且图拣退归乡
土。此臂折来六十年，一肢虽废一身全。至今风雨阴寒
夜，直到天明痛不眠。痛不眠，终不悔，且喜老身今独
在。不然当时泸水头，身死魂孤骨不收，应作云南望乡
鬼，万人冢上哭呦呦。老人言，君听取：君不闻开元宰
相宋开府，不赏边功防黩武；又不闻天宝宰相杨国忠，
欲求恩幸立边功，边功未立生人怨，请问新丰折臂翁。

　　居易作诗爱用俚俗语言，最受当世一般民众的欢迎。他的
《与元稹书》上说："自长安抵江西，三四千里，凡乡校、佛
寺、逆旅、行舟之中，往往有题仆诗者。士庶、僧徒、孀妇、
处女之口，每每有咏仆诗者。"由此即可见居易诗歌的社会价
值了。

　　元稹字微之，河南人。九岁即能文，登"才识并茂，明于体
用"科，除右拾遗，出为通州司马，官至宰相。最后以武昌军节
度使卒于武昌。（公元七七九—八三一）元稹和白居易的友谊是
很深挚的，犹之杜甫之与李白。他的文学主张也和白居易完全一
致，诗名亦与白并称，时号"元白"，即当时所谓"元和体"

也。其诗亦很流行于民间。例如：

田家词

牛吒吒，田确确，旱块敲牛蹄趵趵，种得官仓珠颗谷。六十年来兵蔌蔌，月月食粮车辘辘。一日官军收海服，驱牛驾车食牛肉。归来收得牛两角，重铸锄犁作斤劚。姑舂妇担去输官，输官不足归卖屋。愿官早胜仇早覆，农死有儿牛有犊，誓不遣官军粮不足！

遣怀诗

昔日戏言身后意，今朝皆到眼前来。衣裳已施行看尽，针线犹存未忍开。尚想旧情怜婢仆，也曾因梦送钱财。诚知此恨人人有，贫贱夫妻百事哀！

论诗才，元稹似不及白居易。

张籍字文昌，东郡人（一作和州乌江人，又作苏州人）。贞元中登进士第，为太常寺大祝。官至水部员外郎，世称张水部。他是与韩愈、白居易同时的诗人，人格和文章皆很高，韩、白都异常敬重他。白居易有《读张籍古乐府》云："张君何为者？业文三十春，尤工乐府词，举代少其伦。为诗意如何？六义互铺陈。风雅比兴外，未尝著空文。"籍是一个瞎子，但他的社会经验很丰富，他的社会问题诗有很多高明的。

废宅行

胡马崩腾满阡陌，都人避乱唯空宅。宅边青桑垂宛宛，野蚕食叶还成茧。黄雀衔草入燕窠，啧啧啾啾白日晚。去时禾黍埋地中，饥兵掘土翻重重。鸱枭养子庭树上，曲墙空屋多旋风。乱后几人还本土？唯有官家重作主！

节妇吟

君知妾有夫，赠妾双明珠。感君缠绵意，系在红罗襦。妾家高楼连苑起，良人执戟明光里。知君用心如日月，事夫誓拟同生死。还君明珠双泪垂，何不相逢未嫁时！

刘禹锡字梦得，彭城人。贞元中进士，又中宏词科。初为监察御史，后屡遭贬谪。会昌中官至检校礼部尚书。（公元七七二—八四二）他的诗爱讽刺时政，屡失欢于执政者。白居易推为诗豪，谓"其锋森然，少敢当者"。其《金陵怀古》"千寻铁锁沉江底，一片降幡出石头"及《石头城》之"山围故国周遭在，潮打空城寂寞回"，可称绝调。同时他也致力于民众文学的创作，写了许多俚俗的短歌，流行于民间。例如：

竹枝词

山桃红花满上头，蜀江春水拍山流。花红易衰似郎意，水流无限似侬愁！

其二

杨柳青青江水平，闻郎江上踏歌声。东边日出西边雨，道是无晴还有晴？（按，"晴"与"情"双关）

白居易、刘禹锡以后，诗风又趋于华艳，这种社会派的诗便消衰了。直到五代，只有一个韦庄用了一千六百六十字写成一篇《秦妇吟》，叙述当时中原的乱离状态，可以说是这一派的巨大继响。

（三）自然派　盛唐诗人，有许多是受了当世大战乱的刺激，遂走向以救济民生为主的社会文学的路上去，如上所述。同时还有一部分的诗人，他们虽也遭逢战乱的时代，却并不影响于他们的思想与人生观。他们厌恶实际的社会，遁逃至自然界的山林泉壑中去求啸傲自适；他们以做官用世为拘束无聊，以隐逸放浪为高尚自由，养成一种"独自怡悦"的性情，养成一种"超出尘世"的人生观。这显然是受了道学和佛教的影响。这一派的诗自陶潜、谢灵运以后，至盛唐乃成为一大宗派。李白也是这一派的人物，除了他一部分的边塞诗以外。其他的诗人如孟浩然、王维、韦应物、柳宗元，都是自然派诗人的健将。

孟浩然，襄阳人。隐居鹿门山，以诗自适。年四十，方游京师，应进士不第，飘然而回。李白称其"白首卧松云"。（公元六八九—七四〇）他的诗风调高雅，读之如临清流，如卧云中。例如《过故人庄》：

> 故人具鸡黍，邀我至田家。绿树村边合，青山郭外斜。开筵面场圃，把酒话桑麻。待到重阳日，还来就菊花。

王维字摩诘，河东人。开元中进士，历官右拾遗、监察御史、中书舍人、给事中、尚书右丞等职。（六九九—七五九）他是一位通音乐、善绘画的美术家，他作诗常寓以画意，笔调清悠，开山水的新派。尤其是他晚年隐居辋川时候的作品，特别饶有自然风味。如：

鹿柴

> 空山不见人，但闻人语响。返景入深林，复照青苔上。

竹里馆

> 独坐幽篁里，弹琴复长啸。深林人不知，明月来相照。

王维的朋友裴迪、储光羲，都是自然派的山水诗人，常与维相唱和。储光羲的田园诗有很多高明的。同时的诗人元结，他的山水诗也很著名。

韦应物，京兆人。建中初，官比部员外郎，迁左司郎中，贞元中出为苏州刺史。世号韦苏州。他为人性高洁，所在焚香扫地而坐。其诗闲澹简远，人比之陶潜，号称"陶韦"。白居易、苏轼都赞美他的诗。例如《滁州西涧》：

独怜幽草涧边生，上有黄鹂深树鸣。春潮带雨晚来急，野渡无人舟自横。

韦应物的朋友顾况、刘长卿，也是大历、贞元间有名的诗人。顾诗多诙谐讽刺，刘诗多陈叙愁苦，已不是闲适的自然诗人了。

柳宗元，字子厚，河东人。第进士，中博学弘词，拜监察御史，坐党王叔文贬为永州司马，徙柳州刺史。世号"柳柳州"。（公元七七三—八一九）他和韩愈是很好的朋友，同为当代的文宗。他的散文游记，精妙绝伦。诗则清幽隽逸，接近陶派。我最爱他的一首小诗题名《江雪》的：

千山鸟飞绝，万径人踪灭。孤舟蓑笠翁，独钓寒江雪。

此外诗人之偶有几首歌咏山水田园的作品者，则其例不可胜举了。

（四）怪诞派 元和、长庆间的诗坛，显然分成两个派别：一派是在前面已经讲过的，白居易、元稹、刘禹锡等的通俗畅达的白话诗；又一派乃是韩愈、孟郊、卢仝、李贺、贾岛等的怪诞诗。他们这一派的诗歌，无论用字、押韵、取材、作法和思想，皆以奇僻怪诞为其特色。今分叙如下：

韩愈字退之，河内南阳人。其先世居昌黎，故世称为韩昌黎。第进士后，累官监察御史、国子博士、刑部侍郎。因谏迎佛骨，贬潮州刺史。后官至吏部侍郎。（公元七六八—八二四）韩愈是中国古文家的头一个权威者。他的诗誉也很高，其特色在能豪放。论者说他专学杜甫的奇险处，爱用怪字，押险韵，失却诗的神味，只能说是"押韵之文"。诗如：

山石

山石荦确行径微，黄昏到寺蝙蝠飞。升堂坐阶新雨足，芭蕉叶大栀子肥。僧言古壁佛画好，以火来照所见稀。铺床拂席置羹饭，疏粝亦足饱我饥。夜深静卧百虫绝，清月出岭光入扉。天明独去无道路，出入高下穷烟霏。山红涧碧纷烂漫，时见松枥皆十围。当流赤足蹋涧石，水声激激风吹衣。人生如此自可乐，岂必局束为人鞿？嗟哉吾党二三子，安能至老不更归？

孟郊字东野，洛阳人（一作湖州武康人）。年过五十始登进士第，官只试协律郎（公元七五一—八一四）。为唐代诗人之最潦倒穷困者。他作诗陷于苦吟艰思，至有"夜吟晓不休，苦吟神鬼愁；如何不自闲？心与身为仇"之语。韩愈说他的诗是"横空盘硬语"，又说"东野动惊俗，天葩吐奇芬"，盖亦一爱作奇僻诗之诗人也。诗如：

闻砧

杜鹃声不哀，断猿啼不切。月下谁家砧，一声肠一绝！杵声不为客，客闻发自白；杵声不为衣，欲令游子归。

卢仝，济源人，隐居登封县之少室山，自号玉川子。征为谏议不起，死于"甘露之变"。他是一个以作怪诞诗著名的诗人，其最著名的《月蚀诗》、《茶歌》等作，皆以奇特的笔调，写怪妄的思想。韩愈很称赞他。我们随便举一首小诗就很可以看出作者的怪异风格，例如：

村醉

村醉黄昏归，健倒三四五。摩挲青莓台①，莫嗔惊著汝。

李贺字长吉，昌谷人。七岁能辞章。宪宗朝，为协律郎。死年仅二十七（公元七九〇—八一六），为唐代著名诗人中之最短命者。他为人孤僻，不与俗人合，多情善感。常旦出，骑小驴，从小奚奴，背古锦囊，得句即投其中。所作诗，辞多奇诡，人称为"鬼才"。然其情韵浓厚，富有诗趣，并非韩愈、卢仝一流。诗如《将进酒》：

琉璃钟，琥珀浓，小槽酒滴真珠红。烹龙②炮凤玉脂泣，罗帏绣幕生春风。吹龙笛，击鼍鼓；皓齿歌，细腰舞。况是青春日将暮，桃花乱落如红雨。劝君终日酩酊醉，酒不到刘伶坟上土。

贾岛字浪仙，范阳人。初为僧，名无本。后还俗，举进士，坐诽谤谪长江主薄。时称贾长江。（公元七八八—八四三）他的诗也是由辛苦推敲而成的，尝自吟："两句三年得，一吟双泪流。"其作诗的费气力可见。他的诗格也是属于怪僻一流，寒涩

---

① "台"或作"苔"。

② "龙"底本作"笼"，误，径改。

难读。只因曾做过山僧，也偶有较近自然的幽逸诗，如：

寻隐者不遇

松下问童子，言师采药去，只在此山中，云深不知处。

"怪诞奇僻"本不是诗的常格，其最大的短处是缺乏诗的情韵。以韩愈的大才气，尚不能有很高的造诣，其他作者自更难于此中求良好成绩了。

以上是对于盛唐诗的粗略叙述，此外未及提起的诗人，尚有崔颢、常建、丘为，贾至、李益、张继、戴叔伦、王建、姚合等，亦皆有诗声于当时。女诗人则以名妓薛涛及妙尼鱼玄机最有名。

第三期　晚唐诗

至晚唐，经过长期的战乱，政治无法清明，已经是唐代一切文化学术衰落的时期了，诗歌的灿烂时期也已经过去了。

晚唐诗坛的主潮，是反对俚俗朴实的诗歌，而返乎六朝唯美主义的文学倾向，以典雅绮丽为宗。这时期中可述的诗人只有杜牧、李商隐、温庭筠等寥寥数位，点缀着衰落的诗坛。

杜牧为晚唐诗人中之佼佼者。字牧之，京兆万年人。历殿中侍御史，内供奉，会昌中迁中书舍人。人称为小杜，以别于杜甫。（公元八〇三—八五二）。他为人颇浪漫不拘，有"十年一觉扬州梦，赢得青楼薄倖名"的艳语。论者都说杜牧的诗豪迈，我则以为其诗的特色在于秀丽。他的七绝最多杰作，例如：

寄扬州韩绰判官

青山隐隐水迢迢，秋尽江南草木凋。二十四桥明月夜，玉人何处教吹箫？

泊秦淮

烟笼寒水月笼沙，夜泊秦淮近酒家。商女不知亡国恨，隔江犹唱《后庭花》。

思旧游

十载飘然绳检外，樽前自献自为酬。秋山春雨闲吟处，倚偏江南寺寺楼。

山行

远上寒山石径斜，白云深处有人家。停车坐爱枫林晚，霜叶红于二月花。

李商隐字义山，怀州河南人。初为弘农尉，官至检校工部郎中。（公元八一三—八五八）他的诗以华艳著称于世，为"西昆体"的祖师。但多隐僻难解之作，有人说是写他自己的恋爱史，故多讳饰难详。今举他一首七绝为例：

花下醉

寻芳不觉醉流霞，倚树沉眠日已斜。客散酒醒深夜后，更持红烛赏残花。

温庭筠（生平详见后章）的诗，与李商隐齐名，号称"温李"。不过他的文学成绩重在词的一方面，其诗不免因之减色。例如《杨柳词》：

馆娃宫外邺城西，远映征帆近拂堤。系得王孙归意切，不关芳草绿萋萋。

此外晚唐诗人以艳诗著闻者有韩偓、段成式；爱作白话诗者有杜荀鹤、聂夷中、罗隐；其他著名诗人尚有陆龟蒙、司空图、皮日休、李群玉、李频、郑谷、许浑等。郑、许二氏的七绝有很好的，例如：

寂寞

郑谷

江郡人稀便是村，踏青天气欲黄昏。春愁不破还成
醉，衣上泪痕和酒痕。

谢亭送别

许浑

劳歌一曲解行舟，红叶青山水急流。日暮酒醉^①人
已远，满天风雨下西楼。

第十三章　唐代的歌词

词本是一种乐府诗，它的形式，因为协乐的缘故，往往是长
短句；它的韵律，也因为协乐的缘故，比诗更严格。但其实质却
是与诗一样的，以情感为它的灵魂。可以说是诗的一体。只因这
种新诗体成立以后，非常地发达起来；且其形式韵律也与过去的
诗体殊异，便另名为"词"，为"诗余"，为"长短句"，以别
于诗。

词是怎样起来的？简单的答覆，词乃是乐府歌曲的产儿。

我们在前面说过，唐代的乐坊中人喜欢取文人的诗来协乐歌
唱。在最初，文人作诗与乐曲并无必然的关系，文人自作他的
诗，乐工自作他适合乐曲的歌辞。文人的诗只是给人欣赏诵读
的，所以他们写的都是整齐的五七言诗；乐工们的歌辞是要应音

---

① "醉"或作"醒"。

乐的需要的，所以他们依曲拍填成长短句的歌辞。但是乐工不是十分能文的人，他们的歌辞往往做得俚俗不雅，故喜欢拿文人做的诗来做歌辞，以抬高歌唱的价值；文人方面也乐得自己的诗给歌伎去唱，以广布自己的文名。双方相互为用，关系便发生出来了。我们看开元前后的诗人，多以自己的诗给伶人妓女歌唱为荣。到了大历、长庆间，则乐工们竟以贿赂来求文人的新作了。那些著名诗人，如李益、李贺、韦应物、刘禹锡、白居易、元稹的诗，都给伶人、妓女们去唱了。文人与乐工关系更密切了。于是懂得音乐的文人一方面自己写诗给他们去唱，一方面也会提起兴趣，依着乐调的曲拍来试填长短句的新歌辞，或者模拟乐工们的俚俗歌辞。一两个文人尝试了，其他的文人便跟着来尝试了，渐渐的风行起来，因此造成数百年词的发达。

词起来的时代，向来有很多的说法。黄昇的《花庵词选序》说：

> 李太白《菩萨蛮》、《忆秦娥》二阕，为百代词曲之祖。（郑樵《通志》亦有此说）

徐釚的《词苑丛谈》说：

> 填词原本乐府。《菩萨蛮》以前，追而溯之，梁武帝《江南弄》，沈约《六忆诗》，皆词之祖。人言之详矣。

汪森的《词综序》说：

> 自有诗而长短句即寓焉。《南风》之操，《五子》之歌，是已。《周颂》三十一篇，长短句居十八；汉《郊祀歌》十九篇，长短句居其五；至《短箫铙歌》十八篇，篇皆长短句。谁谓非词之源乎？

　　这三位古人把词的起源，一个比一个说得远。你看：他们从唐代的李白，说到梁朝的梁武帝、沈约；从梁朝的梁武帝、沈约，竟说到悠远的先秦时代去了。这真是错误得可笑。原来我们讲词的起源，是要追寻一条词的发生的线索脉络出来的。如果说词起源于先秦时代，而事实上词的发展又晚在晚唐五代，中间竟孤绝了一千年，这如何讲得通？即使说起源于梁朝的梁武帝、沈约，中间也隔绝了二百多年，毫无线索可寻。这些讲词起源的古人，他们最大的错误，就是只认定词是长短句，从长短句中去求词的起源，因此把词的起源越说越远。不错，"自有诗而长短句即寓焉"；照他们的说法，则诗的起源即是词体的起源了。不更是笑话吗？我们若严格去考求词发生的源头脉络，则不但那些远征悬拟的词起源说不可靠，即说李白的《菩萨蛮》与《忆秦娥》为词体之祖，也是错误的。向来传为李白作的《菩萨蛮》与《忆秦娥》，实不是李白的作物，证据很多：

　　第一，苏鹗《杜阳杂编》说："太中初，女蛮国贡双龙犀、明霞锦。其国人危髻金冠，璎珞被体，故谓之菩萨蛮。当时倡优遂制《菩萨蛮》曲，文士亦往往效其词。"《南部新书》亦载此事。查至太中时，李白之死已近百年，是李白之世，唐尚未有斯题，何得预填其篇耶？

　　第二，后蜀赵崇祚编《花间集》，遍录晚唐诸家词，而不及李白。欧阳炯作《花间集序》亦只称李白有《清平乐调》应制词四首（查李白只有《清平调》七绝三首，此外并无其他的应制词），而不曾提及他有《菩萨蛮》、《忆秦娥》等词。

　　第三，宋人郭茂倩编的《乐府诗集》遍录李白的乐府歌辞，并收后来的《调笑》、《忆江南》诸词，而独不收《菩萨蛮》、

《忆秦娥》二词。

最早认定《菩萨蛮》、《忆秦娥》为李白作品的，始于南宋人黄昇编的《花庵词选》。《花庵词选》本是一部不甚辨真伪的书，自不可信。上面所说的都是很强的证据，证明这两首词并不是李白的作品。实在说，当时不但李白不曾作词，大历以前的作者并没有一个作词的。他们只有整齐的五七言歌辞，没有长短句的歌辞。相传王昌龄、高适、王之涣的诗，为伶工妓女所争唱，全是五七言的绝句；王维的诗亦为梨园所盛唱，而所传唱的歌辞如"红豆生南国"，"秋风明月共相思"，一系五言，一系七言。他如杜甫、孟浩然辈，则未尝著名于乐部教坊，歌辞极少。直到大①历、长庆间韦应物、白居易、刘禹锡等起来以后，才有长短句的歌辞。韦应物的歌辞不多见，惟《三台》与《转应曲》（一名《调笑》）流传。今举他的一首《转应曲》为例：

胡马，胡马，远放燕支山下。跑沙跑雪独嘶，东望

西望路迷，路迷，迷路，边草无穷日暮。

白居易的歌辞则相传甚多，形式是长短句的，有《忆江南》、《如梦令》、《长相思》、《花非花》、《一七令》等调。但这些词多不载于《白氏长庆集》者，我们只好存疑。可以确定是白居易的作品的，有《忆江南》：

江南好，风景旧曾谙：日出江花红胜火，春来江水

绿如蓝。能不忆江南？

刘禹锡曾依此词的曲拍为句，填《春去也》词，传唱一时：

春去也，多谢洛城人。弱柳从风疑举袂，丛兰裛露

---

① "大"底本作"太"，误，径改。

似沾巾；独坐亦含颦。

据《草堂笺》所载，刘禹锡尚有《斑竹枝》词；《古今词话》载戴叔伦有《转应曲》；《太平广记》载韩翃有《章台柳》。此外长庆间尚有一位不甚著名的作家张志和，有一首很好的《渔父词》：

西塞山前白鹭飞，桃花流水鳜鱼肥。青箬笠，绿蓑衣，斜风细雨不须归。

有了大历、长庆间许多名诗家来写长短句的歌辞，词体便确立了。到了晚唐便产生大词人温庭筠。

温庭筠是最初一个词的专家，他是迟白居易不到四十年的作者。字飞卿，太原人。为人不修边幅，终身放荡潦倒，官只方城尉。《旧唐书》称其"能逐弦吹之音，为侧艳之词"。他虽也能诗，但他的诗远不如其词造诣之高。胡仔《苕溪渔隐丛话》称他"工于造语，极为绮靡"，黄昇《花庵词选》也说"飞卿词极流丽，宜为《花间集》之冠"。其词如：

忆江南

梳洗罢，独倚望江楼。过尽千帆皆不是，斜晖脉脉水悠悠，肠断白蘋洲。

更漏子

玉炉香，红蜡泪，偏照画堂秋思。眉翠薄，鬓云残，夜长衾枕寒。　　梧桐树，三更雨，不道离情正苦！一叶叶，一声声，空阶滴到明！

温词最长于抒写艳情，他创调极多，在词史上要算是一位开山大师。五代的词人受他的影响极大。

温庭筠在文学史上的地位，可以说是站在诗词盛衰的歧点。

在他以前，还是诗歌的最盛时代，诗人不过偶尔填词；自温氏专力于词以后，词的发展的趋势逐渐造成，入于五代，便是词的时代了。

第十四章 唐代的小说

中国小说虽滥觞于两晋六朝，然至唐代的文人始自觉地创作有结构的小说，短篇小说的体制至此始行确立。胡应麟《笔丛》说：

> 变异之谈，盛于六朝。然多是传录舛讹，未必尽幻设语。至唐人乃作意好奇。假小说以寄笔端。

唐代文人也许还是抱着看不起小说的观念，可是他们能够"作意好奇"去做小说，则小说在文人的创作中已成为一科，小说在文学的领域中已占着一个小小的地位，以徐图未来的发展。

至言小说的作风，亦至唐代而一变。唐人小说，所抒写的皆系可歌可泣的艳情和可惊可叹的仙侠故事，取材尽属新奇，情节亦复凄惋，故论者皆称唐代小说为"传奇"。加以当时小说作家，多是著名才人，文辞华丽凄艳，韵味无穷，实远胜于两晋六朝的初期作物。故洪迈说：

> 唐人小说不可不熟。小小事情，凄惋欲绝，洵有神遇，而不自知者，与诗律可称一代之奇。

唐代本是文学的灿烂时期，徒以诗歌特著声誉，其他文学之名遂为所掩；实则唐之小说在文学史上自有其特殊位置的。

唐代小说之流传者，今皆存载于《唐人说荟》（一名《唐代丛书》）与《太平广记》二书，别其性质，略分三类：

（一）豪侠类

《红线传》 《刘无双传》 《谢小娥传》 《虬髯客传》 《昆仑奴传》 《聂隐娘传》

（二）艳情类

《游仙窟》 《霍小玉传》 《李娃传》 《会真记》 《飞烟传》 《章台柳传》 《杨倡传》 《长恨歌传》

（三）神怪类

《秦梦记》《枕中记》《任氏传》《柳毅传》《南柯记》《离魂记》

这个分类系就大体而言，细辨之，如豪侠类中的《谢小娥传》亦涉神怪，艳情类中的《章台柳传》亦言豪侠，《霍小玉传》兼志怪异，神怪类中的《任氏传》及《离魂①记》亦属艳情，固不可以严格分类也。此外如题为韩偓作的《海山记》、《迷楼记》与《开河记》，题作曹邺作的《梅妃传》，皆属宋人伪作，《太真外传》亦宋人乐史撰，故皆不叙录于此。今略将上列作品及其作者叙述如下。

（一）豪侠小说 记载豪侠故事始于司马迁《史记》中的《刺客列传》、《游侠列传》；然幻设为小说，则始自唐之中叶。唐自安禄山作乱以后，藩镇强横，拥兵恣肆，私蓄死士刺客，以图仇杀异己，因是豪客侠士横行一时，而豪侠小说因之以起。《红线传》，袁郊作（旧题杨巨源作）。郊字之仪，郎山人。昭宗时为翰林学士，尝官虢州刺史。著述甚富。《红线传》载于他的《甘泽谣》中，叙一女子红线为潞州节度使薛嵩的

---

① "魂"底本作"婚"，误，径改。

青衣，时田承嗣想吞并潞州，薛嵩惧，红线乃夜往盗取承嗣床头的金合，嵩使人送还，承嗣惊骇，乃重修旧好。事后，红线飘然别去，不知所往。《刘无双传》，薛调作。调乃河中宝鼎人。为翰林承旨学士。此传叙一宦家女刘无双幼许配表兄王仙客，因兵乱散失，无双被召入后宫，派往守陵园。仙客悲痛之余，往访义士古押衙求助，古生感其意气许之。然一去半年，全无消息。忽传陵园有宫女被杀，是夜，古生抱宫女尸至，乃无双也。灌以药，得复活。古生乃尽杀此案关系人，并自刎以灭口。而仙客与无双则终成眷属矣。《谢小娥传》，李公佐作。公佐字颛蒙，陇西人。尝举进士，为江淮从事。所作小说今传四篇。此传叙谢小娥的父与夫为盗匪所杀，小娥独遇救。后梦其父与夫告以仇人姓名，小娥乃变男子服为佣保，辗转江湖间，果遇二盗于浔阳，刺杀之，并擒其余党。小娥报仇后，剪发披褐，修道于牛头山以终。《虬髯客传》，杜光庭作（旧题张说作）。光庭字宾圣，括苍人。在天台山为道士，后事蜀之王衍为户部侍郎。有文集。此篇为豪侠小说中之最有名者，叙李靖去谒见杨素，素旁一执红拂妓识靖为英雄，夜亡奔靖，相偕遁去。途遇虬髯客，意气甚豪，相与甚欢。后客将其资产全数赠与李靖，使佐李世民兴唐，彼则率海贼入扶余国，杀其主，自立为王云。《昆仑奴》与《聂隐娘》，并为裴铏作（又见于段成式《酉阳杂俎》的《剑侠传》中）。铏著有《传奇》行世，此二篇最有名。《昆仑奴》系叙一黑奴名磨勒者负崔生逾十重垣与某大臣家妓相见，又负他俩飞度峻垣而出，终成情侣的故事；《聂隐娘》系叙一剑侠女聂隐娘帮助陈许节度使刘昌裔，与魏师田氏派来刺客精精儿与妙手空空儿斗法的故事。这种作品实为后世剑侠演义小说的先驱。

（二）艳情小说　抒写艳情之作，亦至唐代始发达。唐人小说以这一类为最优秀。作者类能以隽妙的铺叙，写凄惋的艳情，其事多悲剧，其文多哀艳动人；不像后世的大团圆小说，结局皆无意味。今为分述如下：《游仙窟》，张鷟作。鷟字文成，深州陆浑人。登进士第，官至司门员外郎。他为文浮艳，流行一时。所作《游仙窟》为艳情小说之涉于淫者。自叙奉使河源，道中夜投大宅，逢二女曰十娘、五娘，宴饮调笑，止宿而去。文词甚亵。《霍小玉传》，蒋防作。防字子徵，义兴人。历官翰林学士，中书舍人。此篇叙大历间诗人李益与名妓霍小玉恋爱，后益母为订婚于卢氏，遂与小玉断绝音问。小玉念益成疾，而益终不复来。有黄衫客者强邀益至小玉处，小玉数其负心，悲恸而绝。《李娃传》，白行简作。行简字知退，下邽人。白居易之弟。官至郎中。本篇叙李娃为长安名妓，有某贵公子因迷恋她而致堕落，流为乞丐。终得李娃之救，读书成名，结为美满婚姻。《会真记》（亦名《莺莺传》），元稹作。稹是当代的名诗人，此记文章浓丽，极有名于世。叙张生君瑞因红娘的引线，与崔莺莺发生恋爱，其后崔委身他人，张亦另娶，终身不复相见矣。《飞烟传》，皇甫枚作。枚字遵美，安定人。曾著《三水小牍》，此传即书中的一篇。叙步飞烟与邻居少年赵象恋爱，为夫所觉，横被笞死。象亦改名变服，远窜江南。《章台柳传》（亦名《柳氏传》），许尧佐作。尧佐生平不详。此篇系叙诗人韩翊的爱妾柳氏为蕃将沙吒利所劫，侠士许俊以智力为之夺回的故事。《杨倡传》，房千里作。千里字鹄举，河南人。官至高州刺史。此传叙倡女杨氏为岭南某帅所宠，蓄之别室。后为帅妻所觉，被遣北还。不久帅^①以气愤死，杨倡亦以身殉。《长恨歌传》，陈鸿作。鸿字大亮，贞元中为主客郎中。因白居易作《长恨歌》，鸿乃为之作传，记唐玄宗与杨贵妃的恋爱故事。此外，值得举例的艳情小说还不少，但艺术价值之最高者，当推上面所叙录的《霍小玉传》、《李娃传》与《会真记》数篇。

（三）神怪小说　唐人多信佛好奇，加以深受两晋六朝志异书的影响，故唐之小说，亦多言神怪。《秦梦记》，沈亚之作。亚之字下贤，吴兴人。登元和进士第，终郢州掾。有文集。今存传奇有《湘中怨》、《异梦录》及《秦梦记》三篇。《秦梦记》系自叙道经长安旅次，梦为秦官有功，时弄玉新寡，因尚公主，礼遇甚隆。后公主卒，秦穆公不欲再见亚之，乃遣之归。《枕中记》与《任氏传》，皆沈既济作。既济为苏州吴人，官至礼部员外郎。《枕中记》（或题张泌作）叙道士吕翁行邯郸道中，见旅舍少年卢生自叹穷困，乃以枕授之，谓枕此当荣适如意。生即梦娶清河崔氏，累官至宰相，子孙满堂，年八十余而死。生至此乃醒，时旅舍主人蒸黄粱犹未熟也。生为之怃然而去。《任氏传》系叙一狐女任氏与郑六同居，能恪守节操，创立家业，后为犬逐毙。《柳毅传》，李朝威作。朝威为陇西人，生平不详。此传系叙柳毅为拯救一被舅姑夫婿虐待的洞庭龙君少女，前往龙宫传信。龙女得救后，与柳毅结婚，终于成仙。《南柯记》（一名《南柯太守传》），为《谢小娥传》的作者李公佐所撰。内容是说淳于棼在槐树下昼寝，梦为槐安国王的女婿，统治南柯郡三十年，后兵败，公主又死，因罢官被送回故乡。淳于乃醒，寻在槐

---

① "帅"底本作"师"，误，径改。

树下发现一蚁穴，盖即所谓槐安国也。《离魂记》，陈玄祐作。玄祐生平亦不详。此记述张镒初将幼女倩娘许外甥王宙，后又订婚于他氏，王宙含恨而别，夜半，倩娘追至，乃相偕赴蜀，居久之，倩娘思家，乃偕归，至则倩娘方卧病家中，二女相见，合为一体。方知追随王宙者盖倩娘之魂也。此外唐人神怪小说尚多，如《白猿记》、《周秦行纪》、《杜子春传》、《蒋子文传》、《李卫公别传》、《杜林甫外传》、《人虎记》、《猎狐记》、《灵异传》等；汇集成书者则有牛僧孺的《玄怪录》十卷，李复言的《续玄怪录》五卷，薛渔思的《河东记》三卷，张读的《宣室志》十卷：是可见唐代神怪小说之盛矣。

唐代小说，大都出于文人的游戏笔墨，即偶有寓意，亦不外训诲人心，固说不上"表现作者生命"的要义，只因所作多出才人，事皆离奇，文复华美，故为后世所重视。特别是元以后的戏曲传奇，多取材于唐人的小说：如《西厢记》之本于《会真记》，《长生殿》之本于《长恨歌传》，《绣襦记》之本于《李娃传》，《倩女离魂》之本于《离魂记》，皆为最著者。其他以唐小说为资料的戏曲，尚不胜举例。由此即可见唐代小说之影响于后世文坛了。

第五编　五代文学

第十五章　五代的歌词

由唐末至五代，中国又陷于大变乱的旋涡中，凡五十余年。在这短促的五十余年中，竟换了五个朝代，割裂成十国，战乱相寻，无有已时，这在政治史上自然是黯然无光，但在文学史上却是一个灿烂的时期。

五代是浪漫主义风气流行的时代。当时的帝王、贵族及一般文人，皆沉湎于颓废的享乐主义，酣醉于艺术之宫。他们既不讲究如何治国安民，也不讲究气节道义，只见他们君臣相率，耽于游乐艺术，故其政治黑暗腐败，而文学则成绩斐然。

五代的帝王，很多极可珍贵的艺人，这是值得我们注意的。他们不但能文，不但极力提倡文艺，而且能献身于艺术，虽至牺牲其生命、国家而不悔。例如后唐庄宗李存勖，以武人而爱好文艺。《五代史》称他："既好俳优，又知音，能度曲。"他自己做伶人，与俳优们一块儿唱戏，后来竟以此丧失其性命。西蜀主王衍也是一位够荒唐的君主，他足裹小巾，其尖如锥；命宫妓都衣道服，簪莲花冠，施脂夹粉，名曰"醉妆"。他自己就在这样

120

宫女如云的围绕中，饮酒唱曲以为乐。后亦因此而丧国亡身。南唐后主李煜，更是一位不可救药的痴人。他长于妇人之手，处于深宫之中，只知道与宫女们胡缠，尽情地快活。及宋太祖遣曹彬来围攻他的都城，行见山河社稷将倾于一旦，他还是载歌载舞，饮酒作词。蔡绦《西清诗话》载：

> 南唐后主在围城中，作《临江仙》词，未就而城破。尝见其残稿，点染晦昧，心方危窘，不在书耳。艺祖（赵匡胤）曰："李煜若以作词工夫治国家，岂为吾所俘也？"

五代的君王大都是政治上的昏君，艺术上的忠臣。他们很多具有文艺的天才，如李煜是不用说了；李存勖、王衍流传的作品皆不可侮；他如后蜀主孟昶、南唐中主李璟、吴越王钱俶，皆负文名；皇后如南唐的昭惠后、后蜀的花蕊夫人费氏，皆有作品流传。这样君倡于上，臣和于下，五代的文坛乃盛极一时。

陆游《花间集跋》说：

> 诗至晚唐五季，气格卑陋，千人一律。而长短句独精巧高丽，后世莫及。

五代实是一个词的时期。盖这时候，韩愈一派继承文学道统的复古运动，已经没有人理会了，近体诗也给人家作厌倦了。恰好词是一种新兴的文体，正如一块未开辟的田地，需要开辟的时候。而且词之为用，又与宴乐歌舞为缘。爱好享乐的五代贵族文人，看中了这个时髦的玩意，大家便都向着这条新路跑，用他们在诗文里不容易发挥的天才，向词里面来发挥，因此便造成了五代词的绝大成绩。

五代的词，盛于西蜀与南唐。这是由于此两地较中原为平靖，且两地的君主多爱好文学，文人多归附之。其中尤以西蜀为最盛。《花间集》所录，多半蜀中词人。其首出者当推韦庄。

韦庄字端己，杜陵人。唐乾宁元年（八九四）进士。入蜀为王建掌书记。王建称帝，他官至散骑常侍判中书门下事。他的诗很有名。中和癸卯（八八三）时，他至长安应举，恰遇黄巢之乱，作了一首一千六百六十六字的《秦妇吟》，写当时的惨乱状态。人称之为"《秦妇吟》秀才"。此作实为五代诗的绝唱。然韦庄亦惟有此杰作也，他诗并不足称。至其词则风流倜傥，冠绝一时，与温庭筠齐名，号称"温韦"。例如《思帝乡》：

> 春日游，杏花吹满头。陌上谁家年少足风流？妾拟将身嫁与，一生休。纵被无情弃，不能羞。

传韦庄有妾，为王建所夺，韦庄为作《女冠子》词，情意凄恻：

> 昨夜夜半，枕上分明梦见，语多时。依旧桃花面，频低柳叶眉。　半羞还半喜，欲去又依依。觉来知是梦，不胜悲！

韦庄的词爱用俚俗朴素的文字，来写真情实意，词格甚高，绝不是雕琢纤艳的温庭筠词所能企及的。周济《论词杂著》说："端己词清艳绝伦，'秋日芙蓉春月柳'，令人想见风度。"此评甚美。

西蜀词人的作风，都是接近韦庄一派，用清婉的语句，写浅显的情思，别饶风味。如顾复（仕蜀为太尉）的《诉衷情》：

> 永夜抛人何处去？绝来音。香阁掩，眉敛，月将沉。争忍不相寻？怨孤衾：换我心为你心，始知相忆深。

毛熙震（蜀人，官秘书监）的《清平乐》：

> 春光欲暮，寂寞闲庭户。粉蝶双双穿槛舞，帘卷晚天疏雨。　　含愁[①]独倚闺帏，玉炉烟断香微。正是销魂时节，东风满院花飞。

李珣（梓州人，蜀秀才）的《渔父词》：

> 避世垂纶不记年，官高争得似君闲？倾白酒，对青山，笑指柴门待月还。

鹿虔扆（后蜀太保）的《临江仙》：

> 金锁重门荒苑静，绮窗愁对秋空。翠华一去寂无踪。玉楼歌吹，声断已随风。　　烟月不知人事改，夜阑还照深宫。藕花相向野塘中，暗伤亡国，清露泣香红。

欧阳炯，益州华阳人。他要算是西蜀词人的殿军。少事王衍，为中书舍人。后事孟知祥和孟昶，官至同平章事。入宋为左散骑常侍。《宋史》称其"性坦率，无检操，雅善长笛"。后人因他历事四朝，甚不取其人。但他的词确是值得赞美的，例如《更漏子》：

> 玉阑干，金瓮井，月照碧梧桐影。独自个，立多时，露华浓湿衣。　　一向凝情望，待得不成模样。虽叵耐，又寻思：争生嗔得伊？

此外的西蜀词人，尚有牛峤、牛希济、毛文锡、薛昭蕴、魏承班、尹鹗、阎选诸家，他们的词皆著录于《花间集》。

南唐词坛虽不及西蜀之盛，而作者皆造诣甚高。最著者为冯

---

① "愁"底本作"欲(慾)"，误，径改。

延巳与李煜。

冯延巳字正中，其先彭城人，徙居新安。事南唐官至左仆射同平章事。他的词亦长于写情，例如：

归自谣①

江水碧，江上何人吹玉笛？扁舟远送潇湘客。　芦花千里霜月白。伤行色，来朝便是关山隔。

虞美人

玉钩鸾柱调鹦鹉，宛转留春语。云屏冷落画堂空②。薄晚春寒，无奈落花风。　寒帘燕子低飞去，拂镜尘鸾舞。不知今夜月眉湾，谁佩同心双结倚阑干？

陈世修序作者的《阳春集》说："冯公乐府，思深词丽，韵逸调新。"王国维《人间词话》说："冯正中虽不失五代风格，而堂庑特大，开有宋一代风气。"这是不错的，在五代词人中，影响宋代词风最大者，要算冯延巳。他的词，婉约清丽，饶有情致，便于模拟。宋代词人晏殊、欧阳修、晏几道、李清照，都是属于他这一派。

五代词至于李煜，可以说是登峰造极了。《人间词话》说："词至李后主而眼界始大，感慨遂深，遂变伶工之词，而为士大夫之词。"一洗五代曼艳绮靡的词风。

南唐后主李煜，字重光，中主李璟的第六子。建隆二年（九六一）嗣位，在位十五年。开宝八年（九七五），宋遣曹彬攻陷金陵，煜出降，南唐遂亡。他没有亡国以前的词，也多是绮

---

① 底本为"归国谣"，误，径改。

② 底本脱"空"字，据通行本补。

艳轻浮之作。亡国以后，宋帝封他为违命侯，监视他很严，他才感觉生活的悲苦，才发为哀吟，他的作品才得到最大的成功。今举数词为例：

虞美人

春花秋月何时了？往事知多少！小楼昨夜又东风，故国不堪回首月明中！　雕阑玉砌应犹在，只是朱颜改。问君能有几多愁？恰似一江春水向东流。

相见欢

无言独上西楼，月如钩。寂寞梧桐深院锁清秋。　剪不断，理还乱，是离愁。别是一般滋味在心头。

浪淘沙

帘外雨潺潺，春意阑珊。罗衾不耐五更寒。梦里不知身是客，一晌①贪欢！　独自莫凭栏，无限江山。别时容易见时难。流水落花春去也，天上人间。

临江仙

樱桃落尽春归去，蝶翻轻粉双飞。子规啼月小楼西。玉钩罗幕，惆怅暮烟垂。　别巷寂寥人散后，望残烟草低迷。炉香闲袅凤凰儿。空持罗带，回首恨依依！

李后主的词真是圣品了。拿温庭筠、韦庄来和李后主比较，便越显出李后主的伟大。周济说：“王嫱西施，天下之美妇人也，严妆佳，淡妆亦佳；粗服乱头，不掩国色。飞卿严妆也，端

---

① “晌”底本作“响”，误，径改。

己淡妆也，后主则粗服乱头矣。"（《论词杂著》）王国维也说："温飞卿之词，句秀也；韦端己之词，骨秀也；李重光之词，神秀也。"（《人间词话》）这都是确切的批评。

此外五代词人入宋的，还有孙光宪和张泌，也是值得赞许的作者。孙光宪字孟文，陵州贵平人。受知于荆南高从晦，官至御史中丞。入宋为黄州刺史。其词如《思帝乡》：

> 如何！遣情情更多。永日水堂帘下，敛双蛾。六幅
> 罗裙窣地，微行曳碧波。看尽满地疏雨，打团荷。

光宪的词境界甚高，语句绝无含蓄，而自然入妙。

张泌字子澄，淮南人。仕南唐为内史舍人，入宋为郎中。其词颇涉纤艳轻薄，如《浣溪沙》：

> 晚逐香车入凤城，东风斜揭绣帘轻，慢回娇眼笑盈
> 盈。　　消息未通何计是？便须伴醉且随行。依稀闻
> 道：大狂生！

说起来，"纤艳轻薄"四个字，不但是张泌词的毛病，五代词人通不免有这种毛病。晚唐五代本是文风纤艳的时代，词亦袭其流风。填词原出于民间歌辞，自亦不免轻薄。即如李后主，也是入宋以后，才开始用词来抒写悲哀的生活，才有深挚的感慨。当他在五代的时候，其作品还是纤艳一流。这是时代的风气如此，无怪其然。我们知道五代还是词的草创时代，并没有几个先进作家来作模范，他们只有凭着自己的天才去创造，竟产生这么一部好成绩[①]，替宋词开了一条伟大的先路，这已经是够值得我们赞美了的。

---

① "好成绩"，疑作"好作品"，为尊重底本，不作修改。

第六编　宋代文学

第十六章　宋代的文学运动

宋代的文学运动正和唐代的文学运动一样，在表面上是复古运动，在实际上却是革新运动。

唐代韩愈、柳宗元所倡导的古文，因为没有继起的后劲，敌不住晚唐骈偶文学的反动势力，而衰落下去。于是李商隐、温庭筠、段成式一派号称"三十六体"（三人均行十六）的绮艳四六文章，乃成为文坛最流行的文体。自晚唐、五代至北宋初期，这百年中间，完全变成了骈偶文学的权威时代。

宋初本有一位柳开，曾极力提倡古文，可是当时骈偶文学的气焰大盛，他的提倡简直没有发生效力。继柳开而起来作古文运动的有穆修和伊洙等，他们也嫌才力和名誉不够，敌不过当时杨亿、钱惟演、刘筠一班倾动一时的骈文学家的势力。不过这时候反骈偶文学的空气已经散布得很浓了，宋真宗时且已用政府的命令禁止文体浮艳，一般文人也渐渐厌恶骈体文的过于粉饰浮华了。故等到一代文宗欧阳修出来做古文运动的盟主，以"提倡韩文"相号召，振臂一呼，天下从风。王安石、曾巩、三苏（苏洵、苏轼、苏辙）等继起，皆以古文妙称于天下。于是古文的势力乃确立了不可动摇的基础。自此以后，至于清末，八九百年的文章，完全是古文的权威。骈体文便衰落下去了。

在文学史上，骈文和古文向来是站在对抗的地位的。骈文注重艺术，倾向唯美主义，其作品多是美术文，属于纯文学一类；古文注重实用，倾向功用主义，其作品多系实用文和学术文，属于杂文学一类。宋代本是学术思想最发达的时期，儒学、理学、佛学并盛于当世。一般学者都排斥不能致用的骈偶文学，都认定文学是载道论学的工具。大文豪如王安石亦反对纯美的文学，其言曰："某尝患近世之文，辞勿顾于理，理勿顾于事，以缀积故实为有学，以雕绘语句为精新。譬之撷奇花之英，积而玩之，虽光华馨采，鲜褥可爱，求其根柢济用，则蔑如也。"（《上邵学士书》）理学家周敦颐则更给文学规定了一个新的界说如下："文所以载道也。不知务道德，而第以文辞为能者，艺焉而已。"（《通书》）宋代的学者，在主张"文以载道"的一点上，意见都是一致的。他们既然认定了"文以载道"的观念，自然要反对骈文，甚至于反对纯文学，而极力提倡朴实致用的古文。

可是，所谓古文，究竟只是文学史上相沿以资号召的名词。就实际看，宋代的文章，不但没有复周秦两汉之古，不但没有复唐代之古，而且是异于一切古文的新式宋文。因为宋代的学者文人提倡"文以载道"之说，他们的文章并不要华丽好看，只要说得清，看得懂，因以造成一种最简易明白的文章。这种文章是最适宜于载道论学和记事用的。欧阳修一派的所谓古文，并没有复古的气味，都是些有文法组织的平易文章。朱熹在他的《语类》

上说："欧公文章及三苏文好处，只是平易说道理，初不曾使差异底字，换却那寻常底字。"朱熹这个批评是很对的，道破了宋代所谓古文的真相，原来都是些通俗浅近的散文。至于宋代理学家的文章及佛教的翻译和著述，更是用的俚俗语言，简直是些反古的白话文了。

综合起来评判，宋代古文运动的理论，最障碍纯文学的发展，这自是文学史上不幸的事。不过，中国文学发展至宋，已经有悠久的历史基础；自贵族社会至平民社会，都已迫切地感觉文学是人生的需要；文学的进展决不是哪一种外力所能轻易压倒的了。故虽以欧阳修那样严正的古文家，同时也爱作艳情小词；虽以王安石那样反对纯美的文学，也喜欢写作无裨于人生的诗词；理学家邵雍写了许多白话诗；朱熹的诗则更有情韵。由此可知宋代的古文运动，在事实上并没有抑压着纯文学的发展。宋代的纯文学仍旧是跟着时代的推移，而作自如的发展的。而且，可以看得出来的，宋代文学受了散文的影响，更趋于白话一途了。

第十七章　宋代的歌词

宋朝是词的黄金时代。当其盛时，上自帝王名相，下至乐工伎女，莫不能词。文学的趋势，盖已由诗歌转而为词作中心的发展了。今分为北宋与南宋二部分加以叙述。

北宋词的变迁有四期：

上、北宋词

第一期是小词的时期，以晏殊、欧阳修、晏几道诸人为

主干;

第二期是慢词的时期，以柳永、秦观诸人为主干;

第三期是诗人的词的时期，以苏轼、黄庭坚诸人为主干;

第四期是乐府词的时期，以周邦彦、李清照诸人为主干。

这四个时期词的变迁，是逐层展开的，词体应用的范围渐渐扩大，词体的价值也渐渐提高。每一个时期的词都自有其成绩和特色，各不相袭，如四季花草之各具妍容。往下我们且分期来讲吧。

第一期的北宋词，一方面是继续使用晚唐、五代词人用惯了的小词形体，一方面又保留了晚唐五代清切婉丽的词风。这个时期的词，可以主干词人晏殊、欧阳修、晏几道为代表。

晏殊是这个时期的先进作家。字同叔，江西临川人。景德初，以神童召试，赐进士出身。仁宗时，官拜集贤殿学士，同中书门下平章事。谥元献（公元九九一——一〇五五）。有《珠玉词》。

蝶恋花

槛菊愁烟兰泣露，罗幕轻寒，燕子双飞去。明月[①]不谙离别苦，斜光到晓穿朱户。　　昨夜西风凋碧树，独上高楼，望尽天涯路。欲寄彩笺兼尺素，山长水阔知何处!

踏莎行

小径红稀，芳郊绿遍，高台树色阴阴见。春风不解

---

① 底本脱"月"字，据通行本补。

禁杨花，濛濛乱扑行人面。　　翠叶藏莺，珠帘隔燕，炉香静逐游丝转。一场愁梦酒醒时，斜阳却照深深院。

晏殊的词婉约而赡丽，颇具富贵风度。刘攽《中山诗话》说："元献尤喜冯延巳歌词，其所自作，亦不减延巳。"不错，他的词风全从五代人词中得来，而受冯延巳的影响特大。

欧阳修字永叔，庐陵人。官至枢密副使，参知政事，以太子少师致仕。谥文忠（公元一〇〇七——一〇七三）。他是宋代一位负文誉极高的文学家，他的诗词文章均有名于世。但以文学的价值看来，其诗文远不如其词。他的艳词写得极好，如《南歌子》：

　　凤髻金泥带，龙纹玉掌梳。走来窗下笑相扶，爱道"画眉深浅入时无"？　　弄笔偎人久，描花试手初。等闲妨了绣工夫，笑问"鸳鸯"二字怎生书？

有许多护道之士以为欧阳修是一位纯正庄严的古文家，决不会写这样绮艳的词。这真是不懂得欧阳修而轻视他的话。北宋初期的词坛，完全是仍袭晚唐五代绮艳的风气，作者习为故常。欧阳修是个文人，不是理学家，高兴起来写几首艳词是毫不足怪的。我们不妨再举他的几首抒情小词为例：

蝶恋花

　　庭院深深深几许？杨柳堆烟，帘幕无重数。玉勒雕鞍游冶处，楼高不见章台路。　　雨横风狂三月暮，门掩黄昏，无计留春住。泪眼问花花不语，乱红飞过秋千去。

归自谣

　　何处笛？深夜梦回情脉脉，竹风檐雨寒窗隔。　　离人几岁无消息。今头白，不眠特地重相忆。

欧词的风格也近似冯延巳，所以他的词往往与冯词相混。不过欧阳修的才气较大，所作词，意境沉着，情致缠绵，似高于冯延巳一筹。

晏几道字叔原，号小山。晏殊的第七子。曾监颍昌许田镇。他虽是时代稍晚的人，其作风还是隶属于这时期的旗帜之下的。《江西通志》称他："能文章，善持论，尤工乐府。其《小山词》清壮顿挫，见者击节，以为有临淄公风。"其实他的词比他父亲的词做得更好：

蝶恋花

　　醉别西楼醒不记，春梦秋云，聚散真容易。斜月半窗还少睡，画屏闲展吴山翠。　　衣上酒痕诗里字，点点行行，总是凄凉意。红烛自怜无好计，夜寒空替人垂泪！

鹧鸪天

　　小令尊前见玉箫，银灯一曲太妖娆。歌中醉倒谁能恨，唱罢归来酒未消。　　春悄悄，夜迢迢，碧云天共楚宫腰。梦魂惯得无拘检，又踏杨花过谢桥。

晏几道是一个痴人，是一个浪漫不喜拘检的人，他的个性与晏殊完全不同，所以作风也是两样。周济说："晏氏父子，仍步温、韦，小晏精力尤胜。"陈质斋也说："叔原在诸名胜集中，独可追逼《花间》，高处或过之。"这都不是夸张的批评。有谓"小山矜贵有余"，此实皮相之语，晏几道实词中之狂者也。

在这时期的词坛，除上述诸名家词以外，亦有不是专家词人，间作小词，往往清新可爱。如寇準的《江南春》，韩琦的

《点绛唇》，范仲淹的《苏幕遮》、《渔家傲》，赵抃的《折新荷引》，陈尧佐的《踏莎行》，王琪的《望江南》，叶清臣的《贺圣朝》，宋祁的《浪淘沙》，贾昌朝的《木兰花令》，司马光的《西江月》，都是词句清蔚、情思缠绵的作品。小词发展到这时期，已经是登峰造极了。

由第一期的北宋词进而为第二期的北宋词，就是由小词推衍而为长词的发展。原来，小词自晚唐做到五代，由五代做到北宋初期，大家已经做厌了。感觉味儿太①单调了。正是需要长词起来的时候。但长词究竟是怎样起来的？吴曾《能改斋漫录》有一段很清楚的记载：

> 按词自南唐以来，但有小令。慢词当起于宋仁宗朝。中原息兵，汴京富庶，歌台舞席，竞睹新声。耆卿失意无俚，流连坊曲。遂尽收俚俗语言，编入词中，以便伎人传习。一时动听，散播四方。其后东坡、少游、山谷辈，相继有作，慢词遂盛。

在这段记载里面，我们最要注意"歌台舞席，竞睹新声"这句话。记得李清照的《词论》里面也有"始有柳屯田永者，变旧声，作新声，出《乐章集》，大得声称于世"的话。我们把这两段话合拢起来看，便知道当时歌唱小词的旧声旧曲已经不甚流行于世了，又有一种时髦的新声新曲起来了。这种新声的歌辞便是"慢词"。慢词是什么？宋翔凤《乐府余论》上说："慢者曼也，谓曼声而歌也。""曼"实含有"曼艳"与"曼延"二

---

① "太"底本作"大"，误，径改。

义，我们读了曼词的代表作《乐章集》，便知道慢词即是曼艳的长词。

在柳永的《乐章集》以前，还没有慢词。《草堂诗余》录陈后主《秋霁词》一百四字体，万树《词律》已证明其伪；被称为唐庄宗的《歌头》，载于《尊前集》，此书讹误极多，也不足征信；至于欧阳修的《摸鱼儿》慢词，字句错误，《西清诗话》已指明其为刘煇伪作。并且，我们知道慢词出于当代的新声歌曲，欧阳修决没有这种胆子来倡导模拟民间的新声，以妨害他的古文运动的号召力。就现有的历史材料做证明，慢词的首倡者当然是柳永。

永初名三变，福建崇安人。他的生卒不甚可考，大约是十一世纪上半期的人。位宗景祐元年（一〇三四）进士。官至屯田员外郎。叶梦得《避暑录话》称他："为举子时，多游狭邪，善为歌词，教坊乐之。每得新腔，必求永为词，始行于世。"可见他少年时词誉已经很高了。但他一生的落拓，就是受了作词之累。他因为写了一句"忍把浮名，换了浅斟低唱"，为仁宗所黜。后来几次想做官，都没有做成。他从此便真的流浪歌场，花前月下去浅斟低唱了。他死后很萧条，葬资都是歌伎们凑出来的。一代词人，便如此沦落以终。他的《乐章集》是一部很美妙的白话歌词，但许多人竟指为"淫冶之曲"，真使我们替作者惋惜。

雨霖铃

寒蝉凄切，对长亭晚，骤雨初歇。都门帐饮无绪，留恋处，兰舟催发。执手相看泪眼，竟无语凝咽。念去去千里烟波，暮霭沉沉楚天阔。　　多情自古伤离别，更那堪冷落清秋节！今宵酒醒何处？杨柳岸，晓风残月。此去经年，应是良辰好景虚设。便纵有千种风情，更与何人说？

昼夜乐

洞房记得初相遇，便只合长相聚。何期小会幽欢，变作离情别绪。况值阑珊春色暮，对满目乱花狂絮。直恐好风光，尽随伊归去。　　一场寂寞凭谁诉？算前言总轻负。早知恁地难拚，悔不当初留住！其奈风流端正外，更别有系人心处。一日不思量，也攒眉千度。

柳永虽不见称于士大夫，但一般民众却很欢迎他的词。陈师道《后山诗话》说："柳三变作新乐府，骫骳从俗，天下咏之。"叶梦得《避暑录话》也说："尝见一西夏归朝官云：凡有井水处，即能歌柳词。"由此可见柳词传播之广，远非同时诸词家所及。柳永词的好处是这样的：他最长于运用俚俗的话语，把很平常的意境铺叙得很美。看着是叙景物，而情感即寓于景物之中。他也没有什么新的创意，格调也不高，但形容曲致，音律谐婉，工于羁旅行役，则是柳词的大本领。

属于柳派的诗人有张先、秦观。

张先字子野，吴兴人。少游京师，得晏殊的赏识，辟为通判。尝知吴江县，官至都官郎中。因有"桃李嫁春风郎中"和"云破月来花弄影郎中"之名，人亦称为张三中，他自号张三影。（公元九九〇——一〇七八）他是一位跨北宋第一期与第二期的作者，其小词接近晏殊、欧阳修一派，长词则接近柳永一派，与柳齐名。词如《卜算子慢》：

溪山别意，烟树去程，日落采蘋春晚。欲上征鞍，更掩翠帘回面相睨：惜弯弯浅黛，长长眼。奈画阁欢游，也学狂花乱絮飞散。　　水影横池馆，对静夜无人，月高云远。一饷凝思，两眼泪痕还满。难遣！恨私书又逐东风断。纵梦泽层楼万尺，望湖城那见？

张先才短，所以词不及柳永；但先词韵高，是柳永所乏处。

秦观字少游，一字太虚，扬州高邮人。因苏轼荐，除秘书省正字，兼国史编修官。后坐党籍，屡遭徙放。卒于古藤（公元一〇四九——一一〇〇）。他本是苏门四学士之一，在四学士中，苏轼尤与他相善，称为"今之词手"。但他的词却全与苏轼不同调，而倾向柳永的作风。长词尤与柳永相似。

满庭芳

山抹微云，天粘衰草，画角声断谯门。暂停征棹，聊共引离樽。多少蓬莱旧事，空回首，烟霭纷纷。斜阳外，寒鸦数点，流水绕孤村。　　消魂当此际，香囊暗解，罗带轻分。漫赢得青楼，薄倖名存。此去何时见也？襟袖上，空染啼痕。伤情处，高城望断，灯火已黄昏。

江城子

西城杨柳弄春柔，动离忧，泪难收。犹记多情，曾为系归舟。碧野朱桥当日事，人不见，水空流。　　韶华不为少年留，恨悠悠，几时休？飞絮落花时候，一登楼：便做春江都是泪，流不动，许多愁！

晁补之说："近来作者皆不及少游。"蔡绦说："子瞻辞胜乎情，耆卿情胜乎辞；辞情相称者，唯少游而已。"平心而论，秦观词长于情韵，而短于气格，与柳永词同病，所以李清照批评他："专主情致，少故实，譬诸贫家美女，非不妍丽，终乏富贵

态耳。"（《词论》）

第三期的北宋词，是词体大解放的时期。词体之得解放，自苏轼始。

柳永虽然倡导了慢词，还是因袭晚唐五代词的曼艳风气，还没有打破"词为艳科"的约束。到苏轼便把词体的束缚完全解放了。他一方面超越了"词为艳科"的狭隘范围，变婉约的作风为豪放的作风；一方面又摆脱了词律的严格的拘束，自由去描写。胡寅说：

> 词曲至东坡，一洗绮罗芗泽之态，摆脱绸缪宛转之度。使人登高望远，举首高歌，逸怀浩气超乎尘垢之外。于是《花间》为皂隶，而耆卿为舆台矣。

因为苏轼的词奔放不可拘束，所以人家都说他"以诗为词"，说他的词是"曲子中缚不住者"。甚至称之为"别派"，谓"虽极天下之工，要非本色"。可是，我们则认定这种"别派"，是词体的新生命。这种新词体抛弃了百余年来习惯了的绮靡纤艳的旧墟，而走向一条雄壮奔放的新路。这条新路可以使我们鼓舞，可以使我们兴奋，而不是叫我们昏醉在红灯绿酒底下的"靡靡之音"。这是苏派词的特色。

轼字子瞻，自号东坡居士，四川眉山人。嘉祐初，试礼部第二。神宗朝，因与王安石为政敌，颇不得志。元祐中，累官翰林学士。绍圣中远贬岭南之琼州。赦还，卒于常州（公元一〇三六——一一〇一）。他在文学里面是有多方面造诣的作家，尤以词胜。今举数词为例：

念奴娇

大江东去，浪淘尽千古风流人物。故垒西边，人道是三国周郎赤壁。乱石崩云，惊涛裂岸，卷起千堆雪。江山如画，一时多少豪杰。　　遥想公瑾当年，小乔初嫁了，雄姿英发。羽扇纶巾，谈笑间，强虏灰飞烟灭。故国神游，多情应笑我早生华发。人生如梦，一樽还酹江月。

水调歌头

明月几时有？把酒问青天：不知天上宫阙，今夕是何年？我欲乘风归去，又恐琼楼玉宇，高处不胜寒。起舞弄清影，何似在人间！　　转朱阁，低绮户，照无眠。不应有恨，何事长向别时圆？人有悲欢离合，月有阴晴圆缺，此事古难全。但愿人长久，千里共婵娟。

我们读苏轼的词，看他纵笔之所之，如行云流水，横溢奔放，语意无穷，曲终犹觉天风海雨逼人。这是作者天才的独到处，别人是不易企及的。他的长词和小词都写得很好，可惜我们不能在这里多举例了。

号称苏门的词人，除了秦观外，尚有黄庭坚、陈师道、晁补之、张耒；受知于苏轼的词人，有李之仪、程垓、毛滂诸人。但他们大都没有苏派的风味，只有一个黄庭坚略具轼风。

庭坚字鲁直，号山谷，洪州分宁人。官至秘书丞。（公元一〇四五——一一〇一）他的词很受了点苏轼的影响，喜豪放而脱略音律，所以晁补之讥其词是"著腔子唱好诗"。其词之具有豪放之致者，要算《念奴娇》的"断虹霁雨"和《水调歌头》的"瑶草一何碧"几首词。不过庭坚作词，不甚抒写壮阔的襟怀，而喜欢描绘男女之私情。今举他较有含蓄的一首抒情小词《清平乐》为例：

　　春归何处？寂寞无行路。若有人知春去处，唤取归来同住。　　春无踪迹谁知？除非问取黄鹂①。百啭无人能解，因风飞过蔷薇。

同时，还有一位贺铸（字方回，卫州人），他的词也写得很好，可是也没有苏派的风味。

苏、黄以后，这一派在北宋便无继承之作者了，直到南宋辛弃疾等继续有作，这一派的词才发挥光大起来。

第四时期的北宋词，简直就是对苏派词的反动。原因是由于苏、黄这班诗人，大刀阔斧的去做淋漓肆放的词，不屑咬文嚼字，不管声律格调，便越离乐府越远了，他们的词不复可歌了。词的起来②原是歌辞。许多懂得音律的词人，看不惯苏、黄这种“别派”词，便起来倡导歌词，特别注重词的声律格调，把词和乐府再合拢起来，造成乐府词的复兴。这个时期的词，便可以说是乐府词的复兴期。

第一个倡导乐府词的是宋徽宗，他创设一个大晟府，叫一班懂得音律的词人去主持。他们的词完全照着歌调的曲拍去做。

宋徽宗自己便是很懂得音乐的人，他的词也做得很好，今举他一首抒写被掳后凄凉生活的作品为例：

----

①　“鹂”底本作“骊”，误，径改。

②　“起来”疑作“起源”。

燕山亭（北行见杏花）

　　裁剪冰绡，轻叠数重，淡著燕脂匀注。新样靓妆，艳溢香融，羞杀蕊珠宫女。易得凋零，更多少无情风雨。愁苦！闲院落凄凉，几番春暮？　　凭寄离恨重重，这双燕何曾会人言语！天遥地远，万水千山，知他故宫何处？怎不思量，除梦里有时曾去。无据！和梦也新来不做。

徽宗虽能词，可惜作品太少。最能够代表这时期乐府词的特色的，要推周邦彦。

邦彦字美成，号清真，钱塘人。（公元一〇六〇——一二五）元丰初，以大学生进《汴都赋》，神宗召为大学正。徽宗颁《大晟乐》，召邦彦提举大晟府。他深通音乐，《宋史·文苑传》称他"好音乐，能自度曲。制乐府长短句，词韵清蔚"。其词如：

六丑（蔷薇谢后作）

　　正单衣试酒，怅客里光阴虚掷。愿春暂留；春归如过翼，一去无迹。为问花何在？夜来风雨，葬楚宫倾国。钗钿堕处遗芳泽。乱点桃蹊，轻分柳陌，多情更谁追惜？但蜂媒蝶使时叩窗槅。　　东园岑寂，渐蒙笼暗碧。静绕珍丛底，成叹息。长条故惹行客，似牵衣待话，别情无极。残英小，强簪巾帻，终不似一朵钗头颤袅，向人欹侧。漂流处，莫趁潮汐，恐断鸿尚有相思字，何由见得？

周邦彦的词在当时是很有名的，南宋陈郁《藏一话腴》称他："二百年来以乐府独步。贵人、学士、市侩、妓女，皆知其词为可爱。"与柳永齐名，有"周情柳思"之称。他的《清真词》，因为协律的原故，后来的作者把它当作词律看待，于是他便成为乐府词坛的秦斗了。

继周邦彦而起的乐府词大家，有女词人李清照。

清照号易安居士，济南人。生于神宗元丰五年（公元一〇八一）。二十一岁时，与大学生赵明诚结婚，她的青春期生活是很美满的，所以她早年的词很有些曼艳的作品。最不幸的是她的丈夫先她而死，使她晚年的生活变为寂寞，苍凉！我们的女词人便从此飘泊，落拓，以终她的残年！

清照精通音律，她的词的最好处，就是经过了音律的锤炼，仍能出之自然，有如未雕之美玉。词例如：

凤凰台上忆吹箫

香冷金猊，被翻红浪，起来慵自梳头。任宝奁尘满，日上帘钩。生怕离怀别苦，多少事，欲说还休。新来瘦，非关病酒，不是悲秋。　　休休，这回去也，千万遍《阳关》，也则难留。念武陵人远，烟锁秦楼。惟有楼前流水，应念我终日凝眸。凝眸处，从今又添一段新愁！

声声慢

寻寻觅觅，冷冷清清，凄凄惨惨戚戚。乍暖还寒时候，最难将息。三杯两盏淡酒，怎敌他晚来风急？雁过也，正伤心，却是旧时相识。　　满地黄花堆积，憔悴损，而今有谁堪摘？守着窗儿，独自怎生得黑！梧桐更兼细雨，到黄昏点点滴滴。这次第，怎一个愁字了得！

清照的《漱玉词》，每一首都是冰莹玉润，令人把玩不忍释手。有人说她的词如"大珠小珠落玉盘"，这个比喻是很确切的。

此外，属于这时期的词人，还有晁端礼、万俟雅言等，后开南宋姜夔一派。

下、南宋词

词到了南宋，发展得更有劲了。有专集流传下来的词人，至少有一百五十家以上；其无专集而有作品流传的更不可胜数了。不过"词至南宋而繁，亦至南宋而弊"（宋徵璧语）。除了少数的天才作家有成就外，大多数的作者都是讨生活于模拟因袭的路上去了。大体分析起来，可以说南宋有两种词派：一种是白话词派，一种是乐府词派。南宋的前期，是白话词发展的时候；南宋的后期，则是乐府词盛行的时候。

请先讲南宋白话派的词。

在北宋末年盛行的乐府词，跟着北宋之亡而消衰了。这时许多南渡词人，都是满怀感慨悲愤，要尽量表白出来而后快，哪还有心思去调音韵，讲严格的词律？就是说，这时的词人不是为宴乐而作词，乃是为抒写自己的胸怀而作词了。因此，词便自然而然的摆脱了乐府的束缚。南宋初年词人如陈与义、叶梦得、周紫芝、张元幹、杨炎正、吕渭老、张孝祥、扬无咎、赵师秀、赵长卿、侯寘、曾觌、赵彦端这许多作家，都是喜欢用白话来写词的，都是拿词来表白自己的。至朱敦儒、辛弃疾等起来，更专向白话词一方面努力了。

他们这一派词人的好处，就是能够运用活泼的文字，来表现作者的真性情。用词而不为词所使，使每一个词人的个性与风格，都能在词里面活绘出来。这一方面把词的应用的范围扩大了，一方面把词的文学的价值也抬高了。

南宋的白话词人，最伟大的要算朱敦儒、辛弃疾、陆游、刘过、刘克庄几位。

朱敦儒字希真，河南洛阳人。约生于神宗元丰初年，卒于孝宗淳熙初年。他少年时很负时望。高宗曾一度重用他。秦桧当国的时候，喜用文人，除敦儒为鸿胪少卿。桧死后，他也被废了。敦儒本是一位乐天自适的词人，他的词很有清淡萧疏之致。例如《朝中措①》：

> 先生筇杖是生涯，挑月更担花。把住都无憎爱，放行总是烟霞。　　飘然归去，旗亭问酒，萧寺寻茶。恰似黄鹂无定，不知飞到谁家？

敦儒的词真是词中的逸品。黄昇的《花庵词选》称他的词"有神仙风致"。

辛弃疾是南宋第一大词人。字幼安，号稼轩，济南人。（公元一一四〇——二〇七）他少年时做了很多英雄事业，晚年犹雄心未已，极力主张北伐。我们读了他的《鹧鸪天》，便知道这位老英雄无穷的感慨：

> 壮岁旌旗拥万夫，锦襜突骑渡江初。燕兵夜娖银胡䩮，汉箭朝飞金仆姑。　　追往事，叹今吾，春风不染白髭须。却将万字平戎策，换得东家种树书。

这五十几个字可以说是作者一生的小影。

弃疾的词，方面最多，造诣也至高。许多人都把他目为豪放

---

① "措"底本作"惜"，误，径改。

派的作家，这只是看着他的一面。弃疾的那枝笔是无施而不可的。他的词有悲壮，有苍凉，有哀艳……，也有放浪、颓废、游戏、诙谐……，他的怀古长调，固是激扬奋厉，极回荡豪放之能事；他的抒情曼词，也极其悱恻缠绵，昵狎温柔；尤其是他那些抒写闲散性情，描绘山水田园风趣的词，最足以代表作者的艺术。例如：

西江月（示儿曹以家事付之）

万事云烟忽过，百年蒲柳先衰。而今何事最相宜？宜醉，宜游，宜睡。　　早趁催科了纳，更量出入收支。乃翁依旧管些儿：管竹，管山，管水。

又（夜行黄沙道中）

明月别枝惊鹊，清风夜半鸣蝉。稻花香里说丰年，听取蛙声一片。　　七八个星天外，两三点雨山前。旧时茅店社林边，路转溪桥忽见。

丑奴儿近（博山道中效李易安体）

千峰云起，骤雨一霎儿价。更远树斜阳，风景怎生图画？青旗卖酒，山那畔别有人家。只消山水光中，无事过者一夏。　　午醉醒时，松窗竹户，万千潇洒。野鸟飞来，又是一般闲暇。却怪白鸥觑着人，欲下未下。旧盟都在，新来莫是别有说话？

辛弃疾天分极高，才气极大，又有繁复回荡的生活做背境，自然会产生伟大的成就。他的长词和小词都做得好，大都具有纵横豪放、淋漓恣肆的创造精神。同时词人陆游、刘过起而和之，辛词遂在南宋成一大宗派。

陆游字务观，越州山阴人。以荫补登仕郎，赐进士出身。范成大帅蜀时，游为参议官。嘉泰初，诏同修国史兼秘书监，以宝章阁待制致仕。（公元一一二五——二一〇）游为人浪漫不拘礼法，自号放翁。他的词也如其人，例如《鹊桥仙》：

> 一竿风月，一蓑烟雨，家在钓台西住。卖鱼生怕近城门，况肯到红尘深处？　潮生理棹，潮平系缆，潮落浩歌归去。时人错把比严光，我自是无名渔父。

他的词也有慷慨多感的，如《夜游宫》（记梦）：

> 雪晓清笳乱起，梦游处不知何地。铁骑无声望似水。想关河，雁门西，青海际。　睡觉寒灯里，漏声断，月斜窗纸。自许封侯在万里。有谁知？鬓虽残，心未死！

原来陆游也是一位极力主张北伐的老英雄，他是"惊壮志成虚"，才"洒清泪"的。他的词境界很多。刘克庄《后村诗话》说他的词："其激昂感慨者，稼轩不能过；飘逸高妙者，与陈简斋、朱希真相颉颃；流丽绵密者，欲出晏叔原、贺方回之上。"此语信然。

刘过字改之，号龙洲道人，江西庐陵人。他没有做过什么大官，却主张北伐甚力。生平放浪江湖，啸傲自适。其所作长调，跌宕淋漓，异常有力，很受辛弃疾的影响。小词尤明快可爱，如《天仙子》（初赴省，别妾于三十里头）：

> 别酒醺醺浑易醉，回过头来三十里。马儿不住去如飞，牵一憩，坐一憩，断送煞人山与水。　是则是功

名终可喜，不道恩情挤得未？雪①迷村店酒旗斜。去也
是？住也是？烦恼自家烦恼你！

刘过的词也不是词律所能拘束的，他不喜雕琢模拟，要说什
么便直说什么，那般自由放肆的磅礴精神，几乎要压倒辛弃疾。

刘克庄也是属于辛派，他字潜夫，号后村，福建莆田人。以
荫仕。理宗赏其才，赐同进士出身，除秘书少监。后知遇日隆，
官至龙图阁直学士。（公元一一八七—一二六九）克庄最喜欢用
白话做词，故张炎《乐府指迷》称其词"直致近俗"。他的长词
悲壮有气力，很似辛弃疾的境界；小词则明媚清新，别饶风味。

清平乐（赠陈参议师文侍儿）

宫腰束素，只怕能轻举。好筑避风台护取，莫遣惊
鸿飞去。　一团香玉温柔，笑颦俱有风流。贪与萧郎
眉语，不知舞错《伊州》。

一剪梅（余赴广东，实之夜饯于风亭）

束缊宵行十里强，挑得诗囊，抛了衣囊。天寒路滑
马蹄僵。元是王郎，来送刘郎。　酒酣耳热说文章，
惊倒邻墙，推倒胡床。旁观拍手笑疏狂。疏又何妨！狂
又何妨！

辛派的词人没有一个不带几分疏狂气的，也没有一个不是表
现着几种词的境界的。大概他们都是天才横溢的作家，绝不是一
种作风关得住他们。白话词到这时候，已经是最高度的发展了。

同时还有一位女作家朱淑贞，她的白话词也做得怪好。她号
幽栖居士，钱塘人。嫁市侩为妻，悒郁以终。其作集题名《断

---

① "雪"底本作"云"，疑误，据通行本改。

肠》，可想见其生活之苦。词如《谒金门》：

> 春已半，触目此情无限。十二阑干闲①倚遍，愁来天不管。　　好是风和日暖，输与莺莺燕燕。满院落花帘不卷，断肠芳草远。

南宋妇女能词的极多。可是她们向来是以"舞文弄墨"为忌，必至有了真挚的实感，逼迫着她不能不表白的时候，才抒写出来。所以她们流传的词虽然稀少，却大都是有气力的作品。如陆游妻唐氏的《钗头凤》：

> 世情薄，人情恶。雨送黄昏花易落。晓风干，泪痕残。欲笺心事，独语斜阑，难，难，难！　　人成各，今非昨，病魂尝似秋千索。角声寒，夜阑珊。怕人寻问，咽泪妆欢，瞒，瞒，瞒！

唐氏本是陆游的爱妻，因不为游母所喜被逼着离异。这首词是唐氏再醮后在一个沈园遇着陆游以后做的。我们看她那种万千心事要说而又说不出来的悲苦心绪，读了真是令人欲泪！

妓女们因为应歌唱的需要，尤其容易通文。她们用的文字，异常俚俗；她们描写情思，异常佳妙。《词苑丛谈》载，有客自蜀挟一妓归，蓄之别室，率数日往。偶以病稍疏，妓颇疑之。客作《鹊桥仙》词自解②，妓用韵答之云：

> 说盟说誓，说情说意，动便春愁满纸。多应念得脱空经，是那位先生教底？　　不茶不饭，不言不语，一味供他憔悴。相思已是不曾闲，又那得工夫咒你！

---

① 底本脱"闲"字，据通行本补。
② 底本无"解"字，不通，据《词苑丛谈》补。

这样绝妙的白话词，岂是文人学士们所能做出来的？她们的杰作正多，可惜这里篇幅不容多举例了。

往下，我们要讲南宋的乐府词。

因为南宋偏安的局面已经定了，一般士大夫文人都把"亡国丧君之痛"忘记了，大家又走上享乐主义的路去，据洪炉而高歌了。于是词又变成笙歌宴乐的工具，乐府词又在这时候发展起来。

白话词特别注意词的内容，乐府词特别注意词的表面。白话词是拿词来表现自己，乐府词是拿词来协音乐。所以乐府词兴，白话词便衰。我们遍读那些乐府专家的词，只看着华美的字面，调协的音韵，完全失却辛弃疾、陆游那一派感慨悲凉的作风了。

吴文英说：

> 音律欲其协，否则长短句耳；下字欲其雅，否则缠令体耳。

这简单几句话把乐府词的意义说得很明白。乐府词的好处在这里，乐府词的坏处也就在这里。

自宋宁宗嘉定（一二〇八，辛弃疾已死）以后，至南宋末年，完全是乐府词的风气支配了整个的词坛。其首倡者乃是姜夔。

夔字尧章，鄱阳人。生于绍兴末年，死约在嘉定末年。因秦桧当国，即隐居箬坑之千山不仕。自号白石道人，又号石帚。与范成大、杨万里诸人相吟咏酬唱，啸傲山水。他精通音乐，尝作自度腔。每制新词，即自吹箫，其姜小红则歌而和之。晚年，他带着小红遍游江南诸胜地。卒于苏州。夔作词喜事雕琢，往往

"过旬涂稿始定"，故不免刻画过甚，削减了词的意境与情感。例如《扬州慢》：

> 淮左名都，竹西佳处，解鞍少驻初程。过春风十里，尽荠麦青青。自胡马窥江去后，废池乔木，犹厌言兵。渐黄昏，清角吹寒，都在空城。　　杜郎俊赏，算如今，重到须惊。纵豆蔻词工，青楼梦好，难赋深情。二十四桥仍在，波心荡，冷月无声。念桥边红药，年年知为谁生？

姜夔的词誉向来很高。黄昇说："白石词极精妙，不减清真；高处有美成所不能。"姜夔与周邦彦本是一派的作家，论格调则姜夔尤高。他的词主"清空"，不重"质实"，其妙处"如野云孤飞，来去无迹"；坏处则"如雾里看花，终隔一层"。这是我们对于姜词最公允的批评。

属于姜派的词人，最著的有高观国、史达祖、吴文英、蒋捷、王沂孙、周密、陈允平、张炎诸家。高观国的词无甚可观；史达祖则长于咏物；吴文英作词最喜堆砌雕琢，其用事下语太晦处，人不易知。他的长调几乎没有一首可读的。间有小词，脱下古典的衣裳，则清蔚可诵。例如《唐多令》：

> 何处合成愁？离人心上秋。纵芭蕉不雨也飕飕。都道晚凉天气好，有明月，怕登楼。　　年事梦中休，花空烟水流。燕辞归，客尚淹留。垂柳不系裙带住，谩长是，系行舟。

在南宋末年的词人中，最能解脱超拔于词律的拘束的，只有一个蒋捷。捷字胜欲，宜兴人。德祐年间进士。宋亡，遁迹不仕，隐居竹山，人称为竹山先生。他的词虽号称姜派，而不喜刻画字面，很有辛派自由放肆的精神。其词如《霜天晓角》：

> 人影窗纱，是谁来折花？折则从他折去，知折去向
> 谁家？　　檐牙枝最佳，折时高折些。说与折花人道：
> 须插向鬓边斜。

其余，王沂孙、周密、陈允平三家的词，也没有特别可称述的成绩。只有张炎，要算是乐府词坛最后一个有权威的殿军。

张炎字叔夏，号玉田，又号乐笑翁。原籍西秦，家居临安。生于宋理宗淳祐八年（一二四八），宋亡时只有二十九岁。他本是贵介子弟，后来资产尽失，晚年落拓，到处飘流。到了七十多岁才死，在元朝生活四十多年。他做词是费了苦心的，自称"生平好为词章，用功逾四十年"。他的词在当代很有名，尝以《春水词》传诵一时，人称为"张春水"；后又以《孤雁词》脍炙人口，又被称为"张孤雁"。今举其《高阳台》（西湖春感）为例：

> 接叶巢莺，平波卷絮，断桥斜日归船。能几番游，
> 看花又是明年。东风且伴蔷薇住，到蔷薇春已堪怜！更
> 凄然，万绿西泠，一抹荒烟。　　当年燕子知何处？但
> 苔深韦曲，草暗斜川。见说新愁，如今也到鸥边。无心
> 再续笙歌梦，掩重门浅醉闲眠。莫开帘！怕见飞花，怕
> 听啼鹃！

乐府词到了张炎，已经是告一段落了。他是乐府词人最后的光辉，但也没有表现什么好成绩出来。宋词的生命便从此殁落了。

词体本来是很狭隘的，经过唐五代词人的开辟创造，经过北宋词人的发扬光大，经过南渡词人的展拓衍变，词的发展已经登

峰造极。后来姜夔、吴文英、张炎辈找不着词的出路了，便走上调弄音韵、讲究文字技巧的路上去了。词本是从音乐的关系起来的，现在又被一班乐府词人把它葬送在音乐的关系里面。

第十八章　宋代的诗歌

宋代的文学者都是用大部分的才力去做诗，以余力作词。除了少数词的专家如柳永、辛弃疾、吴文英等以外，大多数的作家，其诗集往往卷帙浩繁，词则仅有一二卷，或竟不能装成卷帙，只有数词流传。就数量的发展说，宋诗可谓极盛，较之唐诗，实有过之。可是诗的狂飙怒潮时代已经过去了。宋代是太平的时代，这时的太平民众，只是欢迎柳永、周邦彦一派艳冶多情的新式曲子，不再欢迎诗歌了。宋代的诗人也再做不出唐人那种悲壮有气力的诗，再做不出唐人那种热烈感慨的诗来了。诗歌发展至宋，已经是一条末路。故宋代虽济济多才，专心致力于诗，而诗的成绩极少；四百年的诗坛，只产生了几个较为名贵的诗人，这不能不说是时代风气推移的缘故。

吴之振《宋诗钞》序说：

> 宋人之诗，变化于唐，而出其所自得，皮毛尽落，精神独存。

宋诗的最初期，完全模拟晚唐。分析来说，约有三派：第一，杨亿、钱惟演、刘筠等，以晚唐的李商隐为宗向，号为"西昆体"；第二，王禹偁、徐铉等，学白居易，号"白体"；第三，寇準、魏野、林逋、潘阆等学晚唐，号"晚唐体"。在这三派中，尤以西昆体为最盛，他们的诗浓艳纤靡，风行一时。

直到宋仁宗时，梅尧臣、苏舜钦等起来，才大倡诗的革命，极力反对西昆体的诗。他们作诗，务为平淡，以反西昆体的浓艳；文字务求俚俗，以纠正西昆体的语僻难晓。自后欧阳修继苏、梅而鼓吹光大之，于是便造成以"平淡俚俗"为特色的所谓"宋诗"。

欧阳修的小诗很有些隽美的：

丰乐亭游春

红树青山日欲斜，长郊草色绿无涯。游人不管春将老，来往亭前踏落花。

琅邪山（石屏路）

石屏自倚浮云外，石路久无人迹行。我来携酒醉其下，卧看千峰秋月明。

继欧阳修而起的大诗人有王安石。安石字介甫，号半山，临川人。（公元一〇二一——一〇八六）神宗朝，他官至宰相，施行新法，是历史上一位大政治思想家，事迹详见《宋史》本传。他在文学史上也是一位怪杰，天才极高，诗文都做得好。《宋诗钞》的编者批评他的诗说："论者谓其有工致，无悲壮，余以为不然。安石遣情世外，其悲壮即寓闲澹之中。独是议论过多，亦是一病耳。"安石的长诗造意峻刻，气力甚足；但我们却最喜欢举他的小诗为例：

江上

江水漾西风，江花脱晚红。离情被横笛，吹过乱山东。

竹里

　　竹里编茅倚石根，竹茎疏处见前村。闲眠尽日无人到，自有春风为扫门。

　　宋诗至苏轼而一变。苏轼本是一位才情肆溢、气魄豪放的文学家。他无论作文，作赋，作诗，作词，都是不可抑勒束缚的。《宋诗钞》小传批评他的诗道："子瞻诗，气象洪阔，铺叙宛转，子美之后，一人而已。然用事太多，不免失之丰缛；虽其学问所溢，要亦洗刷之工未尽也。"其实"洗刷之工未尽"，正是苏诗的天然本色处。他的歌行波澜壮阔，变化莫测，很似李白。例如《游金山寺》诗：

　　我家江水初发源，宦游直送江入海。闻道潮头一丈高，天寒尚有沙痕在。中泠南畔石盘陀，古来出没随涛波。试登绝顶望乡国，江南江北青山多。羁愁畏晚寻归楫，山僧苦留看落日。微风万顷靴纹细，断霞半空鱼尾赤。是时江月初生魄，二更月落天深黑。江心似有炬火明，飞焰照山栖乌惊。怅然归卧心莫识，非鬼非人竟何物？江山如此不归山，江神见怪惊我顽。我谢江神岂得已，有田不归如江水。

　　他的小诗也另具清新的风味，如：

六月二十七日望湖楼醉书

　　黑云翻墨未遮山，白雨跳珠乱入船。卷地风来忽吹散，望湖楼下水如天。

书李世南所画秋景

　　野水参差落涨痕，疏林欹倒出霜根。浩歌一棹归何处？家在江南黄叶村。

苏门文人，能诗者极多，然缺乏第一流的作者。秦观的诗最婉丽清华，而伤之纤弱；张耒的诗平澹古逸，终嫌才短；晁补之的诗失之峻刻；陈师道的诗过于艰苦；其能与苏轼对抗于诗坛的，只有一个黄庭坚。庭坚作诗虽只字半句不轻出，会萃众长，自创一格，为江西派的祖师。其诗如《题莲华寺》：

> 狂卒猝起金坑西，胁从数百马百蹄。所过州县不敢谁，肩舆虏载三十妻。伍生有胆无智略，谓河可凭虎可搏。身膏白刃浮屠前，此乡父老至今怜。

王若虚评黄庭坚的诗，谓为"有奇而无妙"，其言甚确。庭坚一派的诗过于喜欢用古典，流于拗拙；后人学之，至于生硬晦涩，了无意味。故后来有才气的诗人，皆自创新的风格，极力反对江西派的诗。

南渡诗人如叶梦得、陈与义等，还没有完全摆脱江西派的藩篱。至陆游、范成大、杨万里诸大诗人相继起来，才造成南宋新诗坛的光辉。

杨万里《跋徐公仲省翰近诗》云：

> 传派传宗我替羞，作家各自一风流。黄（庭坚）陈（师道）篱下休安脚，陶（潜）谢（灵运）行前更出头。

我以为这几句话不但是反对江西派的独立宣言，还可以表示他们作诗的创造精神，表示他们不依傍古人门户而能自创风格的精神。这种精神实是南宋初期诗坛的特色。

陆游是南宋诗人中之最杰出者，是一位最富于感情的文学家。我们看他的表面颓放不拘礼法，却不知他的心情极热烈，他的爱国观念极强，虽至衰老将死，犹不忘情于恢复中原故国，而发为悲壮感慨的浩歌：

十一月四日风雨大作

　　僵卧孤村不自哀，尚思为国戍轮台。夜阑卧听风吹雨，铁马冰河入梦来。

示儿

　　死去元知万事空，但悲不见九州同。王师北定中原日，家祭无忘告乃翁。

　　我们的诗人，一方面想念着破碎的山河而凄怆；一方面又眷怀着殉情而死的爱妻，为之终身痛悼，哀吟：

沈园

　　梦断香消四十年，沈园柳老不飞绵。此身行作稽山土，犹吊遗踪一怅然！

其二

　　城上斜阳画角哀，沈园无复旧池台。伤心桥下春波绿，曾是惊鸿照影来。

　　陆游的诗，有悲壮激昂的境界，也有闲适飘逸的境界。他的一生，本是诗人的生活，爱闲散，爱清游；他的作品也长于描写自然山水。我最爱他的一首《剑门①道中遇微雨》：

　　衣上征尘杂酒痕，远游无处不销魂。此身合是诗人未，细雨骑驴入剑门。

　　"细雨骑驴入剑门"七个字，真是何等美妙的诗境！

　　范成大是南宋最负盛名的田园诗人。字致能，号石湖居士，吴县人。累官参知政事、资政殿学士。（公元一一二六一

---

　　①　"剑门"底本作"剑南"，误，据下文改。

一一九一）他的诗长于写实，作风清新婉峭，闲适澹雅，直追陶潜。例如：

夏日田园杂兴

昼出耘田夜绩麻，村庄儿女各当家。儿童未解供耕织，也傍桑阴学种瓜。

秋日田园杂兴

静看檐蛛结网低，无端妨碍小虫飞。蜻蜓倒挂蜂儿窜，催唤山童为解围。

横塘

南浦春来绿一川，石桥朱塔两依然。年年送客横塘路，细雨垂杨系画船。

杨万里也是一位自然派的诗人。字廷秀，号诚斋，吉州吉水人。历秘书监，以宝谟阁学士致仕。（公元一一二四——一二〇六）。他的诗状物写情，无不入妙。最爱用俚言俗语，故白话诗最多。例如：

闲居初夏午睡起

梅子留酸软齿牙，芭蕉分绿与窗纱。日长睡起无情思，闲看儿童捉柳花。

蝶

篱落疏疏一径深，树头先绿未成阴。儿童急走追黄蝶，飞入菜花无处寻。

万里的诗自由放肆，独辟蹊径，时人目之为"诚斋体"。

自这些大诗人相继死去，南宋的诗坛便愈趋愈下了。江西派的流风虽不能束缚伟大的诗人，却很能牢笼一般小作家。其末流至诗皆拗拙不可读。虽后来有号称"永嘉四灵"的徐照、徐玑、翁卷、赵师秀诸人起来纠正江西派之弊，改宗晚唐，可是他们的诗也并没有表现什么好的成绩。往后又有号称"江湖派"的诗人起来，也大都是些低能的作者。只有刘克庄、戴复古、朱淑贞等偶有好诗写出来。至于宋末，诗坛益不振。当时著名的诗人如谢翱、文天祥、林景熙、谢枋得、汪元量诸人的诗，皆具有气魄，富有感慨，而缺乏才气，佳作极少。于是所谓"宋诗"，便随着南宋之亡而衰落了。

第十九章　宋代的小说

宋人继续着唐人努力于传奇的创作，而成绩则远不逮。宋之作者如徐铉、乐史等，皆缺乏才气，只是模拟唐人，故造诣不高。略为可观的作品，只有《杨太真外传》、《赵飞燕别传》、《谭意歌传》、《王幼玉传》、《王榭传》、《梅妃传》、《李师师外传》，数篇而已。

可是，宋人虽不长于做传奇体的文言小说，而当时民间有一种新兴的白话小说，却足为宋代小说界的光辉。

白话小说本始于唐，今所传者尚有《唐太宗入冥记》、《孝子董永传》、《秋胡小说》、《维摩诘所说经俗文》、《释迦八相成道记》、《目莲入地狱故事》等书（敦煌千佛洞所发现），皆为唐人的作品。至宋而白话小说益盛。宋代的白话小说，叫做"诨词小说"，又叫做"平话"。据灌园耐得翁《都城纪胜》的记载，分宋小说为三类：

（一）银字儿——烟粉、灵怪、传奇；

（二）说公案——搏拳、提刀、赶棒及发迹变态之事；

（三）说铁骑儿——士马金鼓之事。

小说为宋人说话之一科，说话者与今之说书相似——即讲半真半假的故事也。讲故事本不是一件难事，但若求讲得有声有色，博得群众的欢迎，自非随口可道，必须有完善的底本为凭。此种底本，是为"话本"。宋人"话本"小说之流传者，今有《新编五代史平话》及《京本通俗小说》二种。

《新编五代史平话》为中国长篇演义小说最初的一部，作者不详，大约是经几度修改写定的"话本"。内容系讲梁、唐、晋、汉、周五代的军事，每代二卷，首尾皆附以诗。今本《梁史》、《汉史》皆缺下卷。（按此书本系讲史，与小说异科，惟以后来演义发达，讲史遂亦并称为小说一类。）

《京本通俗小说》亦系残本，今存第十卷至十六卷及第二十一卷，每卷小说一篇，共计八篇，其目录如下：

《碾玉观音》

《菩萨蛮》

《西山一窟鬼》

《志诚张主管》

《拗相公》

《错斩崔宁》

《冯玉梅团圆》

《金虏海陵王荒淫》

这都是用白话写的短篇小说，大概都是南宋人的作品。每篇开头都有诗或词，并讲些与本篇相类似的故事为引子，然后叙入正文。《碾玉观音》系叙绍兴时某郡王府有碾玉观音的待诏崔宁与府中养娘秀秀相爱而偕逃，组织小家庭于潭州。不料为郡王府郭排军所见，遭其陷害，秀秀被郡王活埋于王府之后花园。但她的灵魂仍随着崔宁作鬼夫妻，终于报郭排军之仇而逝，崔宁亦偕殁。《菩萨蛮》是讲绍兴时有少年陈守常，多才薄命，剃发入灵隐寺为僧，以能诗词极得某郡王之宠爱。后因被诬与王府侍女新荷通，横遭杖楚。及案情辩白，守常已圆寂矣。《西山一窟鬼》系讲绍兴间秀才吴洪，赴临安应试落第，教书度日。由王婆作媒，娶李乐娘为妻，姿色绝佳。有从嫁锦儿亦美。皆鬼也。吴洪发觉后，惧甚。幸得癞道人为之作法除妖，后吴亦仙去。《志诚张主管》是讲开封府员外张士廉，家财百万，年老无子，续娶王招宣府遣出之小夫人为妻。小夫人怨员外衰老，施爱于员外家之主管张胜。张不为所动。后员外因受小夫人曾窃出王府珍贵珠宝之累，家产全被抄封。小夫人亦自缢死。她死后犹化为少女追随张胜。但张终以女主人敬事之焉。《拗相公》是讲王安石施行新法之害，中叙其罢相后由京师至江宁时，途中所见老百姓对彼的痛恨情形，体例不似一篇小说。《错斩崔宁》是讲高宗时有刘贵为盗所杀，其妾陈氏及少年崔宁因嫌疑被指为通奸同谋杀夫，皆处死刑。不久刘妻王氏亦为静山大王所劫为压寨夫人。王氏初不知静山大王即杀夫之盗也，颇相爱好。后王氏得盗于忏悔时讲露出此案真相，乃径赴衙门诉盗。终杀盗以雪冤云。《冯玉梅团圆》也是讲高宗时的故事。叙少女冯玉梅在乱难中与家人失散，为贼所掳，而与贼党中一忠良少年范希周结婚。贼党失败后，夫妇又失散无踪。其后，经过许多波折，冯玉梅终于与父母、丈夫相会而团圆。《金虏海陵王荒淫》是讲金主亮的荒淫故事。此篇之题材内容本无何等价值，但其描写之佳，在宋人"话本"小说中实首屈一指。

宋人的白话小说，除以上所讲者外，尚有《大唐三藏取经诗话》及《大宋宣和遗事》二种，皆为模拟"话本"的作品。《大唐三藏取经诗话》共分三卷，十七章。因每章均有诗有话，故名为诗话。中记唐三藏往西方取经，途中叠遇妖魔的神怪故事。为后来《西游记》之所本。《大宋宣和遗事》分前后二集。中含十节故事：第一节，叙历代帝王荒淫之失；第二节，讲王安石变法之祸；第三节，讲王安石引蔡京入朝，至童贯、蔡攸巡边；第四节，讲梁山泺宋江等英雄聚义的本末；第五节，讲徽宗幸李师师家的艳闻；第六节，讲道士林灵素的进用事；第七节，讲京师腊月预赏元宵及元宵看灯的繁华盛景；第八节，讲京师的失陷于金；第九节，讲徽、钦二帝北行的痛苦和屈辱；第十节，讲高宗的定都临安。中除第二、第三、第八、第九及第十诸节为文言，余皆白话。最值得我们注意的为第四节讲梁山泺聚义之事，实为后来《水浒传》的底本。

综括起来评论：宋人的白话小说，其本身的价值，本不值得我们过分去赞美。但在这草创的时期，作者只是用白话以求描写的逼真和尽人的能解，故不免缺乏深长的文学意味。然由此创制了白话小说的规模，为元以后章回小说发展的先驱，其开辟新路之功自是可珍贵的。

第七编　元代文学

第二十章　元代的戏曲（上）

元代是蒙古新民族占领全中国的时期，也就是新兴文学压倒中国旧有文学的时期。元代的历史虽只有八十余年，而在文学史上放一异彩，自是值得我们珍视的。

元代的旧文学，如诗文词赋，无一足述者；著名的作家如元好问、金履祥、赵孟頫、虞集、杨载、范梈、揭傒斯、杨维桢辈，皆远逊于唐宋名家。这显见唐宋的正统文学至元代而微衰，这时又有异军突起的新时代文学起来了。元代的新兴文学谁都知道是戏曲，而且，谁都认定戏曲是元代文学的奇迹。

戏曲是综合的艺术，起来较迟，其体制至元代始完全确立。

在元以前，我们也可以寻出一些戏曲的悠远的渊源：最早的如先秦时楚国的优孟，扮饰孙叔敖 ① 的衣冠，已开扮演的初例。两汉的俳优，则以歌舞及戏谑为能事。至南北朝，即已有合歌舞

---

① "敖"底本作"傲"，误，径改。

以扮演故事者，如北齐的《兰陵王舞》乃模拟兰陵王长恭以代面对敌的指挥刺击之状；又有《踏摇娘舞》乃以男子扮妆妇人摇顿其身以悲歌；《拨头舞》（一作《钵头》）出自西域，乃象征孝子杀猛兽以报父仇；《苏中郎舞》起于隋末，乃扮妆醉汉独自跳舞。到了唐代，则更有歌舞戏与滑稽戏之别：歌舞戏得玄宗的倡导而发达，当时所扮演者除"代面"、"拨头"、"踏摇娘"、"苏中郎"及"参军戏"诸古剧外，尚有"樊哙排君难"等新剧，然皆以歌舞为主，扮演的事实过于简单，还不能称为纯粹的戏曲。至当时的滑稽戏，则只是用动作言语以讽刺时事，而不能合以歌舞，有戏而无曲，离正式的戏曲尚远。

戏曲的起来与宋代最有密接的关系。宋代的歌曲与杂剧的发展，实为元人戏曲的先驱。今略述如下：

宋代歌曲之通行者为词，宋人宴集，多歌词以侑觞。每歌本以一阕为度，只因词调多简短，不适宜于咏事，故有继续歌咏一曲以叙一故事者。如赵得麟（北宋元祐时人）的《元微之崔莺莺商调蝶恋花词》，用十首《蝶恋花》来咏《会真记》之事。此种叠词，宋人往往用之合鼓而歌，谓之"鼓子词"。鼓子词盛行于南宋民间，陆游有诗咏云：

　　斜阳古柳赵家庄，负鼓盲翁正作场。身后是非谁管得，满村听说蔡中郎。

鼓子词之为用，只以应歌唱而不协以跳舞。其歌舞相兼者，宋人称为"传踏"（亦称"转踏"，又称"缠达"）。演法以歌者组成男女二队，男队叫做"小儿队"，女队叫做"女弟子队"。先由参军登场召集，叫做"勾队"；演时带歌带舞，叫做"队舞"；舞毕散班，叫做"放队"。其词仅用一曲反复歌之

（例见曾慥《乐府雅词》）。"传踏"之外，宋人乐曲尚有"曲破"、"大曲"、"鼓吹曲"、"赚词"等，皆兼歌舞，而用曲较繁于"传踏"。至"诸宫调"则合数宫调中的各曲以咏一事，用曲尤繁，已渐近元曲矣。

宋人杂剧是随着音乐歌舞而发展的。北宋杂剧尚只限于滑稽嘲笑，至南宋的杂剧则已为搬演故事，有唱曲，有说白，剧中所用脚角亦较复杂。据周密《武林旧事》等书所载，当时剧角已有"戏头"（一作"末泥"）、"引戏"、"次净"（一作"副净"）、"副末"、"装旦"、"装孤"诸目，戏剧的规模已渐次完备。至于剧本，则多撰自教坊。《武林旧事》载宋之官本杂剧段数，多至二百八十本。今皆不传。至于金代则"院本"（院指行院，娼妓所居，院本即妓院演唱之剧本，就是杂剧）与"诸宫调"（诸宫调体乃小说的支流，而被以乐曲者），盛行一时。可惜当时的院本六百九十种，今亦全数亡佚。遂使宋金杂剧，无一存者。今仅传金人董解元的《西厢挡弹词》（一名《弦索西厢》）一种，为诸宫调体，有曲有白，是用优人弦索弹唱的。此种挡弹词虽不能说是剧本，然与元曲的关系已甚接近（元曲中所用各牌名，很多本于董词）。至元时，剧中加上动作，唱白全用代言，便衍成完全的戏曲。

戏曲一名"词余"，可分为散曲、杂剧与传奇三种。散曲又分小令与套数。小令只用一曲，与宋词略同；合一宫调中诸曲以成套数（一称散套）；套数组合而成杂剧，传奇则又为杂剧之繁衍。

元曲以杂剧最盛，其形式与内容，较之宋金的杂剧院本及诸宫调又有不同。王国维在他的《宋元戏曲史》上说得很清楚：

> 元杂剧之视前代戏曲之进步，约而言之，则有二焉：宋杂剧中用大曲者几半。大曲之为物，遍数虽多，然通前后为一曲，其次序不容颠倒，而字句不容增减，格律至严，故其运用亦颇不便。其用诸宫调者，则不拘于一曲，凡在同一宫调中之曲，皆可用之。顾一宫调中，虽或有联至十余曲者，然大抵用二三曲而止。移宫换韵，转换至多，故于雄肆之处，稍有欠焉。元杂剧则不然，每剧皆用四折，每折易一宫调，每调中之曲，必在十曲以上。其视大曲为自由，而较诸宫调为雄肆。且于正宫之《端正好》、《货郎儿》、《煞尾》，仙吕宫之《混江龙》、《后庭花》、《青哥儿》，南吕宫之《草池春》、《鹌鹑儿》、《黄钟尾》，中吕宫之《道和》，双调之《□□□折桂令》、《梅花酒》、《尾声》，共十四曲，皆字句不拘，可以增损。此乐曲上之进步也。其二，则由叙事体而变为代言体也。宋人大曲，就其现存者观之，皆为叙事体。金之诸宫调，虽有代言之处，而其大体只可谓之叙事。独元杂剧于科白中叙事，而曲文全为代言。虽宋金时或当已有代言体之戏曲，而就现存者言之，则断自元剧始。不可谓非戏曲上之一大进步也。此二者之进步，一属形式，一属材质，二者兼备，而后我中国之真戏曲出焉。

元曲的结构甚严，其组织上的显明的特征，有数点是值得特别加以说明的：

（一）每剧四折，四折不足时，加上一楔子。亦有五折或六折者，然为罕见的例外。

（二）每折由一宫调中的各曲组合而成，其用曲往往每折在十曲以上，用韵则每折一韵到底。

（三）每折一人独唱，独唱者限于正末或正旦。其他杂角，只有说白。唱曲者为主，说白者为宾。故他们的对话，叫做"宾白"。

（四）每剧由科、白、曲三者组织而成。科是动作，白是对话，曲是唱辞。

（五）元剧用的角色，共有九种，其名称为"正末"（即"正生"）、"副末"、"狚"（即"正旦"）、"狐"（即"外"）、"靓"（即"净"）、"鸨（即"老旦"）、"猱"（即"贴旦"）、"捷讥"（即"丑"）、"引戏"（即"杂脚"）。

元曲的渊源及其组织，大体已讲明如上。至于元曲的艺术上的价值，元曲的作者及其作品，且让下章来叙述吧。

第二十一章　元代的戏曲（下）

元代科举废弃甚久，一般文人词客，怀才莫遇，多寄情于文学，以呈露其才华。戏曲为新兴的通俗文学，且可扮演登场，以娱耳目，为民间之所欢迎，文人自亦乐于撰作，以播文名，兼抒胸臆。因此元曲便勃然而兴盛起来。

元曲初不为世所重，一般正统文学家至视曲为文学中的末技，以为卑下不足道；然而，元曲固元代文学的精华也。明人韩文靖即以关汉卿的杂剧来比司马迁的《史记》，清人焦循则把元曲与唐诗、宋词并称，近人王国维论元剧的文章，尤有适当的赞美语。他说：

> 元曲之佳处何在？一言以蔽之，曰：自然而已矣。古今之大文学无不以自然胜，而莫著于元曲。盖元剧的作者，其人均非有名位、学问也；其作剧也，非有藏之名山传之其人之意也。彼以意兴之所至为之，以自娱娱人。关目之拙劣，所不问也；思想之卑陋，所不讳也；人物之矛盾，所不顾也。彼但摹写其胸中的感想与时代的情状，而真挚之理与秀杰之气，时流露于其间，故谓元曲为中国最自然之文学，无不可也。

就元曲的一般而论，元曲实有两种共同的特点是谁也不能否认的：第一，它是纯粹的戏剧；第二，它是社会的写实。因为元人作剧，只是当作戏剧写，故能写得"自然"；因为他们的剧本是写真实的社会，故尽量的使用当代的方言俗语，而成为社会化的通俗文学。

至于元曲之艺术描写上的特色，则不可一概而论，我们是要就作者的个别造诣而加以评判的。据明宁献王的《太和正音谱》上所评，元代优秀的戏曲作家共有一百八十七人。可惜后来元曲的佚亡甚多，今有作品传世者，只有四十三家。王国维《宋元戏曲史》取这些剧作家之有时代可考者，分为三个时期：

第一期　蒙古时代（公元一二三四——一二七六）

关汉卿　杨显之　张国宝（一作国宾）　　石子章　王实甫
高文秀　郑廷玉　白朴　马致远　李文蔚　李直夫　吴昌龄
武汉臣　王仲文　李寿卿　尚仲贤　石君宝　纪君祥

戴善甫　李好古　孟汉卿　李行道　孙仲章　岳百川
康进之　孔文卿　张寿卿

第二期　一统时代（公元一二七七——一三四〇）

杨梓　宫天挺　郑光祖　范康　金仁杰　曾瑞　乔古

第三期　至正时代（公元一三四一——一三六七）

秦简夫　萧德祥　朱凯　王晔

第一时期是元曲的草创时代，也就是元曲的黄金时代，名手最多，成绩最繁。其中尤以关汉卿、王实甫、白朴、马致远四家，为最杰出。

关汉卿号已斋叟，大都人。金末，以解元贡于乡，后为太医院尹。金亡不仕（？）。他是元曲的开山大师，与白朴、马致远、郑光祖齐名，号称"元曲四大家"。王国维称他："一空依傍，自铸伟词。其言曲尽人情，字字本色，故当为元人第一。"所作杂剧至多，共计六十三种。今仅存十三种。以《窦娥冤》及《救风尘》二剧最佳。《窦娥冤》为有名的悲剧，叙窦娥被杀后，天忽降大雪以鸣冤，为今京剧《六月雪》之所本。《救风尘》则叙妓女赵盼儿从周舍手里把她的密友宋引章救出来。此剧的结构与描写均至佳，今举其第三折至第四折中一段隽妙的说白为例：

　　［正旦（即赵盼儿）云］周舍，你来了也。

　　［周舍云］我那里曾见你来：我在客火里，你弹着
一架筝，我不与了你个褐色绸段儿？

　　［正旦云］小的，你可见来？

　　［小闲云］不曾见他有什么褐色绸段儿。

　　［周舍云］哦，早起杭州散了，赶到陕西，客火里

吃酒，我不与了大姐一分饭来？

[正旦云] 小的们，你可见来？

[小闲云] 我不曾见。

[周舍云] 我想起来了，你敢是赵盼儿么？

[正旦云] 然也。

[周舍云] 你是赵盼儿，好好，当初破亲也是你来。小二，关了店门，则打这小闲。

[小闲云] 你休要打我，俺姐姐将着锦绣衣服、一房一卧来嫁你，你倒打我。

[正旦云] 周舍，你坐下，你听我说：你在南京时，人说你周舍名字，说的我耳满鼻满的，则是不曾见你。后得见你呀，害的我不茶不饭，只是思想着你。听的你娶了宋引章，教我如何不恼？周舍，我待嫁你，你却着我破亲。我好意将着车辆、鞍马、奁房来寻你，你划地将我打骂。小闲，拦回车儿，咱家去来。

[周舍云] 早知姐姐来嫁我，我怎肯打舅舅？

[正旦云] 你真个不知道？你既不知，你休出店门，只守着我坐下。

[周舍云] 休说一两日，就是一两年，您儿也坐的将去。

（宋引章上，骂了赵盼儿，下）

[正旦云] 周舍，你好道儿！你这里坐着，点的你媳妇来骂我这一场。小闲，拦回车儿，咱回去来。

[周舍云] 好奶奶，请坐，我不知道他来。我若知道他来，我就该死！

　　［正旦云］你真个不曾使他来？这妮子不贤惠，打一棒快球子。你舍的宋引章，我一发嫁你。

　　……

　　［周舍云］小二，将酒来。

　　［正旦云］休买酒，我车儿上有十瓶酒哩。

　　［周舍云］还要买羊。

　　［正旦云］休买羊，我车儿上有个熟羊哩。

　　［周舍云］好好好，待我买红去。

　　［正旦云］休买红，我箱子里有一对大红罗。周舍，你争什么哪？你的便是我的，我的就是你的。

　　（周舍回家，休了宋引章。宋携休书与赵盼儿同逃。为周舍所觉察了，追至。周骗回休书，咬碎。）

　　［外旦（即宋引章）云］姐姐，周舍咬了我的休书也！

　　［旦上救科］

　　［周舍云］你也是我的老婆。

　　［正旦云］我怎么是你的老婆？

　　［周舍云］你吃了我的酒来。

　　［正旦云］我车上有十瓶好酒，怎么是你的？

　　［周舍云］你可受我的羊来。

　　［正旦云］我自有一只熟羊，怎么是你的？

　　［周舍云］你受我的红定来。

　　［正旦云］我自有大红罗，怎么是你的？——引章妹子，你跟将他去。

　　［外旦怕科云］姐姐，跟了他去就是死。

169

〔周舍云〕休书已毁了，你不跟我去，待怎么？

〔外旦怕科〕

〔正旦云〕妹妹休慌莫怕，咬碎的是假休书！

关汉卿最长于描写妓女的心情，有人把他比词中的柳永，真是很确切呢。此外他所作杂剧之存者，尚有《续西厢》、《西蜀梦》、《拜月亭》、《谢天香》、《金线池》、《望江亭》、《单刀会》、《玉镜台》、《调风月》、《蝴蝶梦》、《鲁斋郎》诸剧。

王实甫，大都人。其生平不详，年代与关汉卿略同。宁献王《太和正音谱》称其剧词："铺叙委婉，深得骚人之趣；极有佳句，若玉环之出浴华清，绿珠之采莲洛浦。"所作杂剧十四种，今存《西厢记》与《丽春堂》二种。《西厢记》是元曲里面最伟大的作品，其事实系根据于元稹的《会真记》而加以补充，复以《董西厢》的曲文为蓝本而编撰成的伟著。其词藻的美艳，罕有伦比。例如：

〔越调〕〔拙鲁速〕对着盏碧荧荧短檠灯，倚着扇冷清清旧帏屏，灯儿又不明，梦儿又不成，窗儿外淅零零的风儿透疏棂，忒楞楞的纸条儿鸣，枕头儿上孤另，被窝儿里寂静，你便是铁石人；铁石人也动情！（一本三折）

〔雁儿落〕绿依依墙高柳半遮，静悄悄门掩清秋夜，疏剌剌林梢落叶风，昏惨惨云际穿窗月！（四本三折）

要在《西厢记》里面找寻荡人心魄的文字，真是美不胜收。其描写最哀艳动人的，我以为要算第四本第三折中叙别情的一幕：

　　［正宫］［端正好］碧云天，黄花地，西风紧，北雁南飞。晓来谁染霜林醉？总是离人泪！

　　［滚绣球］恨相见得迟，怨归去得疾。柳丝长，玉骢难系。恨不倩疏林挂住斜晖。马儿迟迟的行，车儿快快的随。却告了相思回避，破题儿又早别离。听得一声去也，松了金钏；遥望见十里长亭，减了玉肌。此恨谁知！

　　［叨叨令］见安排着车儿马儿，不由人熬熬煎煎的气。有什么心情，花儿靥儿，打扮的娇娇滴滴的媚！准备着被儿枕儿，则索昏昏沉沉的睡。从今后衫儿袖儿，都揾做重重叠叠的泪。兀的不闷杀人也么哥！兀的不闷杀人也么哥！久以后书儿信儿，索与我凄凄惶惶的寄。

　　［四煞］这忧愁诉与谁？相思只自知，老天不管人憔悴。泪添九曲黄河溢，恨压三峰华岳低。晚来闷把西楼倚，见了些夕阳古道，衰柳长堤。

　　……

　　［一煞］青山隔送行，疏林不做美，淡烟暮霭相遮蔽。夕阳古道无人语，禾黍秋风听马嘶。我为什么懒上车儿内？来时甚急，去后何迟！

　　［收尾］四围山色中，一鞭残照里。遍人间烦恼填胸臆，量这些大小车儿如何载得起！

　　王作共计四本，最后叙述至剧中的主角张生与崔莺莺订婚，而以悲惨的离别作结，结构至美。关汉卿作《续西厢》，殿以才子佳人成婚的大团圆，实为画蛇添足；然其丽词俊语，亦不减王本，例如：

> ［沉醉东风］不见时准备着千言万语，得相逢都变做短叹长吁，他急穰穰却才来，我羞答答怎生觑？将腹中愁恰待申诉，及至相逢，一句也无，刚道个："先生，万福！"（第四折）

这段短短的描写，把儿女的情怀完全吐露出来了。

白朴字太素，一字仁甫，号兰谷，隩州人，后居真定。金亡后，不仕，徙家金陵，放情于山水间，以诗酒自娱。著有《天籁词》二卷。所作杂剧有十七种，今存《梧桐雨》与《墙头马上》二种。《墙头马上》系一篇爱情的喜剧，无甚特色；《梧桐雨》最负盛名，其内容系本于陈鸿的《长恨歌传》，叙述唐明皇与杨贵妃的恋爱史事。最好的是第四折，唐明皇于贵妃死后，秋夜独听梧桐雨的一段，最为出色动人，例如：

> ［笑和尚］原来是滴溜溜，绕闲阶败叶飘；疏剌剌，刷落叶被西风扫；忽鲁鲁，风闪得银灯爆；厮琅琅，鸣殿铎；扑簌簌，动朱箔；吉丁当，玉马儿向檐间闹。

> ［叨叨令］一会价紧呵，似玉盘中万颗真珠落；一会价响呵，似玳筵几簇笙歌闹；一会价清呵，似翠岩头一派寒泉瀑；一会价猛呵，似绣旗下数面征鼙操。兀的不恼杀人也么哥，兀的不恼杀人也么哥，则被他诸般儿雨声相聒噪。

> ［三煞］润濛濛，杨柳雨，凄凄院宇侵帘幕；细丝丝，梅子雨，妆点江干满楼阁；杏花雨，红湿栏干；梨花雨，玉容寂寞；荷花雨，翠盖翩翩；豆花雨，绿叶潇

条；都不似你惊魂破梦，助恨添愁，彻夜连宵！莫不是
水仙弄娇，蘸杨柳，洒风飘？

论者称白朴的曲"高华雄浑"，如"鹏抟九霄"，而其言情
处，则备极哀艳婉曲，自是元曲第一流作家。

马致远字东篱，大都人。曾任江浙行省务官。他的散曲很有
名，所作《秋思》，论者咸称为套数中第一。其小令《天净沙》
亦为千古绝唱，词云：

> 枯藤老树昏鸦，小桥流水人家，古道西风瘦马，夕
> 阳西下，断肠人在天涯！（按，此词亦无名氏）

马氏杂剧旧传十四种，今存六种，即《汉宫秋》、《青衫
泪》、《岳阳楼》、《陈抟高卧》、《荐福碑》与《任风子》。
最有名的杰作是《汉宫秋》，叙的是汉元帝时王昭君出塞的故
事。特别是第三折中写元帝别其所爱的昭君后，回驾宫廷的凄凉
情状，最为出色，如：

> ［梅花酒］呀，对这迥野凄凉，草色已添黄，兔起
> 早迎霜，犬褪得毛苍，人搠起缨枪，马负著行装，车运
> 著糇粮，打猎起围场。她，她，她，伤心辞汉主；我，
> 我，我，携手上河梁。她部从，入穷荒；我銮舆，返咸
> 阳。返咸阳，过宫墙；过宫墙，绕回廊；绕回廊，近椒
> 房；近椒房，月昏黄；月昏黄，夜生凉；夜生凉，泣寒
> 螿；泣寒螿，绿纱窗；绿纱窗，不思量。

> ［收江南］呀，不思量，便是铁心肠；铁心肠，也
> 愁泪滴千行！

马致远之曲，典雅清丽，情深文明，宁献王品曲列为元人第
一。此虽不免推许过甚，然作者实为元代极可矜贵的剧作者，自

是无疑的。

元代第一时期的剧坛，除上述诸名家外，其较次的作者，尚有杨显之传《临江驿》与《酷寒亭》二种，张国宝传《汗衫记》、《薛仁贵》与《罗李郎》三种，石子章传《竹坞听琴》一种，高文秀传《双献功》、《諕范叔》及《遇上皇》三种，郑廷玉传《楚昭王》、《后庭花》、《忍字①记》、《看钱奴》及《崔府君》五种，李文蔚传《燕青搏②鱼》一种，李直夫传《虎头牌》一种，吴昌龄传《风花雪月》与《东坡梦》二种，武汉臣传《老生儿》、《玉壶春》及《生金阁》三种，王仲文传《救孝子》一种，李寿卿传《伍员吹箫》及《月明和尚》二种，尚仲贤传《柳毅传书》、《三夺槊》、《气英布》及《尉迟恭》四种，石君宝传《秋胡戏妻》、《曲江池》及《紫云庭》三种，纪君祥传《赵氏孤儿》一种，戴善甫传《风光好》一种，李好古传《张生煮海》一种，孟汉卿传《魔合罗》一种，李行道传《灰阑记》一种，孙仲章传《勘头巾》一种，岳百川传《铁拐李》一种，康进之传《李逵负荆》一种，孔文卿传《东窗事犯》一种，张寿卿传《红梨花》一种。

第二时期的元剧作家，能称为第一流名手的只有郑光祖一人，次之则有宫天挺与乔吉。

郑光祖字德辉，平阳襄陵人。以儒补杭州路吏。病卒，火葬于西湖的灵芝寺。他的作风清丽馨逸，为后世所宗。宁献王《正音谱》称："其词出语不凡，若咳唾落乎九天，临风而生珠

---

① "字"底本作"字"，误，径改。

② "搏"底本作"博"，误，径改。

玉，诚杰作也。"所作杂剧十九种，今存《㑇梅香》、《倩女离魂》、《周公摄政》及《王粲登楼》四种。前二种最佳。《㑇梅香》系叙述一段恋爱故事，情节颇似《西厢记》。《倩女离魂》的内容则全本于唐人陈元祐的《离魂记》，描写至为佳美，如第三折中的：

〔迎仙客〕日长也，愁更长；红稀也，信尤稀；春归也，奄然人未归。我则道相别也数十年，我则道相隔着数万里，为数归期，则那竹院里刻遍琅玕翠。

郑氏才华，即此可见一端。此老死后，元之剧作家即无特等人物矣。

宫天挺字大用，大名开州人。历学官，除钓台书院山长。卒于常州。他的作品以雄劲著名，王国维《宋元戏曲史》称他："瘦硬通神，独树一帜。"所作杂剧六种，今仅存《范张鸡黍》一种。

乔吉（一作吉甫）字梦符，号笙鹤翁，又号惺惺道人，太原人。美容仪。卒于至正五年（一三四五）。他的小令很著名，有《惺惺道人乐府》一卷。所作杂剧十一种，今存《金钱记》、《扬州梦》与《玉箫女》三种。

此外，这时期的作家，尚有杨梓传《霍光鬼谏》一种，范康传《竹叶舟》一种，金仁杰传《萧何追韩信》一种，曾瑞传《留鞋记》一种。

至于至正时代，元曲转入第三时期，已经衰败不堪了。今所知者，仅秦简夫传《东堂老》与《赵礼让肥》二种，萧德祥传《杀狗劝夫》一种，朱凯传《昊天塔》一种，王晔传《桃花女》一种，皆为平庸之作。

　　除上述以外，时代不明者又有四家，即王伯成传《贬夜郎》一种，狄君厚传《介之推》一种，李致远传《还牢末》一种，杨景贤传《刘行首》一种。又有作家姓名不详者，有《七里滩》、《博望烧屯》、《替杀妻》、《小张屠》、《陈州粜米》、《鸳鸯被》、《风魔蒯通》、《争报恩》、《来生债》、《朱①砂担》、《合同文字》、《冻苏秦》、《小尉迟》、《神奴儿》、《谢金吾》、《马陵道》、《渔樵记》、《举案齐眉》、《梧桐叶》、《隔江斗智》、《盆儿鬼》、《百花亭》、《连环计》、《抱妆匣》、《货郎旦》、《碧桃花》、《冯玉兰》，共二十七种。

　　以上总录曲本一百十六种，元剧之存者大概尽于此矣。

---

　　① "朱（硃）"底本作"珠"，误，径改。

第八编　明代文学

第二十二章　明代的文学运动

中国文学发展至元代，一向脉络相传的正统派的古文诗赋，已凋弊不堪，独新兴的戏曲盛极一时。文学的趋势似已完全走向一条新路。不料到了明代，文学界起了一个很大的反动，文学思潮忽又趋向于复古，明代二百多年的文坛，几乎全为复古的潮流所支配着。

明代本是一个复古思潮最盛的时期，当时的文人，一则深受那时代"以八股文取士"的影响，养成只知模拟抄袭的恶习；二则他们都以古代正统文学的继承者自命，没有创新的观念和毅力，故终明代的诗文，陷溺于复古潮中而不能自振。

明代初期，复古的痕迹尚未显明，其时文章家如宋濂、王袆、方孝孺，诗人如杨基、高启、张羽、徐贲（此四人号称"吴中四杰"）、刘基、袁凯等，他们的造诣虽不甚崇高，然所作皆能自备一格，自成一家，不是全然倚傍前人。至李东阳出，始正式倡为唐宋文。李梦阳、何景明继之而起，则更明以复古相号召，比李东阳更进一步的主张秦汉之文，盛唐之诗，以为作诗的准则。

李梦阳为明代复古派最大的健将，他认定作诗文应该尊重模拟，其言曰："今人摹临古帖，不嫌大似；诗文何独不然？"他主张诗文应该绝对复古的论调尤其极端偏激，他把唐宋的文章全部抹煞，而以秦汉为依归。他说："西京以后，作者勿闻矣。"又说："宋儒兴而古之文废。"又说："诗至唐古调亡矣，然自有唐调可歌咏，高者犹足被管弦；宋人主理不主调，于是唐调亦亡。"总之，在他的心目中是"汉以后无文，唐以后无诗"。何景明的见解虽与李梦阳小有异同，然其主张"复秦汉之古"则与李氏道合志同。他认定"古文之法亡于韩（愈）"，故大声疾呼的叫人莫读唐以后的著作文章。

明代的后起文人，多迷惑于李、何复古之说而从之，互相结纳，互相标榜。其最著名而首出者为"前七子"，以李梦阳、何景明二氏为领袖，徐祯卿、边贡、康海、王九思、王廷相诸人附之；时代稍后者有"后七子"，以李攀龙、王世贞二氏为领袖，谢榛、宗臣、梁有誉、徐中行、吴国伦诸人附。后七子中的李、宗、梁、徐、吴五人，亦称"前五子"，因此又有谓"后五子"，为余曰德、魏裳、汪道昆、张佳允、张九一诸人；又有所谓"广五子"，为俞允文、卢柟、李先芳、吴维岳、欧大任诸人；又有"续五子"，为王道行、石星、黎民表、朱多煃、赵用贤诸人；又有"末五子"，为李维桢、屠隆、魏允中、胡应麟、赵用贤诸人。这许多呐喊复古的作者，都是挂着"文主秦汉，诗规盛唐"的招牌。

当着李、何、李、王一派复古文学风靡天下的时候，也有一部分的文人起而与之抗。文名最著者如唐顺之、王慎中，他们的文章皆近宗唐宋；归有光则更明白地指斥王世贞为庸妄；茅坤则取唐顺之所选的唐宋八大家文，加批评刊之，以示文章的宗法；诗家则有杨慎、薛蕙等；又有号称"公安体"的袁中郎兄弟及号称"竟陵体"的钟惺、谭元春等：他们处处皆与前后七子一派站在敌视的地位。可是，他们在当代文坛的号召力及影响，却远不及前后七子派的伟大。至于明末，二派的斗争益烈。宗李、何、李、王者，有张溥主持的复社及陈子龙主持的几社；宗归、唐者，有艾南英所主持的豫章社。皆互相攻击排斥，不遗余力，以终明世。

　　上面把明代复古文学的大势已讲明了。这是很明显了的，在这样一个复古逆潮之下，要望文学的进展自是难乎其难。明代诗文之所以毫无成绩可言，应该说完全是复古潮为之阻碍。我们在上面曾经说过，唐宋的文人也曾以复古相号召，不过他们只是利用复古的名义，以号召人心，其目的是藉以打倒骈文，提倡合时用的新式散文，故我们认定唐宋文是进化的，不是复古的。只有愚不可及的明代文人，才认定复古为真理。特别是李、何、李、王一派，他们竟那样愚妄，想着恢复在唐宋已不合时用的秦汉之文于一千多年后的明代，这岂不荒谬绝伦？故结果不但是徒劳无功，只见把许多文人的才力牺牲于复古的牢笼里面，毫无成绩；明代诗文发展的命运也就断送在这班复古派的手里。至于归、唐等之主唐宋，虽较彼主秦汉者较为时代接近，文章比较合时；然亦嫌他们把才力用于模拟，不从事于创造，成绩亦仅略有可观而已。至后来两派倾轧益甚，党同则相标榜，党异则相攻击，举世文人皆抱着入主出奴的心理，文坛等于政党，明代诗文的生机便因此斫伐殆尽了。

第二十三章　明代的戏曲

　　向来讲文学史的人都认定明代是中国文学衰微的时期，如果就明代的传统文学——诗文词赋等讲，这个话是不错的。不过我们研究明代文学，应该认识明代实是一个新文学的时期，是新兴文学压倒旧的传统文学的时期。明代真正有价值的文学不是诗文词赋，乃是传奇与小说。我们眼看着许多明代文人用尽才力，拼命的去求诗文的复古，结果落得个"画虎不成反类狗"，全无成绩。然而当时却另有一部分的文人，并不向着复古的路走去，却去创作新兴的传奇和小说，其成绩的伟大，可与唐诗、宋词、元曲并称，为明代文学增无限的光辉。所以要讲明代文学，应该认定新兴的传奇与小说为明文学的主干，便觉得明文学有许多特色，在文学史上自有它的进步。

　　请先讲传奇。

　　传奇体的戏曲之产生乃由于元曲之繁衍。王世贞《艺苑卮言》上有话："词不快北耳而后有北曲，北曲不谐南耳而后有南曲。"元曲一名北曲，盖以作者多北方之大都与平阳等处人，作曲多采用胡人的乐调及音韵。后来北曲发展至南方，南人嫌其乐调相异，音韵不谐，而适应南方乐调音韵的南曲乃应运而生。南曲发达以后，北曲遂衰。虽然明代还是有许多模拟元人的杂剧，然其所用声调与体制，已与元剧不同。至于由元剧演化而成的传奇，则纯然为明代新兴的南曲矣。

　　传奇的结构与元之杂剧大不相同，其重要的差别，约有四点可言：

（一）元剧大都限于四折，传奇则不限制出数，可以多至数十出（一出即一折）；

（二）元剧每折一调一韵到底，传奇则一出不限一调，且可换韵；

（三）元剧全曲由一人独唱，传奇则凡登场的剧中人皆可唱曲；

（四）元剧多用楔子，传奇则无楔子，但把第一出叫做"开场"或"家门"，以说明一篇的大意。

以上数点的改进，可见明之传奇比较元之杂剧，由束缚而进于自由，由简单而进于复杂，实为戏曲的一大进步。

明代传奇之存于今者尚不下二三百种，其著名之佳作亦有四五十种。在明代的初期，则以《琵琶记》传奇为最负盛誉。

《琵琶记》为南曲之祖，传奇的第一部，元末明初人高明撰。高明字则诚，永嘉人（一作瑞安人）。元至正五年（一三四五）进士，授处州录事，后辟行省掾。因避乱居明州栎社，以词曲自娱。明太祖闻他的文名[①]，辞以心疾不就。寻卒。后有人把他的《琵琶记》献于太祖，太祖称赞说："《五经》、《四书》如五谷，家家不可缺；高明《琵琶记》如珍馐百味，富贵家其可缺耶？"《琵琶记》共四十二出，叙唐时蔡邕与赵五娘结婚才五月，父命赴京应举，中状元，牛太师妻以女。时蔡邕家中贫困不堪，赖赵五娘勤苦为活，至于吃糠。后五娘之翁姑皆死，她乃弹着琵琶到京寻夫，终于在牛府与蔡邕会见，夫妇团圆。这是事实的梗概。至于文字，则以清雅胜，论者譬之为一幅

---

① 此处疑有脱文。

水墨梅花图。王世贞说："南曲以《琵琶》为冠，是一道陈情表，读之使人欷歔欲涕。"此语信然。全曲以《吃糠》一出最为动人，今选录其数节为例：

[商调过曲] [山坡羊] 乱荒荒不丰稔的年岁，远迢迢不回来的夫婿，急煎煎不耐烦的二亲，软怯怯不济事的孤身己。衣尽典 [1]，寸丝不挂体。几番拼死了奴身己。争奈没主，公婆谁看取？思之，虚飘飘，命怎期？难捱，实丕丕，灾共危！

[前腔] 酸溜溜难穷尽的珠泪，乱纷纷难宽解的愁结，骨崖崖难扶持的病身，战兢兢难捱过的时和岁。这糠，我待不吃他呵，教奴怎忍饥？待吃他呵，教奴怎生吃？思想起来，不若奴先死，图得不知他亲死时。思之：虚飘飘，命怎期？难捱，实丕丕，灾共危！

[双调过曲] [孝顺儿] 呕得我肝肠痛，珠泪垂，喉咙尚兀自牢嗄住。糠呵！你遭砻，被舂杵，筛你，簸扬你，吃尽控持，好似奴家身狼狈，千辛万苦皆经历。苦人吃着苦味，两苦相逢，可知道欲吞不去！

[前腔] 糠和米，本是相依倚，被簸扬作两处飞。一贱与一贵，好似奴家与夫婿，终无相见期。丈夫你便是米呵，米在他方没处寻；奴家恰便似糠呵，怎的把糠来救得人饥馁？好似儿夫出去，怎的教奴供膳得公婆甘旨？

---

[1] 底本作"软怯怯不济事的孤身，己衣尽典"，误，据下文"几番拼死了奴身己"径改。"身己"意为"自己，自身"。

　　与《琵琶记》同在明初负盛名的作品，有"《荆》、《刘》、《拜》、《杀》"四大传奇。

　　《荆钗记》为宁献王朱权所撰。权为明太祖的第七子，号丹丘，又号涵虚子。他对于戏曲很有研究，著《太和正音谱》。《荆钗记》共计四十八出，系叙宋王十朋与钱玉莲订婚，以荆钗为聘礼。后王十朋赴京应试，中状元，修书回家。适彼之同学孙汝权落第回乡，欲夺玉莲为妻，乃私改王信，谓王已娶丞相之女，特修书与玉莲离婚。玉莲的继母乃逼她改嫁孙汝权，玉莲不从，被迫而投江，为钱安抚所救。后来经过许多波折，王十朋终与钱玉莲结婚。《刘知远》一名《白兔记》，无名氏所作。系叙刘知远微贱时与富家女李三娘结婚。后知远为妻兄所逐，李三娘亦为兄嫂所虐待。三娘寻生一子，自己将脐带咬断，命之为咬脐郎。因兄嫂欲害此子，她只得托老仆将子送至刘知远处抚养。时知远已另婚于岳氏；以讨贼有功，升为九州安抚使矣。咬脐郎长成后，通武艺，某日因追逐一白兔，遇三娘，终得夫妻母子团圆。《拜月亭》一名《幽闺记》，明初人作。（相传为元人施惠作，不甚可靠。）此剧共四十出，系叙金时有大臣之子兴福因避朝廷之捕跃入蒋氏园中，与书生蒋世隆结为兄弟。兴福寻落草为盗匪的领袖。不久蒙古军南下，世隆与妹瑞莲避难出走，同行者有宦家女瑞兰及其母亲。后来瑞莲和瑞兰的母亲都在人群中散失了，只剩着世隆与瑞兰同行，因而结了婚。不料在旅次遇着瑞兰的父亲，对于他俩的婚姻坚持反对，强领瑞兰回家。蒙古军退，兴福遇赦赴京应试，道遇世隆偕行，分中文武状元。后兴福与瑞莲结为夫妇，世隆与瑞兰亦破镜重圆。《杀狗记》，徐畹作。畹字仲由，淳安人。此剧的内容系袭取元萧德祥的《杀狗劝夫》。

叙一富翁孙华沉湎于酒色，虐待其弟孙荣，而与一班势利小人为伍。其妻杨氏贤良，欲谏阻其夫的非行，乃设计以杀狗为杀人，夫醉归而告之，使求朋友帮助于夜中抛弃门前的死尸，朋友不应。后得其弟荣之助，始运尸城外掩埋之。华顿悟前非，兄弟和好如初。朋友二人则以孙华不与招待，以杀人罪控之于官。但杨氏直白法庭以杀狗劝夫之计，赴城外验之，果然是狗。于是两个坏朋友被罚，而孙氏一门得蒙朝廷褒封的恩荣。

"《荆》、《刘》、《拜》、《杀》"四剧的文字皆以朴质俚俗胜，贬之者则往往斥为恶劣不雅。其结构至佳，李渔说："头绪繁多，传奇之大病也。《荆》、《刘》、《拜》、《杀》之得传于后，止为一线到底。"这个批评是很确切的。《拜月亭》尤为四剧中的白眉，论者多以《琵琶》、《拜月》并称为南曲之二大杰作。

戏曲在元代与明初，作者多不闻名之人，作品亦多以通俗见长。至明之中叶，则文人的撰作渐多，最著的如丘濬、杨慎、王世贞、郑若庸、沈璟、汤显祖、屠隆、祝允明、唐寅等，都是当代很有名的诗文家，他们多爱用典雅工丽之词作曲，于是传奇之文章愈工，而戏曲之本色愈失。至汤显祖出而放言"余意所至，不妨拗折天下人嗓子"，已不注重于传奇的歌唱的作用，而偏向文学方面的发展了。

汤显祖是明代文人中一个最伟大的传奇家，字义仍，号若士，江西临川人。万历进士，授南京太常博士，迁礼部主事。后因事谪广州徐闻典史，迁遂昌知县。罢官后，乡居玉茗堂，以词曲自娱，垂二十年。他的诗文在当代不能算是杰出，而所作传奇则价值独高。今所传他的传奇，以"临川四梦"最有名，即《牡丹亭》、《南柯记》、《邯郸记》与《紫钗记》四种。《牡丹亭》一名《还魂记》，为显祖最得意的一部杰作。凡五十五出。叙少女杜丽娘因读《诗经》"关关雎鸠"篇而怀春，心情悒郁，游花园归而倦卧，梦遇少年柳梦梅，互相爱恋，遂成婚好。不料好梦易失，醒来一切皆幻。自此丽娘罹相思病，自画春容，以寄所怀。不久病亡，葬于后花园之梅花观。柳梦梅者本实有其人，因遇风雪投宿于梅花观。偶于游园时拾得丽娘画像，异常惊喜，日夜敬礼不绝。恰逢丽娘之魂来游，遂得重续旧好。其后丽娘得庆再生，梦梅亦中状元，并于乱平后遇着丽娘的父母，一家团圆，而此剧以终。全剧的文字香艳浓郁，真令人齿颊生香。今举第十出《惊梦》为例：

　　［绕地游］梦回莺啭，乱煞年光遍。人立小亭深院，炷尽沉烟，抛残绣线，恁今春关情似去年。

　　［醉扶归］你道翠生生出落的裙衫儿茜，艳晶晶花簪八宝填，可知我常一生儿爱好是天然，恰三春好处无人见。不提防沉鱼落雁鸟惊喧，则怕的羞花闭月花愁颤。

　　［皂罗袍］原来姹紫嫣红开遍，似这般都付与断井颓垣。良辰美景奈何天，赏心乐事谁家院？朝飞暮卷，云霞翠轩，雨丝风片，烟波画船，锦屏人忒看得这韶光贱！

　　［好姐姐］遍青山啼红了杜鹃，荼蘼外烟丝醉软。牡丹虽好，他春归怎占的先？闲凝盼，生生燕语明如剪，呖呖莺歌溜的圆。

　　［隔尾］观之不足由他缱，便赏遍了十二亭台是枉

然，到不如兴尽回家闲过遣！

《牡丹亭》是宣泄女性恋爱热情的一部奇书，特别是青年男女们所爱读的。相传当时有娄江女子俞二娘为酷爱《牡丹亭》的词句，至断肠而死。由此便可见此书感动人的能力了。

此外，汤显祖的作品：《南柯记》系本于唐李公佐的《南柯太守传》，《邯郸记》本于唐沈既济的《枕中记》，《紫钗记》（乃《紫箫记》的改定稿）本于唐蒋防的《霍小玉传》，皆系根据原作的情节而加以补充，以成为长篇的传奇。此三剧皆词藻精美，《紫钗记》尤以艳丽称，然都不及《牡丹亭》之负盛誉。

至于明末，文人作曲，益尚文词，竞夸新艳，于是大多数的传奇作品皆离开大众的立场，只成为少数人所能欣赏的读物。此时只见古典剧流行一时，俚俗朴实的传奇已经罕觏了。

阮大铖是明代传奇作家的后劲，字集之，号圆海，又号百子山樵，怀宁人。官至兵部尚书。因依附魏忠贤，为士林所痛绝。然其作品之隽美，则虽反对彼者亦交口称誉。所著有《燕子笺》、《春灯谜》、《双金榜》、《牟尼合》及《忠孝环》五剧，以《燕子笺》为最佳。此剧凡四十二出。叙唐时少年霍都梁与妓女华行云相恋。因画二人合像至裱装店去裱。不料此画像因裱装店的错送，为一酷肖行云的宦家女郎郦飞云所得。飞云见画像中一美少年倚于酷肖自己者之傍，爱慕非常，因题词以寄意。词笺为燕子衔去，恰落于都梁处。其后飞云因避乱与家人散失，为父执贾南仲所收容而认为义女，适都梁亦在南仲的幕中，旋得南仲的主持，二人乃结为婚姻。行云亦于乱离中与飞云母相遇，被认为义女，后亦归都梁。这是内容的梗概。此剧在当时极负盛誉，扮演登场，岁无虚日，为明末传奇中的白眉。今举其第十一出《写笺》中数节为例：

[步步娇] 甚风儿吹得花零乱？你看双蝶儿依稀
见。扑面掠云鬟，红紫梢头，恁般留恋。欲去又飞还，
将粉须儿钉住裙汊 ① 线。

[风马儿] 琐窗午梦线慵拈，心头事，忒廉纤。晴
檐铁马无风转，被啄花小鸟弄得影珊珊。

[莺啼序] 似莺啼恰恰到耳边。那粉蝶酣香双翅
软。入花丛若个儿郎，一般样粉蝶儿衣香人面。若不是
燕燕于归，怎便没分毫腼腆？难道是横塘野合双鸳？

[猫儿坠] 飞飞燕子，双尾贴妆钿，衔去多情一片
笺。香泥零落向谁边？天天莫不是玄鸟高媒，辐凑姻
缘？

此外大铖的《春灯谜》，亦系叙才子佳人的艳情故事，与《燕子
笺》同为享有令名的杰作。

明代传奇的名著，已略如上述。现在我们要附带在这里讲
的，是传奇所依据的南曲的变迁。《雨村曲话》中说：

明时虽有南曲，只用弦索宫腔。至嘉隆间，昆山有
魏良辅者，乃渐改旧习，始备众乐器，而剧场大成，至
今遵之。所谓南曲，即昆曲也。

昆曲自经过魏良辅等的倡导，流行于明之中叶以后，尤以明
末清初，最为盛行。其乐调低而缓，特别的显示着温雅高尚的趣
味。然此种趣味只为少数懂得乐律的智识阶级所能欣赏，非大众

---

① "汊" 或作 "钗"。

所能了解，故至清高宗乾隆以后，即为新兴的较为通俗化的二黄西皮戏所压倒而衰落了。

第二十四章　明代的小说

传奇与小说同为明代的代表文学，小说尤为一代文学的精华，这是我们研究明代文学不可不加以特别注意的。

在前面曾经说过，中国小说滥觞于两晋南北朝，至唐代已有很精美的短篇小说，至两宋则渐次产生较长篇的白话小说，这是明以前小说的大概。经过元代至明，则长篇巨制的章回小说已诞生出来了。

小说本是以讲故事为主，初期的小说，却只能叙简短的故事。逐渐进化，小说的技术渐渐高明了，渐渐能写较复杂的故事了。到了明代，小说的发展已有一千多年的进化史，自然要臻于成熟的时期了，具有大才气的小说家已经能够融合许多故事，串为一大组织，创作有系统有结构的大部头小说了。今所传明代的小说虽然种数不多，而多是名贵的大杰作，如号称小说界四大奇书的《水浒传》、《三国志演义》、《西游记》与《金瓶梅》，实可列于世界名著之林而无愧色。

明代的长篇章回小说，依其描写的性质，可以分[①]为下列四类加以叙述：

（一）英雄小说　明代的英雄小说有《粉妆楼》、《英烈传》、《真英烈传》、《精忠全传》诸书，然皆平庸无奇，只有

---

① 底本无"分"字，疑脱，据文意径补。

《忠义水浒传》一书最为杰出。

《水浒传》是中国长篇章回小说最初的一部巨制，所描写的是宋元数百年中民间关于梁山泊英雄故事传说的结晶。这部小说的原稿，相传为施耐庵或罗贯中作。施氏为元末明初时的钱塘人，其生平不详。相传罗贯中为其弟子。此书或系施耐庵的初稿而经过罗贯中的改定者。但罗稿亦颇简略，仅叙宋江等梁山泊聚义故事及被招安后讨方腊为止。至明中叶嘉靖间，武定侯郭勋家中传出一百回的繁本《水浒传》，内容乃较为丰富，并于叙宋江等招安之后，征方腊之前，加入征辽一段。这个本子的作者署名为天都外臣，疑即作序的汪太函（太函名道昆，字伯玉，徽州人）。后来又有一百二十回本"新镌李氏藏本《忠义水浒全书》"产生，于征辽之后，更增入征田虎、王庆一段。此本实为最完备的《水浒传》，疑即在卷首作小引的楚人杨定见所改作。至于今所流传的没有招安以后事的七十一回本《水浒传》，乃清人金人瑞删节百二十回本以成者，这全是为七十回以后的文笔，远不如前半部，乃于梁山泊英雄大聚义之后，以一缥渺的恶梦结束之。金人瑞曾说：

天下之文章无出《水浒》右者！

前七十回的《水浒》真是值得如此赞美的。特别是四十回以前，描写那些在流难漂泊中的英雄，一个个都如生龙活虎，有声有色。如鲁智深大闹五台山，林教头风雪山神庙，汴梁城杨志卖刀，景阳冈武松打虎，都是些绝妙的文章。此外如中间插入的宋江与阎婆惜，西门庆与潘金莲，裴如海与潘巧云等的色情故事，文字也是很秾艳生动的。在中国文学史上，这实在是第一部壮美的英雄小说。

描写的事实与《水浒传》相连续的，有《征四寇》（亦称《后水浒》）、《水浒后传》（陈忱作）及《荡寇志》（俞万春作），后二种为清人的作品，也有很好的描写，但却远不如七十一回本《水浒传》的伟大了。

（二）历史小说　明代的历史小说以罗贯中作的《三国志演义》为最大的杰作。贯中名本，字贯中（一说名贯，字本中），杭州人（又有说是东原、庐陵、武林诸地人者，未知孰是）。生于元末明①初。所著小说甚富，相传他有《十七史演义》的巨著。今所传他的作品尚有《隋唐演义》、《北宋三遂平妖传》及《粉妆楼》诸种，而以《三国志演义》为最负盛誉。其内容系根据于陈寿的《三国志》而杂以宋元时代所流传的三国故事，以成此一部大规模的军事政治小说。今所传的一百二十回本，已非罗氏原稿，乃经过清人毛宗岗（字序始，茂苑人）所改定者。最近二百年来在一般社会流行的小说，当以此书的影响为最巨。虽妇人孩子都能知道许多三国时的故事，皆此书为之宣传。其在通俗教育上的致力，实在是异常伟大的。可是，若单就文艺的立场来评判，则这部小说的文笔实没有臻于完美的境界。因为作者过于拘守历史的事实，致结构不完善，想像创造的成分极稀少，只能算是一部通俗演义史。这部演义史多的是事实的趣味，缺乏的是艺术的价值。至于书中个性的描写亦不高明，如：写贤德的刘备竟如一个伪君子；写忠贞的诸葛亮则似一个策士星相家；写神武的关羽成为一个骄慢愚鲁的武夫；写奸滑的曹操倒像一个天真伉爽的英雄。这都不能不说是这部大著作中的缺点。其中描写最好

---

① "明"底本作"清"，显误，径改。

的，当以刘备三顾茅庐、曹操与孙刘赤壁之战、关羽败走麦城等几大段为最杰出的文字。

此外的历史小说，尚有《开辟演义》、《西周演义》、《东周列国志》、《西周志四友传》、《隋唐演义》、《残唐五代演义》、《北宋志传》、《南宋志传》等书，皆是模拟《三国志演义》的作品，然其文笔则又在《三国志演义》之下了。

（三）神魔小说 神魔鬼怪的故事，自南北朝以来，民间已有很多的传说，宋元间已有好些写神鬼怪异的短篇小说和杂剧，至明代遂有伟大结构的神魔小说出现。最初有罗贯中的《平妖传》，其次又有吴元泰的《上洞八仙传》，余象斗的《五显灵光大帝华光天王传》及《北方真武玄天上帝出身志传》，杨志和的《西游记传》（以上四书亦合称《四游记》），至明之中叶（嘉靖、万历间），神魔小说的伟著《西游记》乃应运而产生。

《西游记》共一百回，吴承恩作（旧误传为邱处机作）。承恩字汝忠，号射阳山人。嘉靖甲辰岁贡生，曾官长兴县丞，能诗工书。因家贫无子，死后遗稿多散失，仅有《射阳存稿》与《西游记》传于世。《西游记》是一部保存着中国许多神话的奇书，其内容虽是根据于《唐三藏取经诗话》、《唐三藏西天取经》（元吴昌龄杂剧）、《西游记传》等旧有的材料，但是作者凭着他天纵之才，把许多材料很适合地组织起来，又加上许多新的想像创造成分，用一枝生花妙笔，把那许多唐三藏、孙行者等西行取经，历遇八十一难的神怪故事，竟写成一部极有艺术意味的大著作。于此，我们真不能不钦崇这位伟大的神话小说家。这部小说的内容虽专讲神魔佛法，却也没有什么精微的深意，不是宣传什么宗教的道理，作者只以奇思幻想来做诙谐有趣的小说，故能成为一部三百年来极受一般社会欢迎的大杰作。

《封神演义》亦神魔小说中的著名者，相传为一名宿所作，惜不知其姓名。凡一百回。内容系叙周武王伐纣事，而杂以许多奇幻的仙佛斗法，各显神通。结果纣王失败自焚，武王做了皇帝，姜尚受命封诸战死者为神以结局。此书的结构与文笔，均不如《西游记》之佳，只以事实的奇幻出色。

此外明代的神魔小说，尚有《三宝太监西洋记通俗演义》及《西游补》等书，《西游补》乃乌程董说（字若雨，法名南潜）所撰，篇幅虽只十六回，然构思甚奇，文字亦美，实为明代小说中的隽品。

（四）艳情小说　完全不讲神魔鬼怪，专写人事的艳情小说，亦至明代而发达。最著者当推《金瓶梅》。

《金瓶梅》的作者，相传为当代的文豪王世贞或其门人，作以骂严世蕃者。这虽未可深信，但作者却实是一位具有文艺天才的文人。他立意做这部小说以讽刺当世士绅阶级的腐秽，故将姓名隐去。全书凡一百回。内容系取《水浒传》中西门庆与潘金莲的艳史为线索，以繁衍成书。所叙皆淫夫荡妇之所为，因此世人亦有目为"天下第一淫书"者。然其文笔畅达，描写尖刻，曲尽人情的纤微机巧，实为一部最能写实的社会小说，故亦得列于说部名著之林。

此外续《金瓶梅》者，尚有《玉娇李》（此书今佚）、《续金瓶梅》及《隔帘花影》等书。皆好言淫亵鄙陋之事，而附以因果报应之说，文艺的趣味甚少。以其海淫（？）故，至今皆列为"禁书"。

明代的艳情小说，亦有不涉淫秽，而专叙情场的悲欢离合者，如《好逑传》（一名《侠义风月传》）、《玉娇梨》（一名《双美奇缘》）及《平山冷燕》等书，所讲的都是些才子佳人的艳情故事，结局总是一幕大团圆的喜剧，千篇一律，读之生厌。明代的小说，要以这一类的言情创作为下品。

以上所讲的完全是长篇小说，至于短篇小说，在明代也是很有成绩可观的。当代著名的短篇小说汇集，有冯梦龙（字犹龙，号墨憨斋，吴县人）辑的《喻世明言》、《警世通言》及《醒世恒言》；又有即空观主人辑的《拍案惊奇》及《二刻拍案惊奇》。这五部小说汇集，保存着宋元以来的故事传说不少。今所流行抱瓮道人选辑的《今古奇观》，即是从这些汇集上精选出来的。共选小说四十种，汇为四十卷。里面有很多是精美的短篇小说，如《杜十娘怒沉百宝箱》、《卖油郎独占花魁》、《蒋兴哥重会珍珠衫》、《乔太守乱点鸳鸯谱》等篇，都是极脍炙人口的作品。此外又有《今古奇闻》及《续今古奇闻》等集，则是清人的续选，所辑作品的价值也要较《今古奇观》次一等了。

第九编　清代文学

第二十五章　清代的正统文学

清代是文化学术极盛的时代，文学的成绩也斐然可观。这是因为在清代三百年中，有很长期的太平治安时期，出了好几个爱好文学的帝王，如康熙、乾隆等，皆极力提倡文学；加以教育因科举的发达而日益普及；出版印刷事业日益精进；又有许多特设的文化机关从事大规模的编辑工作，印行了许多有名的类书及古籍：这些都是扶助文学发展的大原因。单就文学发展的数量一方面说，清代的文学者之众，作品之繁，实为以前任何朝代所远不及。如果我们说明代是文学比较衰落的时期，则清代可以说是文学复兴的时期。

清代的文学可以分为两大方面：第一方面是骈、散文，诗词等贵族化的正统文学；第二方面是戏曲、小说、弹词等通俗化的社会文学。这两方面的文学是趋向各异，而作分道扬镳的发展的。

清代骈、散文，诗词等正统派的文学，在数量上是占着清代文学的重要部分。这一派的文学思潮，始终倾向于复古。我们现在可从骈文与散文两方面来说明这时代文学复古思潮的概况。

请先从骈文说起。

自从魏晋南北朝，辞赋一类的美文特别发达，作文讲究平仄韵律，于是骈偶的文章也跟着流行起来。但号称"四六文"的骈体，则直至唐末李商隐、温庭筠等始正式确立。宋明是古文的世界，骈文异常衰落。至清代始造成骈文的中兴时期。

清初的骈文作者，著名的有陈其年、吴绮及章藻功诸人。但当时并没有造成浓厚的骈气。后此不久，骈文之所以异军突起，猖獗一时，实由于一班汉学家极力倡导所致。因为清代的汉学家在研究学术的主张上最反对宋明学者，故对于宋明学者所倡导的古文也极力反对。他们所提倡的是盛唐（唐玄宗时代）以前的骈偶文学。他们对于盛唐以后的文章，简直看不起。汪琬称美陈其年之文曰："唐以前所不敢知，自开宝以来，七百年无此等作矣。"即此可见清代的文家之如何珍视唐以前的文章，而轻视唐以后的文章了。因此骈文便盛兴起来，风气所及，不仅汉学家自以作骈文为矜贵，即其他的文人也大做起骈文来了。乾嘉之际，首出的骈文家有胡天游。继之者有邵齐焘、袁枚、吴锡麒、洪亮吉、孙星衍、孔广森、刘星炜、曾燠等，号称八大家。洪亮吉为诸家中的最著者，他是一位极端的骈文家，论经学的文章也用骈文。不过他们的骈文已不单只注意词藻格律，而重视文章内容的思想与情感了。如孔广森之论骈文作法说："文以达意明事为主，当开阖纵横，一与散文同。"又如曾燠之言曰："古文丧真，反逊骈体；骈体脱俗，即是古文。"这简直是要拿内容丰富的骈文来夺取散文的地盘了。到了汪中，则径把骈文移植于散文里面，使散文亦骈文化了。到后来阮元、阮福父子起来，则更力主南北朝"文"与"笔"分立之说，认定"沉思翰藻"（《文选序》语）的骈文，始足称文学。至属于"笔"一类的散文，他们不承认其为文学。这完全是唯美主义的文学论了。

以上是说明清代骈文的思潮及其主张，至言其作品，则浙人谭献尝列举骈文的代表作如下："纪昀《四库全书进呈表》，胡天游《一统志表》、《禹陵铭》，胡浚《论桑植土官书》，陆繁弨《吴山伍员庙碑文》，吴兆骞《孙赤崖诗序》，袁枚《与蒋苕生书》，汪中《自叙》、《琴台之铭》，孔广森《戴氏遗书序》，阮元《叶氏庐墓诗文序》，张惠言《黄山赋》、《七十家赋钞序》，孙星衍《防护昭陵之碑文》，乐钧《广俭不至说》，此十五篇者，皆不愧八代高文，唐以后所不能为也。"当然，清代骈文之可观者尚不止此。但最杰出者则为汪中。汪氏天才卓越，所为文多情感肆溢，文思清丽，实为清代骈文中的冠冕。王念孙《述学序》称赞他说："至其为文，则合汉、魏、晋、宋作者，而铸成一家之言，渊雅醇茂，无意摩放而神与之合，盖宋以后无此作手矣。"汪中以后，继起的著名作者有刘开、梅曾亮、董基诚、董祐诚、方履篯、傅桐、周寿昌、赵铭、王闿运、李慈铭等十大家。他们的作风皆不外以两汉、魏、晋、南北朝及初唐为宗。但多嫌才力薄弱，又限于格律，视汪氏则远不逮了。

清代的散文是完全与骈文站在对抗的地位，而作另一方向的复古运动。其复古的目标是以唐宋的古文为旨归。本来，在清初的文章家，如侯方域、魏禧、汪琬、姜宸英辈，即皆以能古文负盛名。但不久因骈文盛行，把古文运动压倒了。至桐城方苞氏起，乃大倡古文义法，以鼓动当代文坛。他解释"义法"

之言曰："义即《易》之所谓言有物也，法即《易》之所谓言有序也。义以为经，而法纬之，然后为成体之文。"（《书〈史记·货殖传〉后》）同时，他又制定几条限制作古文的条例如下：

一、不可入语录中语；

二、不可入魏晋六朝人藻丽俳语；

三、不可入汉赋中板重字法；

四、不可入诗歌中隽语；

五、不可入南北史佻巧语。

方氏古文的旗帜既大张，一唱百和，风靡一时。其同乡刘大櫆①、姚鼐继起而阐其说，古文之道乃大昌。姚鼐自序其所编《古文辞类纂》说："凡文之体类十三，而所以为文者八：曰神、理、气、味、格、律、声、色。神理气味者，文之精也；格律声色者，文之粗也。然苟舍其粗，则精者亦胡以寓焉？学者之于古人，必始而寓其粗；中而寓其精；终而御其精者，而遗其粗者。文士之效法古人，莫善于退之，尽变古人形貌，虽有摹拟，不可得而寻其迹也。"姚氏为文，盖近法归有光、方苞，而追拟韩愈为不祧之宗。历城周永年为之语曰："天下之文章，其在桐城乎！"由是学者多归向桐城，而"桐城派"的文号乃起。姚鼐晚年主钟山书院讲席，为一代之文宗。其著名弟子有管同、梅曾亮、方东树、姚莹等，各以所学于姚氏者传授徒友，而桐城派之文徒遂日繁。继其后者又有大文章家曾国藩及其名弟子张裕钊、吴汝纶、黎庶昌、薛福成等为之发扬，于是桐城派的古文乃延至

---

① "櫆"底本作"魁"，误，径改。

清末而不衰。不仅当时恽敬、张惠言等所倡的"阳湖派"古文，不足与桐城派抗衡；即在乾嘉之际猖獗一时的骈文，也竟为桐城派古文所压倒了，曾国藩在其《复陈右铭书》有一段话论到桐城派文章的戒律，说得很好：

> 大抵剽窃前言，句摹字拟，是为戒律之首。称人之善，依于庸德，不宜襃扬溢量，动称奇行异征，邻于小说诞妄者之所为。贬人之恶，又加慎焉。一篇之内，端绪不宜繁多。如万山旁薄，必有主峰；龙衮九章，但挈一领。否则首尾横决，陈义芜杂，滋多戒也。识度曾不异人，或乃竟为僻字涩句，以骇庸俗，斫自然之元气，斯又才士之所同蔽，戒律之所必严。明兹数者，持守勿失，然后下笔造次，皆有法度，乃可专精以理吾之气。

由此可知所谓桐城文者，实是一种具有条理、规律森严的散文，其好处是简朴清淡，平易通顺，便于阅读。其缺点则在格律义法的限制太严，最束缚作者才思的发展。故一般号称桐城派的小党徒，抱着一块"桐城义法"的空招牌，只知玩弄一点古文的波澜意度，只能做内容空疏与形式拘束的文章，其末流之弊乃至不堪设想。故十年前的文学界发出激烈的打倒"桐城谬种"的口号。

平心而论，清代的骈、散文虽一方面都在复古，但一方面也未尝没有创新。有人说清代的骈、散文复古运动，都是复古的革新运动。这个话是不错的。试问：我们能够指出清代的哪一位作家，哪一篇作品，完全是古代古人的作风？我们只不过是嫌清代文章创新的气分太少了，进化的速度太慢了。并且因为文章复古空气的迷漫，影响到当代的诗词，也深受着复古思潮的激荡而大开倒车，不能走向一条新的解放的路，实在是清代文学很大的不幸。

　　现在，我们可以讲到清代的诗和词。

　　清代的诗坛，我们似不能指出它有何种一致的风气，并不如文坛一样可以分为明显的几派。我们只看见许多各自为政的诗人在努力作诗，各不相师，各人走向各人的路，完全不染明代什么公安派、竟陵派的恶劣风气。这一点是很可以珍贵的。不过，清代的诗实有一个共同的大毛病，就是喜欢雕琢刻画。每一个诗人都喜欢在诗的形式格律上卖弄他们的才华，这可以说是一种时代的流行病。

　　清初的诗人，最著者有钱谦益和吴伟业。钱谦益字受之，号牧斋，常熟人。他以明臣降清，颇为士林所轻视。然其文章著作在当时实站着第一流的地位。其诗以沉郁藻丽胜，论者有谓为清初第一人。吴伟业字骏公，号梅村，太仓人。他少年时的作品，异常华艳风流，迨遭遇丧乱，阅历兴亡，作风一变为激越苍劲。其所作《长歌行》，宗法白居易，极负当代盛誉。《圆圆》一曲尤称一时绝唱。稍后于钱、吴之诗家有"南施北宋"。南施是施闰章，所作有南国温柔之风；北宋是宋琬，所作具北地刚健之气。施、宋以后，则号称一代诗宗的王士禛乃出而领袖诗坛。

　　王士禛字贻上，号阮亭，自称渔洋山人。山东新城人。仕至刑部尚书。（一六三四——一七一一）他鉴于当代的诗人多模仿着宋诗的质直无文，乃力主诗的"神韵"说，倡为"不着一字，尽得风流"之言。此盖推尊兴会神到之作，而以意在言表为工也。他这种新颖的诗论，曾倾动一时。其诗长于近体，论者称其旖旎风华，含情绵渺。但过于修辞，喜用僻事奇字，亦是大病。如其轰动一时的《秋柳诗》，即尽是堆砌典故，毫无足观。七绝为其特所擅长，颇多佳作：

送胡鸫孩赴长江

青草湖边秋水长，黄陵庙口暮烟苍。布帆安稳西风里，一路看山到岳阳。

寄陈伯玑金陵

东风作意吹杨柳，绿到垂杨第几桥？欲折一枝寄相忆，隔江残笛雨萧萧！

真州绝句

晓上高楼最上层，去帆婀娜意难胜！白沙亭下潮千尺，直送离心到秣陵。

夜雨题寒山寺寄西樵礼吉

日暮东塘正落潮，孤篷泊处雨萧萧。疏钟夜火寒山寺，记过吴枫第几桥？

与王士祯的"神韵"诗风站在对抗地位的诗家，有赵执信、沈德潜及袁枚诸人。赵执信主"声调"说，专门从事于古诗声调的发挥与模拟。沈德潜主"格调"说，其言云："诗贵性情，亦须论法。乱杂而无法，非诗也。"又说："诗以声为用者也，其微妙在抑扬抗坠之间。"袁枚则力反沈说，其作诗一以"性灵"为主。他有几段论诗的话说得极好："诗者，各人之性情耳，与唐宋无与也。若拘拘焉持唐宋以相敌，是己之胸中有已亡之国号，而无自得之性情，于诗之本旨已失矣。"又说："今之诗流有三病焉。其一，填书塞典，满纸死气，自矜淹博；其一，全无蕴藉，矢口而道，自夸真率。近又有讲声调，而圈平点仄以为谱

者。……必欲繁其例，狭其径，苛其条规，桎梏其性灵，使无生
人之乐，不已慎乎？"这简直把"神韵"、"声调"及"格调"
诸说，完全抹煞了。

　　当时的诗坛有所谓"江左三大家"者，即袁枚、蒋士铨及赵
翼。他们都是乾隆时代负盛名的诗人。袁枚字子才，号简斋，钱
塘人。世称为随园先生。（公元一七一六——一七九七）为人佚荡
不拘，风流自赏。他的诗清灵隽妙，倾动当时。但其弊不免流于
轻浅浮滑。《陇上作》为其代表作：

　　　　忆昔童孙小，曾蒙大母怜。胜衣先取抱，弱冠尚同
　　眠。鬓影红灯下，书声白发前。倚娇频索果，逃学免施
　　鞭。敬奉先生馔，亲装稚子绵。掌珠真护惜，轩鹤望腾
　　骞。行药常扶背，看花屡抚肩。亲邻惊宠极，姊妹妒恩
　　偏。玉陛胪传夕，秋风榜发天。望儿终有日，道我见无
　　年。渺渺言犹在，悠悠岁几迁。果然宫锦服，来拜墓门
　　烟。反哺心虽急，含饴梦已捐。恩难酬白骨，泪可到黄
　　泉。宿草翻残照，秋山泣杜鹃。今宵华表月，莫向陇头
　　圆。

　　蒋士铨字心余，一字苕生，号清容，铅山人。（公元
一七二五——一七八一）他是清代一个有名的戏曲家（详下章）。
他的诗以七古为最胜。论者称其作风"苍苍莽莽，不主故常"，
"信足配山谷而追杜陵"。实则这位诗人的造诣并不如是之崇
高，虽说在清代诗坛[①]中自有矜贵的地位。这里且举他一首低徊
伤感的《落叶》诗为例：

_____

　　① "诗坛"底本作"坛诗"，误，径改。

古道无人拾堕樵，啼乌来往独魂销。一林冷月露山寺，十里清霜生板桥。旧事几添摇落感，离情不记短长条。高楼试奏哀蝉曲，满耳秋风咽玉箫！

赵翼字云松，号瓯北，阳湖人。（公元一七二六——一八一三）他作诗自由放肆，富于思理。其《论诗》数首最有文学见地。我们虽也有点嫌他的诗太多议论，但他总是以诙谐风趣的态度出之，却也不讨厌。兹举他几首得意的绝句为例：

野步

峭寒催换木棉裘，倚杖郊原作近游。最是秋风管闲事，红他枫叶白人头。

晓起

茅店荒鸡叫可憎，起来半醒半懵腾。分明一段劳人画，马啮残刍鼠瞰灯。

漫兴

绝顶楼台人倦后，满堂袍笏戏阑时。与君醉眼从旁看，漏尽钟鸣最可思。

乾嘉之际，诗坛最盛。有所谓"吴中七子"者为王鸣盛、王昶、钱大昕、曹仁虎、黄文运、赵文哲、吴泰来诸人；又有所谓"岭南四家"者为黎简、张锦芳、黄丹书、吕坚诸人；又有所谓"三君"者为舒位、王昙、孙源湘诸人。此外尚有不列派系的诗人极繁。但其诗多不足称者。只有一位黄景仁可以说是这时期诗坛里面的健将。

黄景仁字仲则，一字汉镛，武进人。以诸生议叙县丞，未及选而卒。年仅三十五（公元一七四九——一七八三）。其生平遭遇多不幸，盖一穷愁诗人也。他的诗与洪亮吉齐名，但洪亮吉诗的造诣实远不及他。他的一部《两当轩诗集》实可领袖清代诗坛。所作多雄肆悲壮，追拟李白；而凄凉哀怨，较李诗尤为感人。例如：

短歌别华峰

　　前年送我吴陵道，三山潮落吴枫老。今年送我黄山游，春江花月征人愁。啼鹃声声唤春去，离心催挂天边树。垂杨密密拂行装，芳草萋萋碍行路。嗟予作客无已时，波声拍枕长相思。鸡声喔喔风雨晦，此恨别久君自知。

途中遘病颇剧怆然作诗

　　摇曳身随百丈牵，短檠孤照病无眠。去家已过三千里，堕地今将二十年。事有难言天似海，魂应尽化月如烟。调糜量水人谁在？况值倾囊无一钱。

清词丽句，读之令人无限凄怆。洪亮吉谓其诗为"秋虫咽露，病鹤舞风"，信写真之言也。

清代中叶以后，一般汉学家、骈文家及古文家，多不以诗著名；而那些专力于诗者，其诗又多不足观。虽然在此时发生像唐代天宝之乱的太平天国之乱，也丝毫不能摇动当时毫无生气的落寞诗坛。较为可观的诗人只有郑珍、金和、黄遵宪等寥寥的几个。郑珍字子尹，贵州遵义人。（公元一八〇六——一八六四）著《巢经巢诗钞》。金和字亚匏，上元人。（公元一八一八——一八八五）著《秋蟪吟馆诗钞》。黄遵宪字公度，嘉应州人。（公元一八四八——一九〇五）著《人境庐诗草》。这几部诗集要算是点缀着清诗最后的光荣。至于王闿运、陈衍、陈三[1]立、郑孝胥等一般诗人，则只知以模拟古人为贵，对于诗无甚珍贵的贡献了。

说到词：清词在词史上实被称为词的复兴时期。就词的发达一点说，两宋尚无此盛。不过词的时代早已过去了，清词的发展只是量的扩张了。

最初的清词还是继续明代的词风，尊奉《花间草堂》为作词的圣经。至朱彝尊改宗南宋，作风始变，后来便造成所谓"浙派"的词。说起来，浙派词的首倡还要算曹溶。他看着清初人词，多以明人为法，痛心词学失传，乃搜集遗集，崇尔雅，斥淫哇。至朱彝尊力倡其说，便形成后来"浙西填词者，家白石而户玉田"的风气。

朱彝尊字锡鬯，号竹垞，秀水人。（公元一六二九——七〇九）康熙十八年以布衣召试鸿博，除翰林苑检讨。晚年乡居，自号小长芦钓师。著作甚富。词有《江湖载酒集》三卷、《静志居琴趣》一卷、《茶烟阁体物集》二卷、《蕃锦集》一卷。中以《静志居琴趣》词，能自出机杼，描写艳情，价值最大。不过，他的词可有一个大毛病，就是专门模拟张炎。看他的题词：

> 十年磨剑，五陵结客，把平生涕泪都飘尽。老去填词，一半是空中传恨。几曾围燕钗蝉鬓！　不师秦七，不师黄九，倚新声玉田差近。落拓江湖，且分付歌筵红粉。料封侯，白头无分。（《解珮令》，自题词集）

---

[1] "三"底本作"山"，误，径改。

　　朱彝尊本是天才最高的才人，但为姜张一派所陷，不能自拔，实在可惜。同时属于浙派的词人，有李良年、沈皞日、李符、沈岸登、龚翔麟诸家，其后又有厉鹗、郭麐、王策、项鸿祚等。浙派词至厉鹗而最盛。鹗字太鸿，钱塘人。乾隆元年荐举鸿博。有《樊榭山房词》二卷、《续集》二卷。他的词要算浙派中的白眉，最为世所称道。项鸿祚字莲生，钱塘人。有《忆云词》甲乙丙丁稿。亦为浙派中之健将。都可惜陷溺于南宋姜张一派太深，虽有富丽的才华，不能作充分的开展，故造诣不甚崇高。此外，浙派更无值得称道的词人了。

　　我们上面说了许多关于浙派的话，而忽略了其他方面的词。其实，自清初至乾嘉时期，最值得赞许的并不是浙派词，而是浙派以外，自具风格的词人。清初如吴伟业与王士祯，都是以诗人兼词人。吴有《梅村词》，王有《衍波词》，皆以清新隽美的小词名于世。随后则产生几个伟大的词的专家，如纳兰性德、陈维崧及女词人吴藻。

　　纳兰性德是清代第一大词人。原名成德，字容若。其祖先原居叶赫地。他十七岁补诸生贡入太学，授三等侍卫，旋进一等侍卫。年少才华，颇得清帝之隆遇。可惜天不予年，死只三十一岁（公元一六五五——一六八五）。所作有《饮水词》与《侧帽词》。其风格平易清新，描写能深入浅出，远非浙派诸古典词人可比。

忆江南

　　昏鸦尽，小立恨因谁？急雪乍翻香阁絮，轻风吹到胆瓶梅。心字已成灰！

采桑子

　　而今才道当时错，心绪凄迷，红泪偷垂，满眼春风
百事非。　　情知别后来无计，强说欢期。一别如斯，
落尽梨花月又西。

　　纳兰性德真是一位天生的殉情的才人，其词最多伤感之作。
陈维崧称其词："哀感顽艳，深得南唐二主之遗。"这是说得不
错的，纳兰性德的个性与作品都和李后主相伯仲。他的小词在清
代是无足与抗衡的。

　　陈维崧字其年，宜兴人。康熙十八年举鸿博，授检讨。（公
元一六二五——一六八二）著《迦陵词》三十卷之多。他的词与朱
彝尊齐名而风格不同。其特色是波澜壮阔，气象万千，具有苏辛
的豪壮精神。但其缺点则不免于粗率。

　　吴藻字蘋香，仁和人。嫁与同邑黄某为室。晚年寡居，生涯
凄苦。著有《花帘词》与《香南雪北词》。其小词最多隽美清丽
之作，例如《如梦令》：

　　燕子未随春去，飞到绣帘深处。软语话多时，莫是
要和侬住？延伫，延伫，含笑回他不许！

她是道光年间的作家，当时词誉遍大江南北，为清代女词家中第
一人。

　　此外如曹贞吉有《珂雪词》、吴绮有《艺香词》、顾贞观有
《弹指词》、彭孙遹有《延露词》，皆不囿于一派，而称大家。

　　乾嘉道光时代，词人济济。然考其作品，都属平庸。浙派则
陷溺愈深，其弊益甚。武进张惠言、张琦兄弟起而力矫其风，
宗尚北宋，一时从之，于是又造成所谓"常州派"的词。张惠
言字皋文（公元一七六一——一八〇二）。著有《茗柯词》及《词

选》。其词以深美闳约为旨。尊周邦彦而薄姜夔、张炎。嘉庆以后词人，皆从此风。至周济力主张惠言之说表而出之，常州派词乃益盛，支配了嘉庆、道光以后整个的词坛。周济字保绪，一字介存，号止庵，荆溪人。有《止庵词》、《词辨》及《论词杂著》。大抵张惠言、周济一班人，对于词的研究是很深的，词的见地也往往很高。但创作的才气不大，所作词大都失之凡庸，故谭廷献称之为"学人之词"。

当常州派词盛行的时候，比较值得我们注意的词人有蒋春霖。字鹿潭，江阴人。这是一位富有才气、常州派所不能牢笼的作者。所著《水云楼词》，能自立境界，颇多清新之作。论者称之为"词史"。

此外的词人，如周之琦有《金梁梦月词》，庄棫有《蒿庵词》，戈载则著《翠薇花馆词》至三十九卷之多，但均无足取。

到了清末，词益疲敝。如谭廷献、王鹏运、况周颐、郑文焯、朱祖谋等人的词，除了模拟以外，别无成绩可言。可以说都是些古董货。大概清代人的词不是古董的很少。他们都不厌烦地去讲究"词法"和"词律"，各立"词派"，以竞模古人为能事。除了两三个天才作家外，大多数的作者都拼命去做模拟的词匠。清词便因此殁落了。

其实，不仅清词如此，清代的骈散文诗歌等正统派的文学之所以没有特殊的成绩可言，又何尝不是因为陷溺在模拟的圈套里面呢。

第二十六章　清代的戏曲

　　清代戏曲的发展，仍然是沿袭着明代的风气，偏在传奇一方面。特别是康熙至乾隆一百多年之间，是传奇的全盛时期。作者与作品的繁衍，几乎可压倒明代。盖在当时，传奇所依据的南曲，即昆曲，犹甚为流行；加以传奇是戏曲里面范围最广大的一种体制，可以容纳复杂的剧情，最适宜于剧场的扮演。故在清代的前半期，传奇藉着乐曲与扮演上的需要，能备极一时之盛。若杂剧和散套则衰落下去了。

　　清代的传奇作家，有作品传世者甚多，其最负盛名者则当推李渔、孔尚任、洪昇及蒋士铨四大家。

　　李渔字笠翁，兰溪人。康熙时流寓金陵。为人善滑稽，喜作狭邪游。时称李十郎。他能作唐人式的小说，长于作文学批评，然这些都是他的末技，他的拿手戏是在传奇的写作。所作除《万年欢》、《偷甲记》、《四元记》、《双锤记》、《鱼篮记》、《万全记》等六种不甚流传外，最著名的有《怜香伴》、《风筝误》、《意中缘》、《蜃中楼》、《凰求凤》、《奈何天》、《比目鱼》、《慎鸾交》、《巧团圆》、《玉搔头》，号称《十种曲》。一般文人对于李渔的曲文的批评，往往讥嘲其太俗。实则只有李渔的曲本始是最适宜于扮演的，最适合于观众的心理要求的。他的文字并不是不能高雅，如《风筝误》第二十六出中的《捣练子》词："长夏静，小庭空，扇小罗轻却受风。一枕早凉初睡起，簟痕犹印海棠红。"这样的句子也是很美的。不过他的作品最不喜欢抄袭古人的文章，他在《比目鱼》十九出的《余文》说得好："文章变，耳目新，要窃附雅人高韵，怕的是抄袭从来旧套文。"因此他作传奇，致其全力于创造的方面。所作各曲的情节多新奇不合常态者。如《怜香伴》的写女子同性爱，《意中缘》的讲到男子同性爱，《凰求凤》的写女子追求男子，《比目鱼》的戏中做戏，都是超乎俗意凡想的。他的文字通俗易解，诙谐尖新，能畅所欲言。这实是别的戏曲家所不能企及的。至于其曲本结构的紧凑，排场的热闹，处处均能顾及排演上的适宜，尤其是李渔所作传奇的独具的特色。

北水仙子（《比目鱼》第三十二出）

怪无端，履祸危；怪无端，履祸危，这的是福并神仙来瞰鬼。去去去，避清风，躲明月，辞乐事，忏悔前非；减减减，减淡饭，撇粗衣；破破破，破箬笠，仅俺头皮；钓钓钓，钓鱼竿，少向路边垂；怕怕怕，怕闲人尾入桃源地；另另另，另选个僻静渔矶。

孔尚任字季重，号东塘，又号云亭山人，曲阜人。康熙间官至户部员外郎。博学有文名，著作甚富，有《岸塘文集》、《湖海诗集》、《会心录》、《阙里新志》等，但均不足以名孔尚任。他最得意而负盛名的杰作，只是一部《桃花扇传奇》。全剧共四十二出，以南京为背境，以名士侯方域与名妓李香君的故事做全剧的线索，而注重在抒写明末亡国的惨痛。此盖根据侯方域的《李姬传》、《癸未去金陵日与阮光禄书》、《答田中承书》、《与宁南侯书》等文而作之写实的曲本也。中叙奸邪误国、忠臣殉难，极为动人。尤以最末一出《余韵》把几个遗老扮作渔翁樵夫，哀歌故都的萧条颓败，以作这篇悲剧的收场，描写至为哀艳动情。兹节录最后一段为例：

〔净〕不瞒二位说：我三年没到南京，忽然高兴进城卖柴，路过孝陵，见那宝城高殿，成了刍牧之场。

〔丑〕呵呀呀！那皇城如何？

〔净〕那皇城墙倒宫塌，满地蒿莱了。

〔副末掩泣介〕不料光景至此！

〔净〕俺又一直走到秦淮，立了半晌，竟没个人影儿。

〔丑〕那长桥旧院是俺们熟游之地，你也该去瞧瞧。

〔净〕怎没瞧！长桥已无一片，旧院剩了一堆瓦砾。

〔丑捶胸介〕咳！抛死俺也。

〔净〕那时疾忙回首，一路伤心，编成一套北曲，名为《哀江南》，待我唱来。〔敲板唱弋阳腔介〕俺樵夫呵！

哀江南

〔北新水令〕山松野草带花挑，猛抬头秣陵重到。残军留废垒，瘦马卧空壕。村郭萧条，城对着夕阳道。

〔驻马听〕野火频烧，护墓长楸多半焦。田羊群跑，守陵阿监几时逃？鸽翎蝠粪满堂抛，枯枝败叶当街罩，谁祭扫？牧儿打碎龙碑帽。

〔沉醉东风〕横白玉八根柱倒，堕红泥半堵墙高。碎玻璃瓦片多，烂翡翠轩窗棂少。舞丹墀燕雀常朝，直入宫门一路蒿。住几个乞儿饿莩。

〔折桂令〕问秦淮旧日窗寮，破纸迎风，坏槛当潮。目断魂消。当年粉黛，何处笙箫？罢灯船，端阳不闹；收酒旗，重九无聊。白鸟飘飘，绿水滔滔。嫩黄花有些蝶飞，新红叶无个人瞧。

　　[沽美酒] 你记得跨青溪半里桥？旧红板没一条。秋水长天人过少。冷清清的落照，剩一树柳弯腰。

　　[太平令] 行到那旧院门，何用轻敲？也不怕小犬哗哗。无非是枯井颓巢，不过些砖苔砌草。手种的花条柳梢，尽意儿采樵。这黑灰是谁家厨灶？

　　[离亭宴最歌犯煞] 俺曾见金陵玉殿莺啼晓，秦淮水榭花开早，谁知容易冰消？眼看他起朱楼，眼看他宴宾客，眼看他楼塌了！这青苔碧瓦堆，俺曾睡风流觉。将五十年兴亡看饱。那乌衣巷不姓王，莫愁湖鬼夜哭，凤凰台栖枭鸟。残山梦最真，旧境丢难掉。不信这舆图换稿。诌一套《哀江南》，放悲声唱到老。

《桃花扇》本是写亡国哀感的一部历史剧，这事件已经够动人了；加上作者那枝生花的妙笔，写得超凡的凄怆顽艳；最后又加上这一大段触目怆伤，带血连泪倾吐出来的感慨，真是悲歌当哭，哀感无穷。便把这部传奇做成了文学史上不朽的悲剧名著。在清代的戏曲里面，这不用怀疑的是第一部杰作。

洪昇字昉思，号稗畦，钱塘人。康熙时为上舍生。一生坎坷不得意，后堕水死。他善为乐府，名满京师。所著《长生殿》与孔尚任的《桃花扇》是号称清代戏曲中的双璧的。相传他在国忌日导演此剧，被革斥。然《长生殿》却因此益负盛名。全剧共五十出，系根据唐白居易的《长恨歌》及陈鸿的《长恨歌传》，写唐玄宗与杨贵妃的故事。其文字之明艳，亦堪与《桃花扇》相

211

伯仲。特别是后半部写杨贵妃的死后，用极其神韵飘渺的笔，表出极真挚悱恻的恋情。其艺术上的造诣实远在白朴的《梧桐雨》之上。例如第三十七出的《尸解》：

[梁州令] 风前荡漾影难留，叹前路谁投？死生离别两悠悠。人不见，情未了，恨无休！

[二犯渔家傲] 蹉跎，往日风流。记盒钗初赐，种下这恩深厚，痴情共守。又谁知惨祸分离骤。……并没有人登画楼，并没有花开并头，并没有奏新讴；端的有荒凉，满目生愁。凄然，不由人泪流！……

[二犯倾杯序] 凝眸，一片清秋。望不见寒云远树峨眉秀。苦忆蒙尘，影孤体倦，病马严霜，万里桥头。知他健否？纵然无恙，料也为咱消瘦。……

[锦缠道犯] 谩回首。梦中缘，花飞水流。只一点故情留，似春蚕到死，尚把丝抽。剑门关，离宫自愁；马嵬坡，夜台空守。想一样恨悠悠。几时得金钗钿盒完前好，七夕盟香续断头？

《长生殿》里面最有气力有刺激性的描写，我以为要算第三十八出《弹词》。那中间唱的许多段都很好，尤为精采的是写马嵬坡兵变的那一段：

[六转] 恰正好呕呕哑哑霓裳歌舞，不提防扑扑突突渔阳战鼓，划地里出出律律纷纷攘攘奏边书，急得个上上下下都无措。早则是喧喧嗷嗷惊惊遽遽仓仓卒卒挨挨拶拶出延秋西路，銮舆后携着个娇娇滴滴贵妃同去。又只见密密匝匝的兵，恶恶狠狠的语，闹闹炒炒轰轰剞剞四下喳呼，生逼散恩恩爱爱疼疼热热帝王夫妇。霎时

间画就了这一幅惨惨凄凄绝代佳人绝命图！

像这样"大珠小珠落玉盘"的有刺激性的绝妙文章，在清代的诗词里面是绝对找不出来的。在戏曲里面也是稀罕的创作。洪昇就是惟以《长生殿》成就他的文名的。他其余的作品尚有《回文锦》、《回龙院》、《锦绣图》、《闹高唐》、《节孝坊》、《舞霓裳》、《沉香亭》诸曲本，但都不是珍贵的著作。

蒋士铨是清代一个很有名气的诗人，已在前面讲过。实则与其说他是诗人，倒不如说他是个戏曲家，因为他在戏曲方面的成就比他所做诗的成绩要崇高得多。所作曲本共十五种，其最有名的则为《一片石》、《空谷香》、《桂林霜》、《四弦秋》、《香祖楼》、《临川梦》、《第二碑》、《雪中人》、《冬青树》九种，号称《藏园九种曲》。《空谷香》是叙顾瓒园与其妾姚梦兰由离而合的故事，《香祖楼》是叙仲约礼与其妾李若兰由合而离的故事，《四弦秋》是演白居易的《琵琶行》，《临川梦》是演汤显祖的《临川四梦》，《冬青树》是写宋末亡国的史事。这五种曲本是蒋氏最杰出的代表作。今举《四弦秋》中的《秋梦》为例：

　　［霜天晓角］空船自守，别恨年年有。最苦寒江似酒，将人醉过深秋。

　　［小桃红］曾记得一江春水向东流，忽忽的伤春后也。我去来江边，怎比他闺中少妇不知愁。才眼底，又在心头；捱不过夜潮生，暮帆收。雁声来趁着虫声逗也，靠牙墙数遍更筹。难道我教他，教他去封侯。

　　［黑麻令］抛撇下青楼翠楼，便飘零江州外州，诉不尽新愁旧愁。做了个半老佳人，厮守定芦洲荻洲，浑

213

不是花柔柳柔。结果在渔舟钓舟，剩当时一面琵琶，断送了红妆白头。

〔江神子〕我道是低迷燕子楼，却依然身落扁舟。为此枕边现出根由，听孤城画角咽江流。问谁向梦儿中最久？

〔尾声〕少年情事堪寻究，泪珠儿把阑干红透。咳！不知他那几担的新茶可曾卖去否？

清代的戏曲作家之以传奇著名者，除上述四大名角外，值得介绍的还有不少。李玉字玄玉，吴县人。作曲三十二种。其所号称"《一》、《人》、《永》、《占》"的《一捧雪》、《人兽关》、《永团圆》及《占花魁》四剧，论者谓可追步汤显祖的"四梦"。杨潮观字宏度，号笠湖，无锡人。著《吟风阁》短剧三十种。中以《黄石婆授计逃关》、《快活山樵歌九转》、《偷桃捉住东方朔》、《邯郸郡错嫁才人》、《汲长孺矫诏发仓》五种描写最佳。论者竟有谓杨氏的剧曲还在蒋士铨之上，其价值之高即此可想见一斑。万树字花农，号红友，宜兴人。他的传奇有《风流棒》、《空青石》、《念八翻》、《锦尘帆》、《十串珠》、《万金瓮》、《金神凤》及《资齐鉴》八种。黄宪清字韵珊，海盐人。著《倚晴楼七种曲》，中以《帝女花》及《桃溪雪》二种为其代表作。此外如袁于令的《西楼记》、吴炳的《情邮记》、吴伟业的《秣陵春》、尤侗的《钧天乐》、董榕的《芝龛记》，皆为当代著名的作品。其余，还有许多剧作家及其作物的名目，因为太繁，则恕不一一为之叙列了。

传奇的发展至乾隆时期为止，自此以后便很快的衰落了下去。其原因是由于传奇所依据的昆曲，被新兴的二黄、西皮所压倒了。传奇本是一种歌剧，是藉着歌唱扮演而盛极一时的。今既有新兴的乐曲来演唱，流行起来了，旧的昆曲已被弃置了，则依据昆曲而制作的传奇也自然因不适合于演唱的要求，而绝迹于剧坛。从此有才气的文人都不热心去做不景气的传奇了。所以在清代的后半期，竟没有产生一部有价值的传奇正品。

二黄在最初只是一种牧歌式的歌唱，逐渐进化，乃变成一种时新的曲调。初盛行于湖北黄陂，渐而传到湖南、广东、广西、安徽等处，遂被称为湖广调。后来湖广调受了安徽调的影响，乃变成现在的二黄。由安徽流传到北京，便变成了京二黄。这便是京戏所依据的乐曲。在最初湖广调产生的时候，本无二黄与西皮之别。后因一部分的湖广调受了徽调的影响，徽调中的“高拨子”腔只有二黄弦，便变成二黄；又一部分的湖广调受了秦腔（又名梆子腔）的影响，秦腔只有西皮弦，便变成西皮。京戏的乐曲即以皮黄为主脑。皮黄曲中所应用的腔调不止一种，它能够容纳各种的腔调，兼容并包。此所以把不合时宜的昆曲打倒了。

清代的后半期，传奇虽然衰落下去，但依据皮黄曲调而制作的新兴戏曲却勃然而兴了。这些新兴戏曲的作者大都不是文人，他们所用的文词比传奇要俚俗得多。虽不为文人士大夫所激赏，却极为一般民众所欢迎。如果我们用艺术的眼光来审查这些新兴的皮黄戏曲，其中文字结构恶劣的固然不少，但具有艺术价值的实有很多。如《打鱼杀家》、《朱①砂痣》、《捉放曹》、《秦琼卖马》、《马前泼水》、《击鼓骂曹》、《武家坡》、《玉堂

---

①　“朱（硃）”底本作“珠”，误，径改。

春》、《花田错》、《宝蟾送酒》一类的戏本都是极完善隽妙的作品。只可惜皮黄戏到现在又受了新输进来的西洋艺术的排挤，又日渐衰落下去了，现在又有新的歌舞剧和话剧起来与皮黄戏争夺剧场的地盘了。纯粹旧式的皮黄戏在不久的将来是一定要殁落的。

第二十七章　清代的小说

长篇小说经过明代的发展，到了清代更是突飞猛进的发扬光大，乃造成长篇小说的黄金时代。这时，显然的，小说的产额已愈见其多，比《水浒传》和《三国志演义》的篇幅更浩繁的长篇大著作也继续地生产。宋明的著名文人向来是不理会小说的，到了清代的开明的文人（如袁枚、纪昀等），也知道欣赏小说，并进而创作小说了。小说批评的专家（如金人瑞）也诞生了，竟有"天下之文章无出《水浒》右者"的骇人听闻的话出来了。由此可知：小说的势力已从民众社会伸张到文人贵族社会里来；通俗的白话文学不仅为广大的民众所欢迎，亦渐次为文人所认识其价值，而慢慢地来蚕食正统派的古典贵族文学的地位了。

往下，我们分为四类来讲清代的长篇小说：

（一）言情小说　专讲才子佳人的悲欢离合的言情小说，在清代颇为流行。但最负盛名的杰作，则莫如一部《红楼梦》。

《红楼梦》一名《石头记》，曹霑作。霑字雪芹，一字芹圃，镶蓝旗汉军。生长南京。（公元一七一九——一七六四）祖与父均曾任江宁织造，豪于资财。他的幼年就是娇养在这样的一个富贵豪华的家庭中。后不幸家道中落。至他中年的时候，竟至贫居北京西郊，啜饘粥。他的伟著《红楼梦》就是在他这种贫困的生活中写成的。关于《红楼梦》的背境，论者纷纭，有谓系记纳兰性德家事者，有谓系叙清世祖与董鄂妃的故事者，有谓系影射康熙朝政治状态者，皆捕风捉影之谈。实则此书乃作者自叙传也。在《红楼梦》的第一回里有一段说得最明显的话："作者自云：因曾历过一番梦幻之后，故将真事隐去，而借'通灵'之说，撰此《石头记》一书也。"又云："今风尘碌碌，一事无成，忽念及当日所有之女子，一一细考较去，觉其行止见识，皆出于我之上。何我堂堂须眉，诚不若彼裙钗哉？实愧则有余，悔又无益，是大无可如何之日也。当此，则自欲将已往所赖天恩祖德，锦衣纨袴之时，饫甘餍肥之日，背父兄教育之恩，负师友规训之德，以致今日一技无成，半生潦倒之罪，编述一集，以告天下人。"由此可见曹霑的创作动机是忏悔，是在潦倒的穷途追念过去的繁华。他的《红楼梦》正因为是抒写自己经历过的真实生活，是表现自己奔进着的生命，所以才写得那么活跃深刻。假若一定要说《红楼梦》不是表现作者的自身，则这部伟大的艺术，将无法解释其诞生的理由了。

《红楼梦》全部共一百二十回，曹霑所著仅八十回，未完稿，其后四十回相传为高鹗所续。内容系讲一个三角恋爱的悲剧。主角为贾宝玉、林黛玉、薛宝钗三人。贾宝玉与林黛玉有深挚的爱情而不能结合。后贾宝玉被骗与薛宝钗结婚，林黛玉则病死于贾薛结婚之日。最后贾宝玉亦遁迹空门以终。全剧的陪衬人物和事件极繁，结构似稍嫌散漫，然其艺术描写之工，实超乎任何说部之上。我们看着它处处是写些琐碎不经意的事情，然而每一件琐碎的事情都被写得极精致，有意思，有风趣，文笔处处引人入胜，使我们很明快的读下去，只觉其工细入微，而不觉其繁琐。至于描写人物，尤其是曹霑的大本领。他能把许多相类似人物的细微的不同处分别刻画出来。如贾府的子弟同是堕落，然而各人的僻性和弱点全然不同。又如大观园里的姊妹们，同是聪明有才华，然而各人的风格和才具又各不相同。在《红楼梦》里面竟能把每个人所特具的细微的个性都表现得恰如其分。甚至于每个剧中人的作品也都写得各如其人；甚至于一座大观园也建筑得恰如各姊妹们的性格及身分。这都可看出曹霑实在是一位多才多艺的大文学家，才写出这部言情的圣品。

续百二十回《红楼梦》者很多，如《后红楼梦》、《红楼后梦》、《续红楼梦》、《红楼复梦》、《红楼梦补》、《红楼补梦》、《红楼重梦》、《红楼再梦》、《红楼幻梦》、《红楼圆梦》、《增补红楼》、《鬼红楼》、《红楼梦影》等，皆系承高鹗续书而补其缺陷，结以团圆。描写多拙劣异常，远不能和《红楼梦》比拟了。

自《红楼梦》流行后，言情小说乃大昌。如魏子安的《花月痕》、陈球的《燕山外史》，皆是写些才子佳人的悲欢离合。至后来乃流于专讲狭邪猥亵之事。如陈森的《品花宝鉴》是写北京的妓女化的男伶，俞达的《青楼梦》与韩子云的《海上花列传》都是写的妓女。最值得我们注意的是《海上花列传》，完全是用苏州方言写的，描写极为逼真而自然，实清末小说中之杰构。仿此书而作者有《九尾龟》，描绘亦佳。此外尚有《青楼宝鉴》、《海上繁华梦》、《绘芳园》等书，皆以写妓女生活为主，但已无特点可言了。

（二）侠义小说　民间传说，最重英雄故事，故《水浒传》

在一般社会中最为流行。至清代则小说中所叙英雄类多以任侠义勇见长者，这亦可见当代民众的社会心理。如《儿女英雄传》、《三侠五义》、《小五义》、《七剑十三侠》、《施公案》等，皆为清代侠义小说之著名者，但比之《水浒传》则远为逊色了。

《儿女英雄传评话》原本有五十三回，今残存四十回。道光时人文康作。康为费莫氏，字铁仙，满洲镶红旗人。他本是世家子，曾做过郡守、观察，又被任为驻藏大臣，但以疾未往就职。后因诸子不肖，家道中落。相传他晚年困居一室，仅存笔墨，乃作此书以自遣。全书内容系叙一侠女何玉凤为父报仇的侠义行为，后嫁安骥为妻，夫妇备极荣贵。是盖作者幻为理想的境界，以剧中主角安骥自居，而慰其残年也。此书的最大特色在纯粹用北京话写成，流畅可诵。此外亦无其他可观之处。后有作续书者，成三十二回，文意既拙，复未完稿，不足述也。

《三侠五义》原名《忠烈侠义传》，后又被称为《大五义》。作者为石玉昆，其生平不详。此书内容系从宋真宗朝"狸猫换太子"的故事讲起，次则叙到包拯的降生及其断案事迹，复次则叙述三侠（南侠展昭，北侠欧阳春，双侠丁兆兰、丁兆蕙）及五鼠（钻天鼠卢方、彻地鼠韩彰、穿山鼠徐庆、翻江鼠蒋平、锦毛鼠白玉堂）的武侠行动，最后众侠士皆归顺朝廷，全剧以终。这部书是侠义小说中的一大创作。当时的文人俞樾称其"事迹新奇，笔意酣恣，描写细入毫芒"。俞氏并以己意，为之删改，另名《七侠五义》以行世。后此不久，乃有《小五义》及《续小五义》出现，皆一百二十四回，序中亦称为石玉昆原稿。中自白玉堂盗盟单丧身讲起，至襄阳王谋叛被擒止。至于中间活跃的侠士则为五鼠之子及其他的小英雄了。及于清末，侠义小说竟如风起云涌的起来，如《英雄大八义》、《英雄小八义》、《七剑十三侠》、《七剑十八义》等，名目尚繁。至《七侠五义》则续书至二十四集之多。其中多不足观者，惟《七剑十三侠》较佳。

自明人作《包公案》，清代仿之作者遂繁。如《施公案》（一名《百断奇观》）、《彭公案》、《永庆升平》、《乾隆巡幸江南记》、《刘公案》、《李公案》等，皆系叙贤明之君臣微行查案，有侠士义贼为之帮助破案的故事。后《施公案》竟续至十集，《彭公案》更续至三十集。作品既滥，便毫不足观了。

（三）社会小说　此类小说多注重于抒写社会的暗面，而出之以讽刺的态度；或写社会问题，而藉以阐发自己的理想。如《儒林外史》、《镜花缘》、《官场现形记》、《二十年目睹之怪现状》、《老残游记》等，皆是含有暗示或讽刺的社会问题小说。

《儒林外史》为清代说部名著之一，吴敬梓作。敬梓字敏轩，安徽全椒人。幼颖异，诗赋援笔立就。雍正时，曾被举应博学鸿词科，不赴。移家金陵，为文坛盟主。他性豪迈，不善治生，产业挥霍俱尽。晚年自号文木老人，客扬州，尤落拓纵酒。（公元一七〇一——一七五四）所著《文木山房集》五卷、《诗说》七卷、《诗》七卷，皆不甚传。惟《儒林外史》著称于世。全书共五十五回，是许多短篇故事集合而成的长篇。作者在这部小说里面最注重的是描写当时一班假名士、伪君子及那些制艺家的丑恶。凭他那枝诙谐风趣的笔，写得异常尖刻生动，骂尽儒林败类。中国小说之善于讽刺者当以此书为第一部。

《镜花缘》是李汝珍所作。汝珍字松石，直隶大兴人。少而颖异，不乐为时文，精于音韵，旁及杂艺。不得志于时，以诸生终老海州。年六十余（公元约一七六三——一八三〇）。他的《镜花缘》即作于晚年穷愁的时候，历十余载始成。全书凡一百回，是一部讨论妇女问题的小说。大略叙唐武后时，有秀才唐敖因政治失意，附其妇弟林之洋商舶至海外遨游，遍历奇观，并游君子邦、女人国等处，颇多笑噱。后唐敖竟入山不返。其女唐闺臣又附船寻父，亦历诸异境，终不遇。仅得父书约其"中过才女"后相见。闺臣乃归国。恰遇武后开科试才女，取百人，闺臣中第十一。此百人者盖皆天上花神之谪于人间也。此时她们会聚于京师，大事游宴吟咏。后她们助唐室，讨平武氏，中宗复位。末了有续开女试，命前科才女重赴"红文宴"之言，然全书已完。作者自云尚有续书，亦竟未作。这部小说的描写是很能引人入胜的，亦往往有很深刻的讽刺。但其最大的特色，则是作者幻想创造出来许多新奇而滑稽的事迹。

《官场现形记》是李宝嘉所作。宝嘉字伯元，号南亭亭长，江苏武进人。少时擅制艺及诗赋，以第一名入学。累举不第，乃赴上海，前后办《指南报》、《游戏报》、《海上繁华报》。所著有《庚子国变弹词》、《海天鸿雪记》、《李莲英》、《繁华梦》、《活地狱》、《文明小史》等书。他死时年四十（公元一八六七——一九〇六）。《官场现形记》为其最后一部未完的作品。已成六十回，皆自成起讫的许多短篇凑合而成。把当时官场的腐败状态，说得个痛快淋漓。书出，风行一时，作者之名因以大著。

《二十年目睹之怪现状》是吴沃尧所作。沃尧字茧人，改字趼人，广东南海人。居佛山镇，故自号我佛山人。年二十余至上海，卖文为生。后客山东，游日本，皆不得意。终复居上海。文字之暇，则尽力于教育事业。年四十四（公元一八六七——九一〇）。所著文稿甚富，出版者不下十余种，惟《二十年目睹之怪现状》最负盛名。共一百八回。全书以自号"九死一生"者为线索，历记二十年中所遇、所见、所闻天地间惊奇之事，缀为一书。描写极为酣畅。惜过于夸饰，亦是一病。

《老残游记》是刘鹗所作。鹗字铁云，笔名为百炼生，江苏丹徒人。少时颇放荡不检。后行医，复改业商，尽丧其资。因治河有功，渐至以知府用。曾上书请敷铁道，又主张开山西矿，既成，世俗指为"汉奸"。庚子之乱后数年，政府以私售仓粟之罪诬之，流新疆死（公元约一八五〇——九一〇）。《老残游记》为其唯一的杰作。共二十章。系用游记的体裁，叙一号"老残"者游行各地时的所见所闻及其言论。中多攻击官吏之处。其最精采者实为《明湖居听书》、《黄河上打冰》及《桃花山》诸章的描写，盖已极艺术的能事了。

《孽海花》亦为写清末政治社会的小说，曾朴所作。朴字孟朴，常熟人。此书仅成二十回。论者称其"结构工巧，文采斐然"。作者今尚存，但其作风则已很有变迁了。

此外尚有一部小说巨制不可不叙及者，即《野叟曝言》。为康熙时人夏敬渠作。敬渠字懋修，号二铭，江阴人。学问淹博，交游甚广，足迹几遍海内。所著《野叟曝言》多至一百五十四回，以"奋武揆文，天下无双正士，熔经铸史，人间第一奇书"二十字编卷。其内容则如凡例所言，凡"叙事、说理、谈经、论史、教孝、劝忠、运筹、决策，艺之兵诗医算，情之喜怒哀惧，讲道学，辟邪说……"无所不包，盖作者以此表现其学问才华也。若从中去探讨其艺术上的价值，则全然是令人失望的。

（四）弹词　　以上所讲的都是散文的小说，现在要来讲一种韵文的小说。弹词在形体上是诗歌，然其内容则是道地的通俗小说。其起源甚早。如唐代佛曲中的各种"俗文"和"变文"，宋代的各种"宝卷"和"鼓子词"，金人董解元的《西厢挡弹词》，皆为后来弹词的先驱。弹词的体制大概可以分为两种：一为有唱无白者，一为有唱有白者。最初流行于明清之际。明人的作品，有号称杨慎著的《廿一史弹词》。至清代则作品日繁。最著者如《玉钏缘》、《玉蜻蜓》、《珍珠塔》、《再生缘》、《再造天》、《天雨花》、《凤凰山》、《安邦志》、《定国志》、《珍珠凤》、《果报录》、《凤双飞》、《三笑烟缘》、《笔生花》等，皆在民间风行。作者多为无名氏。亦有出于妇女手笔者，颇为妇女所喜欢读。但大部分是千篇一律之作，文意并拙，很少有艺术价值的。

清代的短篇小说，虽未能与长篇小说对抗发展，然亦有足述者。蒲松龄作《聊斋志异》，袁枚作《新齐谐》，纪昀作《阅微草堂笔记》，皆著称于世。以蒲松龄所作为最佳。松龄字留仙，山东淄川人。幼有轶才，老而不达。年八十六（公元一六三〇——一七一五）。其《聊斋志异》共十六卷，四百三十一篇。所叙皆仙狐鬼怪之事。文词华丽，描写委曲，清人的短篇小说当推此为第一部。纪昀字晓岚，直隶献县人。官至太子少保，管国子监事。（公元一七二四——一八〇五）他是《四库全书》的总纂，文望甚高。其《阅微草堂笔记》分《滦阳消夏录》、《如是我闻》、《槐西杂志》、《姑妄听之》、《滦阳续录》五种，皆属志怪，但体例已不似小说。后来作品日繁。仿《聊斋志异》者有王韬的《遁窟谰言》、《淞隐漫录》、《淞滨琐话》及宣鼎的《夜雨秋灯录》，仿《阅微草堂笔记》者有许元仲的《三异笔谈》等书。此外如俞鸿渐的《印雪轩随笔》、俞樾的《右台仙馆笔记》，亦尽是记述异闻。又有专讲善恶报应之说者，如金捧阊的《客窗偶笔》，梁恭辰的《池上草堂笔记》，许奉恩的《里乘》等，则已是"劝善书"一流，不能算是小说了。

第十编　当代文学

第二十八章　最近十年的中国文学

最近十年来中国新文学进展的历史，虽为时甚暂，但在文学史上实是一个很重大的转变。由这个转变，简直把旧的文学史截至清末民国初年为止，宣告了它的死刑；从最近十年起，文学界的一切都呈变异之色，又是一部新时代文学史的开场了。

现在让我们来谈谈这部新文学史的引子吧。

一、旧的时代是死了

骈、散文，诗词等正统派的文学，至清代而极盛，亦至清代而极弊。到了民国初年，虽然还有王闿运、吴汝纶、章炳麟等以古文著称于时，虽然还有陈衍、陈三立、郑孝胥、樊增祥、易顺鼎等以诗歌著称于时，虽然还有王鹏运、况周颐、朱祖谋等以词著称于时，无论他们的作品如何精工，无论他们的苦心模拟如何得古人的神髓，然而这种机械似的产品，我们已经读烂了，读厌了，腐朽的尸骸已经看得再不要看了。赵翼的《论诗》说得好：

满眼生机转化钧，天工人巧日争新。预支五百年新
意，到了千年又觉陈。

李杜诗篇万口传，至今已觉不新鲜。江山代有才人
出，各领风骚数百年。

正是因为这些复古家的作品太不新鲜了，没有丝毫的刺激
性，读者自然要厌弃它了。这时即使李杜复生，如果他们还是照
旧做那样的诗，也决不能挽回旧文学的颓运于万一；何况这班假
古董的作者，又何能为力呢？我们只要看清末至民国初年一班号
称名家所苦心孤诣做出来的诗文词章，竟敌不过几个无名小卒随
意写的《官场现形记》、《二十年目睹之怪现状》、《老残游
记》、《孽海花》、《广陵潮》等的流行；梁启超所作平易畅
达、自由放肆的散文，竟把百年来文学界的正宗的桐城文压倒
了。由此可知古文诗词等的命运，早已危殆了，已经不堪一击
了。在民国初年，虽也曾有一个短期流行一些《民权素》、《玉
梨魂》、《雪鸿泪史》等骈俪小说，然此种无病呻吟的作品，一
瞥即逝，并无窃据文坛的能力。林纾的翻译小说也曾轰动一时，
但也是藉着原作品内容的精华以吸引读者，并非由于他所用古奥
的文字之力。那时文坛凋弊已极，旧的文学已经跟着旧的时代渐
次殂落下去。大家都在渴望着新趋向的到来。

二、文学革命运动

文学革命运动的第一声，是在民国六年胡适在《新青年》杂
志上发表一篇《文学改良刍议》，提出改良旧文学缺点的"八不
主义"：

一曰须言之有物，

二曰不摹仿古人，

三曰须讲求文法，

四曰不作无病之呻吟，

五曰务去烂调套语，

六曰不用典，

七曰不讲对仗，

八曰不避俗字俗语。

这还是消极的和平的改良论。陈独秀接着《文学改良刍议》之后，发表一篇激烈的《文学革命论》，正式提出文学革命的三大主义：

曰推倒雕琢的、阿谀的贵族文学；建设平易的、抒情的国民文学。

曰推倒陈腐的、铺张的古典文学；建设新鲜的、立诚的写实文学。

曰推倒迂晦的、艰涩的山林文学；建设明瞭的、通俗的社会文学。

不久，胡适又发表一篇《建设的文学革命论》，很简要地说明建设新文学的宗旨是：

国语的文学，文学的国语。

此时北京大学几个开明的教授，如钱玄同、刘复、周作人、沈尹默等，皆起而助胡、陈倡导国语的文学。至民国八年，这种新文学运动乃跟着北京学生的"五四运动"而扩大，而风靡一时，很迅速地便把根深蒂固的陈腐的古文学的势力压倒了。最值得注意的，就是两个学术界的大权威者——蔡元培与梁启超，都无条件的倾向新文学的主张，增加力量不小。替古文保镖者，虽前后有林琴南、严复、梅光迪、吴宓、胡先骕、章士钊等，极力攻击白话文学，也没有发生何等效力。今日中国之文坛，已完全是白话文学的世界了。

我们分析这次文学运动之所以如此迅速的成功，固然是由于胡适、陈独秀诸人的极力倡导，但其最大的原因，则在于：（1）中国近数十年来产业发达，人口集中，国民教育渐渐普遍，已经是需要白话文的时候；（2）感受西洋语体文学的影响，旧文学的缺点乃大露，再也站不住脚；（3）一千多年的白话文学的演进，已经成熟。所以一经胡、陈的倡导，便不期然的举国景从了。

三、十年间的作品

这十年间的创作在数量上的发展，是很可惊异的。至低限度估计，作品的总数当在一千种以上，这还是只就出版的专书而言。在这时期中文学的最大的特色，就是注重创造、注重创作的自由精神。文学团体的组织虽有许多，如创造社、文学研究会、语丝社、南国社等，却都是私人感情上的结合，并不是文学上的派别，各个的作风仍旧各不相同。有的提倡自然主义，也有的倾向浪漫主义；有的高唱人道主义，也有的歌颂唯美主义；有的遵奉新浪漫主义，也有的鼓吹新写实主义；还有其他的主义信徒，还有无主义的主义者。总之，都是各人去追求各人的新路，不愿作跟随的奴才。故并没有一个可以支配文坛的中心权威。最近几年虽有"普罗文学派"和"民族主义文学派"在努力地驱使文学青年走向一条狭隘的路道，但归附他们的作者并不多。不过，近两三年来的文学却也有一个比较共同的趋势，就是：颓废浪漫的作品已逐渐减少，许多作者已走出了唯美的象牙之塔，抛弃个人主义的立场，而求表现广大群众的生活意识。这，显然是受了当代的政治及经济环境的深重压迫而起的反应。

往下，让我们来谈谈作家与作品吧。

（一）诗歌　新诗的作者，第一个是胡适。他首唱打破五、七言的整齐格式，不拘平仄，废除押韵之论。他的《尝试集》就是本此主张做的。所作虽未臻于成熟，但他那种打破一切束缚的自由尝试精神实不可及。继之作者有周作人、沈尹默、刘复、傅斯年、康白情、俞平伯诸人。沈尹默有《秋明集》，周作人有《过去的生命》，刘复有《扬鞭集》与《瓦釜集》，康白情有《草儿》，俞平伯有《冬夜》、《西还》及《忆》。他们的作品都是感染旧诗词的影响很深，而不受其格律的束缚。故所作往往音节响亮，意味深长。这是初期诗坛的特色。迨郭沫若起来，以肆放自由的笔调，写出《女神》与《星空》，气象豪迈高旷，实为异军特起。但至其作《瓶》时，则一变而为缠绵华艳的作风了。同时的诗人，有最年青的汪静之，曾写下许多天真烂漫的情诗在他的《蕙的风》及《寂寞的国》里面；又有女诗人谢冰心，作小诗《春水》及《繁星》，笔调清莹，有如珠玉。一时仿之作者甚众，如宗白华的《流云》、梁宗岱的《晚祷》皆是。刘大白也喜欢做富有情韵的小诗，他的作集有《旧梦》及《邮吻》等。至徐志摩，他运用西洋诗的格式与韵律来作诗，诗的风气乃又趋向于整齐而重藻饰。作者才华绮艳，艺术纯熟，所著《志摩的诗》及《翡冷翠之一夜》都写得很美。闻一多初有《红烛》行世，继作《死水》则规律极严，却确有许多艺术成熟的作品。同时尚有梁实秋、饶孟侃、朱湘、刘梦苇、于赓虞等，亦皆以善作欧化的诗著名。朱湘有《草莽集》，于庚虞有《晨曦之前》及《魔鬼的舞蹈》等，皆可观。此外以作品繁富著称者，王独清有《圣母像前》、《死前》、《威尼市》、《独清诗选》等集，李金发有《微雨》、《食客与凶年》、《为幸福而歌》等集。前者似嫌浅薄，后者则流于怪僻，都不能令我们满意。如果要在上述诸家外，还举几个诗人作例，则我以为没有诗集流行的刘延陵，作《踪迹》的朱自清，他俩的诗倒有一读的价值。

（二）戏剧　自新文学运动初期，易卜生的戏剧被介绍到中国后，一时社会问题剧乃大为流行。如胡适的《终身大事》，陈大悲的《英雄与美人》、《幽兰女士》、《张四太太》、《亡国恨》、《社会钟》，蒲伯英的《阔人的孝道》、《道义之交》，欧阳予倩的《泼妇》，汪仲贤的《好儿子》，洪深的《贫民惨剧》、《赵阎王》，侯曜的《复活的玫瑰》、《山河泪》、《弃妇》，熊佛西的《青春的悲哀》等，这些剧本在过去的剧场扮演都是很有名的。不幸这些作品都嫌教训的气味太浓，艺术的成分太少，无论在扮演或阅读方面，都不能博得智识阶级观众的欢迎。因此，经过一度风行之后，便为智识阶级所厌弃而衰歇了。其末流乃变为文明戏，专门扮演给无智识的群众去看，完全与艺术离婚了。于是，最近几年来乃有建设在艺术基础上的话剧运动，如戏剧协社、南国社、狂飙社、辛酉剧社等，都是很努力的戏剧团体。现在我们且放下其扮演方面的成绩不谈，只从文艺方面来欣赏他们的剧本。田汉的剧本最初有《咖啡店之一夜》，是一部独幕剧集。他后来续作《湖上的悲剧》、《苏州夜话》、《古潭的声音》、《名优之死》、《颤栗》、《第五号病室》、

《南归》等篇，都是诗的意味很浓。至最近他倾向于普罗文学，即已将此种作风改变了。洪深的创作剧很少，其代表作为《赵阎王》。他所改译的《少奶奶的扇子》及《第二梦》都是很好的剧本。同时，顾德隆有改译的《相鼠有皮》，余上沅亦有改译的《长生诀》，都很好。至于以一种新的思想注射到古代的人物身上而作为历史剧的，始于郭沫若的《三个叛逆的女性》。继之作者有王独清的《杨贵妃之死》及欧阳予倩的《潘金莲》等。这些史剧的特色都是以事实的翻案及文字见长。此外还有一位独树一帜的剧作家是我们不应忘记的，那就是作《一只马峰》的丁西林。他的文字异常流利而有风趣，剧本的结构也很紧凑。所作虽然不多，却都是成熟的作物。

（三）小说　最近十年间的文学，以小说的成绩为最美满，亦以小说的作品为最繁。我们在这里不能够尽量加以介绍，真是很可惜的。兹举一部分较为知名的作家来谈谈。请先从女作家说起：冰心（谢婉莹）以纯粹的诗人赤子之心，提一枝珊瑚似的笔，来写母亲与孩子的爱，来写海的生活，她的小说几乎就是诗。其《超人》、《往事》，都是表现着最优美温馨的女性风调。读了她的作品，几疑此身不在人间。黄庐隐的小说则与冰心很不相同，她很喜欢写恋爱，所作有《海滨故人》与《曼丽》。沅君（冯淑兰）的《菤葹》则以写火热的恋情为其特色，其《春痕》亦是几十封情书的结晶。丁玲是女作家中的新起之秀，她的作品能够超乎女性文学的温柔，而用很工细深入的笔，大胆地抒写两性间的心理。所著有《在黑暗中》及《韦护》等。此外陈衡哲作《小雨点》，凌淑华作《花之寺》及《女人》，皆为不可多得的女性文学。

在近代中国小说界中，最伟大的莫如鲁迅（周树人）。他的观察能钻入世态人心的深处，而洞烛隐微；其笔又尖刻，又辛辣，能曲达入微，描写最为深刻。他的小说简直就是一面人生的照妖镜。所著《呐喊》及《彷徨》实可列于世界文学名著之林而无愧色。最受青年欢迎的作家莫如郁达夫。所著有《寒灰集》、《鸡肋集》、《过去集》、《迷羊》等。其描写永远是一个伤感而烦恼的病态青年的叫喊，最能激动青年的同情。在这位作家的笔下，是无事不可以公诸大众的，总是写得痛快淋漓。他的文字又极其清明流畅，若行云流水之自如，能吸引读者的观念。其作品自然要风靡一时了。叶绍钧是一位诚笃朴实而努力不懈的作者。所著有《隔膜》、《火灾》、《线下》、《城中》、《未厌集》、《倪焕之》等。作品多而丝毫不草率，处处细细琢磨，描写细腻畅达，没有一篇不是精心之作。茅盾（沈雁冰）的文笔似不如叶绍钧的细密，然就其整个的作风说，则比叶氏更为活泼而美丽，选用的题材也较为有趣，故亦很能获得读者的欢迎。所著有《野蔷薇》、《幻灭》、《动摇》、《追求》、《虹》等，都是写作者理想的典型人物，所表现的时代性极浓。专作长篇小说的则有老舍（舒庆春），其作品最有风趣。所作《赵子曰》、《老张的哲学》、《二马》等，皆极诙谐俏皮之能事。专作恋爱小说的则有张资平。他的作品最多，然总不外写多角恋爱。其初期所著《雪的除夕》、《不平衡的偶力》、《飞絮》、《苔莉》等，尚不失为佳构，后来专门粗制滥造，如《最后的幸福》、《青春》、《素描种种》、《爱的涡流》一类的作品，则完全没有艺术的价值了。作品的数量可与张资平抗衡的有沈从文。他的笔简炼清新，自创一格。所作如《鸭子》、《雨后》、《蜜柑》、《入伍后》、《从文甲集》、《从文子集》等，都是水平线上的作集。此外值得介绍的作家尚有王统照、罗黑芷、高长虹、许杰、冯文炳、许钦文等，他们的作品都以注重艺术的工细见称，颇倾向于鲁迅或叶绍钧的作风。又有一部分的作家如滕固、章克标、金满成、章衣萍、叶鼎洛、叶灵凤、黎锦明、王以仁、倪贻德等，他们的作品都特别以材料的刺激与趣味见长，颇倾向于郁达夫或张资平的作风。又如蒋光慈、钱杏邨、龚冰庐、洪灵菲、杨邨人诸家，则为新兴的普罗文学派。此外还有自立一种风格者，如落华生（许地山）、郭沫若、杨振声、陈铨、曾朴、徐蔚南、王鲁彦、施蛰①存、杜衡、徐霞村、胡也频、周全平、汪静之、彭家煌、孙席珍、李健吾、塞先艾、赵景深、刘大杰、胡云翼等，均有作集流行于时。中如落华生的《缀网劳蛛》、郭沫若的《橄榄》、陈铨的《天问》、曾朴的《鲁男子》第一部《恋》，都是很负盛名的作品。其余，知名的作家尚多，则恕不一一加以叙列了。

（四）小品散文　十年来的小品散文也有很好的成绩。我们首先要介绍的是小品文的泰斗周作人。他的小品文往往是写人所不经意的题材，如《苍蝇》、《乌篷船》、《吃茶》一类无甚意味的题目，一到他的笔下，便成绝妙的小品。他的作风清冲淡远，韵味悠然，颇似陶渊明的诗。所著有《雨天的书》、《谈龙集》、《谈虎集》、《泽泻集》、《永日集》等，皆属妙品。俞平伯、朱自清、叶绍钧等，似乎都是受了周氏的影响而努力于小品散文的一群。他们的作品总是含着深厚的诗意。《我们的六

---

①　"蛰"底本作"蛩"，误，径改。

月》和《我们的七月》是他们几个人的合集，《杂拌儿》是俞平伯做的，《踪迹》与《背影》是朱自清做的，都不坏。鲁迅的小品文的风味，则与上述诸人完全不同。其为文长于骂人的艺术，尖酸毒辣，俏皮有余。所著《热风》、《华盖集》、《坟》、《而已集》，均有名。他的《野草》则是含有哲理的诗的散文。徐志摩的散文又是独创的一格。读了他的《落叶》、《巴黎的麟爪》和《自剖》，便自然感觉到作者的文笔真是流利，轻快，曼艳，处处都表现着作者的聪明灵巧。只可惜有点儿浓得化不开。冰心的小品则似乎比她的诗与小说更胜一筹，特以文字晶莹和风度温柔见长，仿佛其文中有诗有画。她的《寄小读者》便是以这种特色为读者所欢迎的。同时女作家中还有作《倦旅》、《烟霞伴侣》、《寸草心》等的陈学昭，作《绿天》和《棘心》的绿漪（苏雪林），她俩的小品文散文也很美。绿漪尤为后起之秀。此外如落华生的《空山灵雨》，川岛的《月夜》，郑振铎的《山中杂记》，徐蔚南与王世颖合作的《龙山梦痕》，孙福熙的《山野掇拾》、《归航》、《北京乎》等作也很可观。

此外，关于近代学者的文学论文，因不是纯文学的范围；翻译又不能算我人的创作，则恕不在这里加以讲述了。

以上是中国新文学开始发展十年间的鸟瞰。这虽然并不是我们理想的成绩，然而就这短促的十年说，已经相当的令我们满意乐观了。我们须知，当代的许多大家多数是青年，他们的生活经验和艺术技巧还正在尽量的进步。黑暗已经过去，伟大的光明的未来已在前面开展着，大家努力吧。

附录　中国文学书目举要及其说明

首先应当申明：这个书目并不是开给专门研究家的读物，只是供给一般初学中国文学及对于中国文学略有门径的同志的通用书。也可以说这是一个最低限度的中国文学书目。

（一）工具之部

关于工具方面的书籍，除开《辞源》与《康熙字典》为通常读书人所必备外，下列十部实为研究中国文学所必须购置案头的参考书：

《中国人名大辞典》（商务印书馆）。

《历代名人年谱》（吴荣光）　北京晋华书局本。

《历代地理韵编》（李兆洛）　广州局本，《李氏五种》本。

《清代舆地韵编》（李兆洛）　广州局本，《李氏五种》本。

《历代纪元编》（李兆洛）　广州局本，《李氏五种》本。

《世界大事年表》（傅运森）　商务印书馆本。

《四库全书总目提要》（纪昀等）　广州局本，点石斋本。

《佩文韵府》（康熙敕撰） 原刻本。

《词律》（万树） 通行本。

《集成曲谱》（王季烈、刘凤叔） 商务印书馆本。

此外，《廿四史》也最好购置一部，此书虽不必全部阅读，但里面有许多文学家的列传、《文苑传》、《艺文志》等，都是随时要检阅的。

（二）总集之部

先举几部重要的文集：

《全上古秦汉六朝文》（严可均） 广雅书局本。

《汉魏六朝百三家集》（张溥） 坊间有通行本。

《文选》（萧统） 坊间有通行李善注本。

《唐文粹》（姚铉） 江苏书局本。

《唐文粹补遗》（郭麐） 江苏书局本。

《宋文鉴》（吕祖谦） 江苏书局本。

《南宋文范》（庄仲方） 江苏书局本。

《南宋文录》（董兆熊） 江苏书局本。

《金文最》（张金吾） 江苏书局本。

《元文类》（苏天爵） 江苏书局本。

《明文在》（薛熙） 江苏书局本。

《湖海文传》（王昶） 原刻本。

《古文辞类纂》（姚鼐） 通行本。

《续古文辞类纂》（王先谦） 商务印书馆本。

这些文集的内容，是很乱杂的，各种文章都有，不能说是纯文学的作品。但里面也确有许多很美的散文。我们为了解中国文章的特色和变迁，不能不多读些文集；同时，为求充分了解各个文学家的个性思想及其作风，也不能不多读些文集，因为古代的诗人词人多是注重在做文章。

往下，介绍诗词、小说及戏曲的总集：

《诗经集传》（朱熹）　通行本。

《诗经原始》（方玉润）　泰东书局有石印本。

《诗毛氏传疏》（陈奂）　《皇清经解续编》本。

《楚辞补注》（洪兴祖）　通行本。

《楚辞集注》（朱熹）　通行本。

《古诗纪》（冯惟讷）　原刻本。

《玉台新咏》（徐陵）　通行本。

《全汉三国晋六朝诗》（丁福保）。

《乐府诗集》（郭茂倩）　湖北官书局本，商务印书馆本。

《全唐诗》（康熙敕编）　扬州局本，广州刻本，石印本。

《宋诗钞》（吕留良、吴之振等）　商务印书馆本。

《宋诗钞补》（管庭芬等）　商务印书馆本。

《明诗综》（朱彝尊）　原刻本。

《湖海诗传》（王昶）　原刻本。

《汉魏丛书》（程荣、何允中、王谟等）　通行本。

《唐代丛书》　通行本。

《太平广记》（李昉）　扫叶山房有石印本。

《京本通俗小说》　有正书局本。

《宣和遗事》　《士礼居丛书》本，商务印书馆本。

《说郛》（陶宗仪）　商务印书馆本。

《今古奇观》　通行本。

《花间集》（赵崇祚） 杭州官书局本，通行本。

《宋六十家词》（毛晋） 汲古阁本，广州本，博古斋本。

《四印斋王氏所刻宋元人词》（王鹏运） 原刻本。

《彊村丛书》（朱祖谋） 原刻本（商务印书馆寄售）。

《词综》（朱彝尊） 原刻本，坊间有石印本。

《太平乐府》（杨朝英） 商务印书馆《四部丛刊》本。

《阳春白雪》（杨朝英） 南陵徐氏《随庵丛书》本。

《元曲选》（臧晋叔） 商务印书馆本。

《六十种曲》（毛晋） 汲古阁本。

《盛明杂剧》（沈泰） 董康刻本。

《暖红室汇刻传奇》（刘世珩） 原刻本。

《缀白裘》 通行本。

以上所录总集，都是可以代表各个时代文学的特色。中如《诗经》、《楚辞》与《花间集》等，是应该读熟的。《乐府诗集》、《全唐诗》及《词综》诸书，虽因篇幅较多不能全部读熟，亦宜选读其大部分。其余则是供给我们作广泛的涉览的。

（三）专集之部

因为大部头的总集不能够全部细读，也不必全部细读，故有许多重要作家的专集是必要向读者介绍去选读和研究的。如曹植的《曹子建集》、陶潜的《陶渊明集》、谢灵运的《谢康乐集》、鲍照的《鲍明远集》、谢朓的《谢宣城集》、庾信的《庾子山集》、李白的《李太白集》、杜甫的《杜工部集》、王维的《王右丞集》、高适的《高常侍集》、孟浩然的《孟襄阳集》、岑参的《岑嘉州集》、韩愈的《韩昌黎集》、柳宗元的《柳河东集》、刘禹锡的《刘宾客集》、李贺的《李长吉集》、白居易的《白氏长庆集》、元稹的《元氏长庆集》、李商隐的《李义山集》、杜牧的《杜樊川集》、韦庄的《浣花集》、李璟李煜的《南唐二主词》、欧阳修的《欧阳文忠集》、王安石的《王临川集》、苏轼的《苏东坡集》、黄庭坚的《黄山谷集》、柳永的《屯田集》、秦观的《淮海集》、晏几道的《小山词》、周邦彦的《清真词》、李清照的《漱玉词》、朱敦儒的《樵歌》、辛弃疾的《稼轩词》、范成大的《范石湖集》·陆游的《陆放翁集》、杨万里的《诚斋集》、姜夔的《姜白石集》、元好问的《元遗山集》、归有光的《归震川集》、侯方域的《壮悔堂集》、吴伟业的《吴梅村集》、王士祯的《带经堂集》、朱彝尊的《曝书亭集》、纳兰性德的《饮水词》、赵翼的《瓯北诗集》、黄景仁的《两当轩诗集》、龚自珍的《定盦集》、姚鼐的《惜抱轩集》、罗贯中的《水浒传》及《三国志演义》、吴承恩的《西游记》、吴敬梓的《儒林外史》、曹霑的《红楼梦》、石玉昆的《三侠五义》、刘鹗的《老残游记》、王实甫的《西厢记》、高明的《琵琶记》、汤显祖的《牡丹亭》、阮大铖的《燕子笺》、李渔的《笠翁十种曲》、洪昇的《长生殿》、孔尚任的《桃花扇》、蒋士铨的《藏园九种曲》等。以上所举专集，大部分是汇刻在前面所举的总集中。单行的集子有原刻本，有商务印书馆的《四部丛刊》本，有中华书局的《四部备要》本，坊间的通行石印本亦多可用者。

（四）研究之部

研究中国文学的专著极多，兹举一部分较重要的书以供参考：

《文心雕龙》（刘勰）　通行本。

《中国文学史》（曾毅）　泰东书局本。

《中国文学史》（胡小石）　人文社本。

《白话文学史》（胡适）　新月书局本。

《中古文学史》（刘师培）　北京大学出版部本。

《中国文学概论讲话》（盐谷温）　开明书店本。

《中国文学研究》（郑振铎）　商务印书馆本。

《中国文学批评史》（陈钟凡）　中华书局本。

《中国韵文通论》（陈钟凡）　中华书局本。

《中国诗史》（陆侃如）　大江书铺本。

《读风偶识》（崔述）　《崔东壁遗书》本。

《诗经研究》（谢无量）　商务印书馆本。

《屈原》（陆侃如）　亚东书局本。

《乐府古辞考》（陆侃如）　商务印书馆本。

《陶渊明》（梁启超）　商务印书馆本。

《历代诗话》（何文焕）　医学书局本。

《续历代诗话》　医学书局本。

《清诗话》　医学书局本。

《词史》（刘毓盘）　群众图书公司本。

《宋词研究》（胡云翼）　中华书局本。

《词苑丛谈》（徐釚）　有正书局本。

《人间词话》（王国维）　朴社本。

《录鬼簿》（钟嗣成）　暖红室本。

《剧说》（焦循）　上海古书流通处《曲苑》本。

《宋元戏曲史》（王国维）　商务印书馆本。

《曲录》（王国维）　《晨风阁丛书》本。

《中国小说史略》（鲁迅）　北新书局本。

《红楼梦辨》（俞平伯）　亚东书局本。